阅读之前 没有真相

午 夜 文 库

阿加莎·克里斯蒂
马普尔小姐系列

阿加莎·克里斯蒂
Agatha Christie (1890—1976)

无可争议的侦探小说女王,侦探文学史上最伟大的作家之一。

阿加莎·克里斯蒂原名为阿加莎·玛丽·克拉丽莎·米勒,一八九〇年九月十五日生于英国德文郡托基的阿什菲尔德宅邸。她几乎没有接受过正规的教育,但酷爱阅读,尤其痴迷于歇洛克·福尔摩斯的故事。

第一次世界大战期间,阿加莎·克里斯蒂成了一名志愿者。战争结束后,她创作了自己的第一部侦探小说《斯泰尔斯庄园奇案》。几经周折,作品于一九二〇年正式出版,由此开启了克里斯蒂辉煌的创作生涯。一九二六年,《罗杰疑案》由哈珀柯林斯出版公司出版。这部作品一举奠定了阿加莎·克里斯蒂在侦探文学领域不可撼动的地位。之后,她又陆续出版了《东方快车谋杀案》《ABC谋杀案》《尼罗河上的惨案》《无人生还》《阳光下的罪恶》等脍炙人口的作品。时至今日,这些作品依然是世界侦探文学宝库里最宝贵的财富。根据她的小说改编而成的舞台剧《捕鼠器》,已经成为世界上公演场次最多的剧目;而在影视改编方面,《东方快车谋杀案》为英格丽·褒曼斩获奥斯卡大奖,《尼罗河上的惨案》更是成为几代人心目中的经典。

阿加莎·克里斯蒂的创作生涯持续了五十余年,总共创作了八十余部侦探小说。她的作品畅销全世界一百多个国家和地区,累计销量已经突破二十亿册。她创造的小胡子侦探波洛和老处女侦探马普尔小姐为读者津津乐道。阿加莎·克里斯蒂是柯南·道尔之后最伟大的侦探小说作家,是侦探文学黄金时代的开创者和集大成者。一九七一年,英国女王授予克里斯蒂爵士称号,以表彰其不朽的贡献。

一九七六年一月十二日,阿加莎·克里斯蒂逝世于英国牛津郡沃灵福德家中,被安葬于牛津郡的圣玛丽教堂墓园,享年八十五岁。

阿加莎·克里斯蒂 侦探作品年表

波洛系列

1920　The Mysterious Affair at Styles《斯泰尔斯庄园奇案》
1923　Murder on the Links《高尔夫球场命案》
1924　Poirot Investigates《首相绑架案》
1926　The Murder of Roger Ackroyd《罗杰疑案》
1927　The Big Four《四魔头》
1928　The Mystery of the Blue Train《蓝色列车之谜》
1932　Peril at End House《悬崖山庄奇案》
1933　Lord Edgware Dies《人性记录》
1934　Murder on the Orient Express《东方快车谋杀案》
1935　Three-Act Tragedy《三幕悲剧》
1935　Death in the Clouds《云中命案》
1936　The ABC Murders《ABC谋杀案》
1936　Murder in Mesopotamia《古墓之谜》
1936　Cards on the Table《底牌》
1937　Dumb Witness《沉默的证人》
1937　Death on the Nile《尼罗河上的惨案》
1937　Murder in the Mews《幽巷谋杀案》
1938　Appointment with Death《死亡约会》
1938　Hercule Poirot's Christmas《波洛圣诞探案记》
1940　Sad Cypress《H庄园的午餐》
1940　One, Two, Buckle My Shoe《牙医谋杀案》
1941　Evil Under the Sun《阳光下的罪恶》
1943　Five Little Pigs《五只小猪》
1946　The Hollow《空幻之屋》
1947　The Labours of Hercules《赫尔克里·波洛的丰功伟绩》
1948　Taken at the Flood《顺水推舟》
1952　Mrs. McGinty's Dead《清洁女工之死》
1953　After the Funeral《葬礼之后》
1955　Hickory Dickory Dock《山核桃大街谋杀案》
1956　Dead Man's Folly《弄假成真》
1959　Cat Among the Pigeons《鸽群中的猫》
1960　The Adventure of the Christmas Pudding《雪地上的女尸》

阿加莎·克里斯蒂 侦探作品年表

1963　The Clocks《怪钟疑案》
1966　Third Girl《第三个女郎》
1969　Hallowe'en Party《万圣节前夜的谋杀》
1972　Elephants Can Remember《大象的证词》
1974　Poirot's Early Stories《蒙面女人》
1975　Curtain—Poirot's Last Case《帷幕》

马普尔小姐系列

1930　The Murder at the Vicarage《寓所谜案》
1932　The Thirteen Problems《死亡草》
1942　The Body in the Library《藏书室女尸之谜》
1943　The Moving Finger《魔手》
1950　A Murder Is Announced《谋杀启事》
1952　They Do It with Mirrors《借镜杀人》
1953　A Pocket Full of Rye《黑麦奇案》
1957　4.50 from Paddington《命案目睹记》
1962　The Mirror Crack'd from Side to side《破镜谋杀案》
1964　A Caribbean Mystery《加勒比海之谜》
1965　At Bertram's Hotel《伯特伦旅馆》
1971　Nemesis《复仇女神》
1976　Sleeping Murder《沉睡谋杀案》
1979　Miss Marple's Final Cases《马普尔小姐最后的案件》

其他系列及非系列

1922　The Secret Adversary《暗藏杀机》
1924　The Man in the Brown Suit《褐衣男子》
1925　The Secret of Chimneys《烟囱别墅之谜》
1929　Partners in Crime《犯罪团伙》
1929　The Seven Dials Mystery《七面钟之谜》
1930　The Mysterious Mr. Quin《神秘的奎因先生》
1931　The Sittaford Mystery《斯塔福特疑案》
1933　The Witness for the Prosecution and Other Stories《控方证人》
1934　Why Didn't They Ask Evans?《悬崖上的谋杀》

阿加莎·克里斯蒂 侦探作品年表

1934	The Listerdale Mystery 《金色的机遇》
1934	Parker Pyne Investigates 《惊险的浪漫》
1939	Murder Is Easy 《逆我者亡》
1939	And Then There Were None 《无人生还》
1941	N or M? 《桑苏西来客》
1944	Towards Zero 《零点》
1945	Sparkling Cyanide 《闪光的氰化物》
1945	Death Comes as the End 《死亡终局》
1949	Crooked House 《怪屋》
1950	Three Blind Mice and Other Stories 《三只瞎老鼠》
1951	They Came to Baghdad 《他们来到巴格达》
1954	Destination Unknown 《地狱之旅》
1958	Ordeal by Innocence 《奉命谋杀》
1961	The Pale Horse 《灰马酒店》
1967	Endless Night 《长夜》
1968	By the Pricking of My Thumbs 《煦阳岭的疑云》
1970	Passenger to Frankfurt 《天涯过客》
1973	Postern of Fate 《命运之门》
1991	Problem at Pollensa Bay 《神秘的第三者》
1997	While the Light Lasts 《灯火阑珊》

出版前言

纵观世界侦探文学一百七十余年的历史,如果说有谁已经超脱了这一类型文学的类型化束缚,恐怕我们只能想起两个名字——一个是虚构的人物歇洛克·福尔摩斯,而另一个便是真实的作家阿加莎·克里斯蒂。

阿加莎·克里斯蒂以她个人独特的魅力创造着侦探文学史上无数的传奇:她的创作生涯长达五十余年,一生撰写了八十余部侦探小说;她开创了侦探小说史上最著名的"黄金时代";她让阅读从贵族走入家庭,渗透到每个人的生活中;她的作品被翻译成一百多种文字,畅销全球一百五十余个国家,作品销量与《圣经》《莎士比亚戏剧集》同列世界畅销书前三名;她的《罗杰疑案》《无人生还》《东方快车谋杀案》《尼罗河上的惨案》都是侦探小说史上的经典;她是侦探小说女王,因在侦探小说领域的独特贡献而被册封为爵士;她是侦探小说的符号和象征。她本身就是传奇。沏一杯红茶,配一张躺椅,在暖暖的阳光下读阿加莎的小说是一种生活方式,是惬意的享受,也是一种态度。

午夜文库成立之初就试图引进阿加莎的作品,但几次都与版权擦肩而过。随着午夜文库的专业化和影响力日益增强,阿加莎·克里斯蒂的版权继承人和哈珀柯林斯出版公司主动要求将版权独家授予新星出版社，并将阿加莎系列侦探小说并入午夜文库。这是对我们长期以来执着于侦探小说出版的褒奖，是对我们的信任与鼓励，更是一种压力和责任。

新版阿加莎·克里斯蒂作品由专业的侦探小说翻译家以最权威的英文版本为底本，全新翻译，并加入双语作品年表和阿加莎·克里斯蒂家族独家授权的照片、手稿等资料，力求全景展现"侦探女王"的风采与魅力。使读者不仅欣赏到作家的巧妙构思、离奇桥段和睿智语言，而且能体味到浓郁的英伦风情。

阿加莎作品的出版是一项系统工程，规模庞大，我们将努力使之臻于完美。或存在疏漏之处，欢迎方家指正。

新星出版社
午夜文库编辑部

Agatha Christie

Over the next few years, we plan to celebrate two very important Agatha Christie anniversaries. In 2015, it is the 125th anniversary of her birth in Torquay, South Devon, England, and in 2020 it will be 100 years after her first book, THE MYSTERIOUS AFFAIR AT STYLES, featuring her famous detective, Hercule Poirot, was published. This is therefore a very appropriate moment to publish a new edition of her works, and I am delighted that HarperCollins has chosen to work with New Star on these new editions. New Star is China's top crime publisher, and has a strong and dedicated editorial staff and a continued passion for Agatha Christie, making them the ideal partner. It is the right time to make these classic books available in modern translations and so to bring Agatha Christie's books anew to her many fans in China, giving them a new reason to re-read these much-loved stories, as well as introducing them to a whole new audience. How delighted Agatha Christie would have been that her stories (as she called them) are still giving so much pleasure to so many people all over the world!

I think there are two very remarkable things about Agatha Christie's stories. The first is that they are so adaptable. It doesn't really matter which language they appear in, the stories and the plots still give the same thrill, still provide the same puzzles, and the characters still have the same attraction. Readers in China will I am sure enjoy Hercule Poirot and Miss Marple just as much as we do in England, and readers in China will still be transfixed by the surprises and horrors of AND THEN THERE WERE NONE, one of the great classics of 20th century detective fiction, as we are here.

Agatha Christie

The second is that the stories give a wonderful picture of England, particularly rural England, at the time Agatha Christie lived. She wrote books from 1920 until 1970 but it is sometimes hard to tell which part of her life each book was written in. Her characters and the life they lived were very much the same. The life we all live is changing very quickly these days but the Agatha Christie world stays the same. Perhaps the Miss Marple stories provide the best example of this, and in some ways, THE BODY IN THE LIBRARY and NEMESIS are quite similar, despite the fact that thirty years elapsed between the time they were written.

Perhaps I might end by mentioning three Agatha Christies (other than the ones mentioned above) which I think demonstrate why she is so popular, even in the twenty-first century. The first is MURDER ON THE ORIENT EXPRESS, one of the most famous with one of the most ingenious and human plots. Next read this on one of your long train journeys in China! Next is A MURDER IS ANNOUNCED, a Miss Marple which was her 50th book. It has my favourite murderer in it! And last is ENDLESS NIGHT a story about evil and how it affects three young people, written at the time when I knew her best, and understood how deeply she cared and sympathised with young people and the world they lived in.

Whichever are your favourites I hope you enjoy these stories that New Star are introducing to you again. I think it is a great publishing event.

Mathew Prichard
Grandson of Agatha Christie
Chairman of Agatha Christie Ltd

致中国读者

(午夜文库版阿加莎·克里斯蒂作品集序)

在未来的几年中,我们将要筹备两个非常重要的关于阿加莎·克里斯蒂的纪念日。二〇一五年是她的一百二十五岁生日——她于一八九〇年出生于英国的托基市;二〇二〇年则是她的处女作《斯泰尔斯庄园奇案》问世一百周年的日子,她笔下最著名的侦探赫尔克里·波洛就是在这本书中首次登场。因此,新星出版社为中国读者们推出全新版本的克里斯蒂作品正是恰逢其时,而且我很高兴哈珀柯林斯选择了新星来出版这一全新版本。新星出版社是中国最好的侦探小说出版机构,拥有强大而且专业的编辑团队,并且对阿加莎·克里斯蒂的作品极有热情,这使得他们成为我们最理想的合作伙伴。如今正是一个良机,可以将这些经典作品重新翻译为更现代、更权威的版本,带给她的中国书迷,让大家有理由重温这些备受喜爱的故事,同时也可以将它们介绍给新的读者。如果阿加莎·克里斯蒂知道她的小故事们(她这样称呼自己的这些作品)仍然能给世界上这么多人带来如此巨大的阅读享受,该有多么高兴啊!

我认为阿加莎·克里斯蒂的作品有两个非常重要的特征。首先它们是非常易于理解的。无论以哪种语言呈现,故事和情节都同样惊险刺激,呈现给读者的谜团都同样精彩,而书中人物的魅力也丝毫不受影响。我完全可以肯定,中国的读者能够像我们英国人一样充分享受赫尔克里·波洛和马普尔小姐带来的乐趣;中国读者也会和我们一样，读到二十世纪最伟大的侦探经典作品——比如《无人生还》——的时候，被震惊和恐惧牢牢钉在原地。

第二个特征是这些故事给我们展开了一幅英格兰的精彩画卷，特别是阿加莎·克里斯蒂那个年代的英国乡村。她的作品写于二十世纪二十年代至七十年代间，不过有时候很难说清楚每一本书是在她人生中的哪一段日子里写下的。她笔下的人物，以及他们的生活，多多少少都有些相似。如今，我们的生活瞬息万变，但"阿加莎·克里斯蒂的世界"依旧永恒。也许马普尔小姐的故事提供了最好的范例：《藏书室女尸之谜》与《复仇女神》看起来颇为相似，但实际上它们的创作年代竟然相差了三十年。

最后，我想提三本书，在我心目中（除了上面提过的几本之外）这几本最能说明克里斯蒂为什么能够一直受到大家的喜爱。首先是《东方快车谋杀案》，最著名，也是最机智巧妙、最有人性的一本。当你在中国乘火车长途旅行时，不妨拿出来读读吧！第二本是《谋杀启事》，一个马普尔小姐系列的故事，也是克里斯蒂的第五十本著作。这本书里的诡计是我个人最喜欢的。最后是《长夜》，一个关于邪恶如何影响三个年轻人生活的故事。这本书的写作时间正是我最了解她的时候。我能体会到她对年轻人以及他们生活的世界关心至深。

现在新星出版社重新将这些故事奉献给了读者。无论你最爱的是哪一本，我都希望你能感受到这份快乐。我相信这是出版界的一件盛事。

阿加莎·克里斯蒂外孙

阿加莎·克里斯蒂有限责任公司董事长

马修·普理查德

二〇一三年二月二十日

阿加莎·克里斯蒂侦探作品集㉗

破镜谋杀案

The Mirror Crack'd from Side to Side

［英］阿加莎·克里斯蒂 著
张文婷 译

新 星 出 版 社　NEW STAR PRESS

敬献给
玛格丽特·卢瑟福德

网飞出窗外,朝远处飘去;
镜子开始四分五裂;
夏洛特女郎惊呼:
"厄运降临到了我身上。"

阿尔弗雷德·丁尼生[①]

[①]英国维多利亚时代最受欢迎及最具特色的诗人,此段摘自他的名作之一《夏洛特女郎》。在西方,镜子被认为具有超自然的属性,常常被用于预知未来,镜子破碎意味着未来的终结,即死亡的来临。

第一章

1

简·马普尔小姐坐在窗边。透过窗户,她凝视着昔日为之骄傲的花园,但这已成为往事。如今她向外望去,皱起了眉头。她被禁止做劳累的园艺活儿已有一段时间了。不能弯腰,不能挖土,不能种植——顶多只能做点修修剪剪的工作。老莱科克每周会来三次,毫无疑问,他在尽全力打理这个花园。但他的"尽力"仅仅是根据他的标准来定的——他的活儿并不多——而不是根据他雇主的标准。马普尔小姐很清楚自己的标准,也很清楚自己想在什么时候做什么事,于是总会适时地去指导他。对此,老莱科克则展现出一套特有的本领——满口答应后毫无下文。

"你说得都对,夫人。绿绒蒿①就该种在那儿,而风铃草该沿墙种,就像你说的,这是我下周要做的第一件事。"

莱科克的借口总是振振有词,像极了《三人同舟》中那位一心逃避出海的乔治船长。在那位船长看来,风向总是有问题,不是吹离海岸就是吹进海岸,不是吹不靠谱的西风,就是变化莫测的东风。到了莱科克身上,就变成了天气。天太干了,天太湿

---

① 罂粟科中较大的一属。此处原文用的是 mecosoapies,但英文中并无此词,这里应该是老园丁对复杂植物名的误读。

了，土壤积水太多，或是有一丁点霜冻。要不然就是有更重要的事情要做——通常是要种卷心菜或者球芽甘蓝，他热衷于无节制地大量种植它们。莱科克料理花园的原则十分简单，并且无论雇主多么懂行，都不能改变。

这些原则中包括：要准备好几杯又甜又浓的茶，作为对他辛勤工作的鼓励；秋天时要将落叶都清扫干净；夏天要给他腾出点地方种喜欢的植物，比如紫菀和鼠尾草。用他的说法，是为了"让花园更好看"。他完全赞成要给玫瑰喷药去蚜虫，却迟迟不着手去做。要求他把种植香豌豆的渠挖深点时，得到的回答是："你应该去瞧瞧我自己种的香豌豆！去年收成就不错，也没做这种花里胡哨的事。"

平心而论，莱科克对自己的雇主算是挺有感情的，会迁就他们的喜好（只要不涉及真正的苦活儿），但他清楚蔬菜才是生活中实实在在的东西。要好好种点皱叶甘蓝，或者羽衣甘蓝，花花草草则是那些闲来无事的女士最喜欢的东西。为了表达自己的喜好，他就在花园里拼命种之前提到的紫菀、鼠尾草、半边莲和夏菊。

"我最近一直在开发区的新房子里干园艺活儿。那些人都想让自己的花园看起来漂亮点儿。他们是真的想，因此买了许多花。我带来了一些，替代原先那些过了季、卖相又差的玫瑰。"

想着想着，马普尔小姐将目光从花园收了回来，拿起了手边的针线活儿。

人总得面对现实：圣玛丽米德已没有了往日的风采。当然，从某种意义上来说，没有哪样东西会和过去一样。你可以抱怨战争（包括两场世界大战在内）、年轻的一代、出去工作的女人、原子弹，抑或政府——但这么做的真正意义只是在阐述一个简单的事实：你正在慢慢变老。生性敏感的马普尔小姐非常清楚这一点。但奇怪的是，对于圣玛丽米德，她会止不住地抱怨，因为这儿一直是她的家。

圣玛丽米德最古老的核心依旧存在。蓝野猪酒吧还在，教堂和牧师的家还在，安妮女王及乔治王朝时期遗留下来的小屋也都还在——马普尔小姐的房子就是其中之一。哈特内尔小姐及她的房子则在苦苦挣扎；韦瑟比小姐去世了，如今她的房子里住着银行经理一家，他们把门和窗户都漆成了鲜艳的宝蓝色。其他大部分老房子里也住进了新人，但他们买下后并没对房屋的外观进行修整，因为他们喜欢房产商口中的"古典美"。他们会在内部加个卫生间，花上一大笔钱重排水管、配置电炉和洗碗机。

可是，即便房子看上去和过去差不多，村里的街道却已大不一样了。商店只要一易主，就会立马变得越来越现代化。鱼贩子都快认不出来了，他们身后是巨大的橱窗，里面的冰冻鱼闪闪发亮。卖肉的则中规中矩——好肉终归是好肉，只要你买得起。如果没钱，那就只能买点硬邦邦的便宜肉。杂货店老板巴恩斯则一直保留着传统，始终未变，哈特内尔小姐、马普尔小姐，以及村里的其他人每天都要为此感谢上帝。他店里的柜台旁，贴心地放了几张舒服的坐椅，人们能坐下来惬意地探讨培根的切法[①]及芝士的种类。街尾原本是汤姆斯先生的篮子铺，如今那儿矗立着一个光鲜亮丽的超市，这让圣玛丽米德的老妇人们极其厌恶。

"包装袋里都放了些从没听说过的东西，"哈特内尔小姐惊呼道，"孩子们本该吃培根加鸡蛋这样的正规早餐，现在都被这些精美包装盒里的麦片代替了。你还得自个儿拎个篮子到处找要买

[①]一般来说，培根是取自猪侧面以及背部的肉，肉多但脂肪少。而在美国则是取自猪肚子上的五花肉，会比较肥。不同的国家在制作培根时，在猪身上切下的部位会有所不同。

的东西——有时得花上一刻钟才能找到。并且，你会发现它们的包装通常都设计得很不合理，不是太大就是太小。接着还要排长队结账才能离开，这是最累人的。当然，开发区里的人会觉得这样很不错。"

她的话就此打住了。

因为通常话到这儿就该结束了。用现在的话来说就是："开发区，句号。"它不仅有着实体的建筑，还代表了发展的趋势。

2

马普尔小姐发出一声懊恼的叹息，她手上的针线活儿又掉了一针。而且这针不是刚掉的，是她要收领口时数了下针数才发现的。她拿起一个备用别针，将毛衣对着亮光使劲地瞧着，看来她的新眼镜派不上什么用场。她清楚地意识到，如今的眼科医生除了能为你提供奢华的候诊室、现代化的设备、射进眼球的强光，以及昂贵的医疗费用之外，什么都做不了。马普尔小姐不禁怀念起几年前（好吧，也还没几年），自己的视力是有多么好。从她花园里那个煞羡旁人的有利位置，能看到圣玛丽米德发生的一切，很少有东西能逃过她敏锐的双眼。有了观鸟镜的帮助（对鸟儿们感兴趣还真是有用），她还能看到——她停顿了一会儿，思绪飘回到过去。安·普罗瑟罗穿着夏款连衣裙走向牧师家的花园；而可怜的普罗瑟罗上校——他的确是个既无聊又讨人厌的家伙——则被那样谋杀了。她摇了摇头，接着想起牧师那位年轻漂亮的妻子格丽泽尔达。亲爱的格丽泽尔达——多么忠诚的朋友——每年都会寄圣诞贺卡过来。她生的那个讨人喜欢的小婴儿，如今应该已是一位魁梧的青年了，还有份很棒的工作。工程师，会吗？他小时候就喜欢把机械小火车拆得七零八落。牧师家后面原本是阶梯和田间小道，农夫贾尔的牛群会在草地上漫步，而如今——如今那儿……

是开发区。

为什么不能建设开发区呢？马普尔小姐厉声地反问自己。建造房屋很有必要，况且还造得相当不错——至少她是这么听说的。这都要归功于"规划"，或者诸如此类的词。尽管把什么地方都命名为"巷"这一点让她十分费解。奥布里巷、朗伍德巷、格兰迪森巷，以及其他的某某巷。但它们都不是真正意义上的"巷"①。马普尔小姐很清楚"巷"应该是什么样的。她叔叔过去是奇切斯特大教堂的咏礼司铎，小时候她曾和他在"巷"里住过。

这就像谢莉·贝克总把马普尔小姐那又老又挤的会客室称作"休息室"一样。每次马普尔小姐都会温柔地纠正她："这叫会客室，谢莉。"而对于既年轻又善良的谢莉来说，虽然她很努力地想记住这个词，但又暗自觉得"会客室"这个词实在太滑稽了，于是总会脱口而出"休息室"三个字。后来，她想了个折中的叫法——客厅。马普尔小姐很喜欢谢莉。她的丈夫姓贝克，他们住在开发区里。她是那些去超市购物、在圣玛丽米德安静的街上推着婴儿车闲逛的少妇之一。她们都相当时髦，很会穿着打扮。她们的头发打着小卷，她们笑着、交谈着、互相打着招呼，就像一群快乐的小鸟。尽管她们的丈夫都有不错的收入，但由于分期付款潜在的陷阱，使得她们总是需要现金，于是她们会找点家务或烹饪的活儿来做。谢莉手脚麻利，是个效率极高的厨师。同时她

---

①这里原文是 Close，表示大教堂所属的周围场地及建筑物，但也常用于街道名。

也很聪明,能得体地接电话,还能迅速发现上门推销单页上的错误。马普尔小姐不太让她翻床垫,最多让她洗洗餐具。谢莉总喜欢把餐具统统放进水槽里,然后挤上一大摊洗涤剂,要是马普尔小姐这会儿正好经过餐具室的话,就会扭过头去,假装什么都没看到。而且她已经悄悄把那套伍斯特茶具收到了角柜里,平日里不拿出来,只在特殊场合使用。取而代之的,她买了一套白底浅灰色图案的现代茶具,上面没有任何镀金之类的装饰,即使放到水槽里也没有被碰掉的危险。

过去是多么不一样啊……比如忠诚的弗洛伦斯——她是客厅女侍中的佼佼者。还有艾米、克拉拉和爱丽丝这些可爱的小女佣们,她们从圣费斯孤儿院出来,到这里接受"训练",接着去工钱更高的地方干活儿。她们大部分都患有腺状肿,而艾米则明显是个弱智。她们和村里其他的女佣们聊天、闲扯,也常和鱼贩的助手、大庄园里的助理园丁,以及巴恩斯杂货店里的某个店员一起外出散步。马普尔小姐深情地回忆起自己为她们即将出生的孩子打小毛衣的情形。她们不会使用电话,也完全不懂数学。但另一方面,她们懂得如何洗涤餐具,懂得如何整理床铺。她们没受过教育,但拥有技能。奇怪的是,如今都是受过教育的姑娘来做家务。留学生、互惠生[①]、放假了的大学生,以及像谢莉·贝克这种住在开发区那些山寨"巷"里的已婚妇女。

哦,当然,还有像奈特小姐那样的。想起她完全是因为她这会儿正在马普尔小姐头顶上走来走去,她的脚步把壁炉台上的水晶装饰品搞得叮当作响。显然,奈特小姐已经午休结束,准备出

[①] 指未婚女孩(极少情况下也有男孩)到另外一个国家,以完全平等的身份在某个家庭生活一段时间,帮助这个家庭照顾儿童或做一些家务。这个家庭则为其提供膳宿,并每月支付固定数额的零用钱。

门散步去了,过会儿她准会来问马普尔小姐要不要帮她在镇上买点东西。每次想到奈特小姐,马普尔小姐都会有这样的反应。显然,亲爱的雷蒙德(她的侄子),为人十分慷慨,至于奈特小姐,没人能比她更善良了。只是支气管炎让她变得极为虚弱,海多克医生曾严厉地告诫她,必须在时刻有人的屋子里睡觉,但是——马普尔小姐没再继续想下去。因为"随便找谁都行,只要不是奈特小姐",这样的抱怨一点用都没有。如今已没有多少老妇人能选了。尽心尽职的女仆已成为过去式。要是真的生病了,你可以花上一大笔钱、费上很大的周折,请个好点的护士到家里来,或者直接上医院去。但病痛一旦过去,你还得落在奈特小姐手里。

马普尔小姐很清楚,奈特小姐除了脾气臭了点,其他都挺好的。像她这样的人往往充满爱心,对雇主也很有感情,会时常逗她们开心,相处得也很愉快。总的来说,她们会像对待轻微弱智儿童那般照顾你。

"可是,"马普尔小姐自言自语道,"虽然我老了,但不是什么智障的小孩。"

就在这时,奈特小姐像往常那样,喘着粗气、欢快地蹦了进来。她五十六岁,体形硕大,身上的肉很松弛,泛黄的白发梳得很考究,又长又尖的鼻子上架了副眼镜,下面是唇形柔和的嘴唇,以及不太饱满的下巴。

"好了!"她满脸笑容地大声说道,口气充满愉悦,这么做是为了能让迟暮的老年人打起精神来,"我想,我们都睡过午觉了?"

"我一直在织毛衣。"马普尔小姐回答道,把重音放在了"我"这个字上。"而且,"她满怀厌恶和羞愧,对自己的不中用供认不讳,"还掉了一针。"

"哦，天哪，亲爱的，"奈特小姐说，"我们很快就会把它弄好的，不是吗？"

"你会，"马普尔小姐说，"而我，唉，这活儿我可干不了。"

马普尔小姐言语中的丝丝挖苦完全没被察觉出来。奈特小姐跟平常一样，非常热心地帮助了她。

"好了，"不一会儿她就说，"都弄好了，亲爱的。现在都对了。"

马普尔小姐能接受被女菜商或者书报亭里的姑娘们叫"亲爱的"（甚至"宝贝儿"），但她受不了奈特小姐这么叫她，每次她都会火冒三丈。这也是老妇人们必须忍受的一件事。于是她只是礼节性地谢了奈特小姐。

"现在，我要出去稍微溜达一圈，"奈特小姐以轻松的口吻说道，"不会出去太久的。"

"请务必别急着赶回来。"马普尔小姐礼貌而真诚地说。

"哦，亲爱的，我不想让你一个人待太久，你会闷的。"

"我向你保证，我会快快活活的。"马普尔小姐说，"我很可能会（她闭上眼睛）打个盹儿。"

"很好，亲爱的。那要我给你带点什么东西回来吗？"

马普尔小姐睁开眼睛，思考了一会儿。

"你可以去趟朗敦店，看看窗帘好了没有；或者你可以去威斯利太太那儿再买一绞蓝毛线；或者去药店买一盒黑醋栗含片；或者去图书馆帮我换本书——但是，别拿我书单以外的书，上次借的那本太糟糕了，我都读不下去。"说着她把那本《春天的觉醒》拿了出来。

"哦，天哪，亲爱的！你不喜欢它吗？我以为你爱上它了呢。多么美好的故事啊。"

"还有,如果你不嫌远的话,或许不介意帮我去趟哈里茨商店,看看他们有没有上下搅拌的打蛋器——不是晃动手柄的那种。"

(她很清楚市面上没有这种打蛋器,但哈里茨是能去到的最远的商店了。)

"如果不是太多的话……"马普尔小姐嘟哝道。

但奈特小姐极为真诚地答复道:"一点也不多,我很乐意去。"

奈特小姐很喜欢逛商店,这对她而言好比呼吸一般重要。要是再能遇上几个熟人,她还可以大聊特聊一番;她能和店员们谈论八卦,还有机会目睹不同商店里琳琅满目的商品。她可以花上很长的时间来做这件令人愉悦的事,而不必心怀内疚,急着早点回去。

于是,奈特小姐瞥了一眼在窗边安然休息的衰弱老妇人,就欢乐地出发了。

马普尔小姐特地等了几分钟,她怕奈特小姐又会折回来拿购物袋、钱包或是手帕什么的(她很健忘,老要回来拿东西),同时也让刚刚的脑力疲劳稍稍恢复一下,她可是费了很多神才想出那么多不需要的东西让奈特小姐去买呢。接着,她一跃而起,把针线活儿丢在一边,大步穿过房间走进前厅。她从衣钩上取下夏季外套,从衣帽架上拿下拐杖,把家里穿的拖鞋换成了结实的外出步行鞋。然后从边门走了出去。

"做完那些事情至少要花上一个半小时,"她估算道,"最起码——要和那么多从开发区来的人一起购物。"

马普尔小姐想象着奈特小姐在朗敦店里询问窗帘却一无所获的情形,而她的推断总是出人意料地准。这会儿奈特小姐肯定正在店里高声说:"当然啦,我心里很确信它们还没好,可是家里年迈的小姐既然提到了，我当然要说会来看看啦。那些可怜的老姑娘，已经没多少东西可期待了。我们得迁就她们，况且我家这位还挺可爱的。如今她越来越衰弱了，这是唯一能预料到的，她们的智商也在慢慢下降。嘿，那儿有块料子真不错，还有其他颜色吗？"

二十分钟就这么愉悦地过去了。当奈特小姐终于离开店铺时，那位年长的店员会嗤之以鼻地嘀咕："衰弱，真的吗？我要亲眼看见才相信呢。年迈的马普尔小姐总像针一般敏锐，我打赌她现在也还没变。"奈特小姐继而把注意力转移到了一位年轻姑娘身上，她穿着紧身裤和帆布套衫，这会儿正要买一块螃蟹图案的塑料布做浴帘。

"埃米莉·沃特斯，奈特小姐让我想起了这个人。"马普尔小姐自言自语道，她很欣慰自己总能通过人性把过去和现在的人联系起来。"两个人的头脑都很简单。让我想想，埃米莉后来怎么样了？"

最终的结论是，没怎么样。她起先快要和一个教区的助理牧师订婚了，但两人经过多年的相互了解后，这事儿就告吹了。马普尔小姐把自己的护工从脑袋里赶走，开始注意起周边的环境。她快速地穿过花园，从眼角余光发现莱科克正在摘除过季的玫瑰，但他的手法似乎更适合去摘杂交茶香玫瑰。不过她并不打算让这事儿烦扰到自己，也不想让它破坏偷偷溜出去的兴奋和愉悦。她对冒险总是乐此不疲。她右拐到牧师宅邸的大门口，接着走一条小路穿过牧师花园，最后从右边出去。过去那儿有些台阶，现在变成了铁质掩闸，过了这道掩闸后是一条沥青小径。小径通往一座跨越溪流的别致小桥，溪水的另一边曾是遍布牛群的草地，如今，那儿是开发区。

第二章

怀揣着哥伦布去发现新大陆的心情,马普尔小姐跨过小桥,走上小路。不到四分钟,她人就在奥布里巷了。

当然,她早就从巴辛市场街上遥看过开发区了,看到那儿的各种"巷子",以及成排的整洁坚固的房屋。房顶上都装有电视天线,门窗被漆成蓝色、粉色、黄色和绿色。那里就像一幅真实的地图,她从来没进去过,也不可能属于那儿。现在她站在这里,目睹着华丽的新世界拔地而起,她所认识的人都觉得这样的世界相当陌生,就像是由孩子们的积木搭起来的齐整模型。对马普尔小姐来说,它不太真实。

同样,住在里面的人看上去也不太真实。穿裤装的年轻姑娘、冷酷凶相的年轻男子,还有胸部正在蓬勃发育的十五岁女孩们。马普尔小姐不禁想,这一切看上去是多么的堕落。走了这么远,沿途都没人注意到她。她从奥布里巷拐了出来,到了达林顿巷。她走得很慢,边走边热切聆听那些推着婴儿车的妇女交谈的片段,听着姑娘们挑逗年轻小伙,听着小阿飞们[①]互相打着暗语。母亲们站在门外的台阶上,叫着自家孩子的名字。孩子们则跟往常一样,忙着做大人们不允许的事情。马普尔小姐感到很欣

[①]原文是 Ted,全称应为 teddy boy,指二十世纪五十年代英国常穿紧身裤、皮上衣、尖皮鞋,并热衷于摇滚乐的青年男子。

慰，孩子们真是永远不会变。她微笑着将这个记在心里，成为她赞赏的事情之一。

那个女人很像凯瑞·爱德华兹；另外那个肤色稍暗的像霍珀家的姑娘——她也会像玛丽·霍珀一样，把自己的婚礼搞得一团糟。至于那些男孩们——那个黑黑的很像爱德华·利克，言语狂妄却毫无恶意，事实上是个不错的小男孩；皮肤白皙的是贝德维尔太太的另一个儿子乔希。他们都是好小孩，两个都是。但那个像格雷格里·宾斯的，恐怕就没那么好了，我打赌他老妈和宾斯的老妈是一副德行……

她在一个街角转了弯，到了沃尔辛厄姆巷，她的情绪时时刻刻都在上扬。

新的世界和原来的没什么两样。房屋的样子变了，街道的叫法变了，人们的穿着打扮变了，说话的声音也变了，但人还和之前一样。尽管在措辞上稍有不同，但谈论的话题始终未变。

由于此趟探险历经好几个拐弯，马普尔小姐慢慢地失去了方向，她停在一个住宅区边上。此时她正身处卡里斯布鲁克巷，这里有一半尚在建设之中。在一幢即将完工的房子二楼，站着一对年轻的夫妻，他们正在谈论周边的环境，声音飘了下来。

"你得承认，这幢房子的位置很好，哈里。"

"另外那个也一样好。"

"可是这幢要多两个房间。"

"那两个房间又不是免费的。"

"嗯，我喜欢这个。"

"你当然会喜欢这个！"

"哎哟，别这么扫兴嘛。你知道妈妈是怎么说的。"

"你妈妈的嘴巴从来就没停过。"

"不许说她的不是。没有她,哪儿来的我?况且她本可以让事情变得更糟,她完全可以把你送上法庭。"

"哦,快别说了,莉莉。"

"这儿真是欣赏群山景色的绝佳之地。你几乎能看到——"她把整个身体朝左倾,并不断地向外探出去,"几乎能看到那个蓄水池。"

她的身子继续往外探着,压根没意识到自己正把全身的重量都压在几根横搁在窗台的松动木板上,木板经不起这点分量,向外滑了出去,把她也往外带。她大叫起来,试图保持平衡。

"哈里!"

这位年轻小伙子一动不动——站在她身后一两步远的地方,接着往后退了一步——

女孩拼命地抠住墙壁,挽救了自己。

"哦!"她缓了口气,"我差点儿摔出去了,你为什么不过来拉我一把?"

"一切发生得太突然了。不过不管怎么说,你没出什么事。"

"你只会这么说,我告诉你,刚才我真的差点儿就摔下去了。瞧瞧我的外套,都弄脏了。"

马普尔小姐本已走过他们好几步了,但一个冲动,她又掉头走了回来。

莉莉站在路边,等着那位年轻小伙子把房子的门锁上。

马普尔小姐走向那位姑娘,快速地低声说道:"如果我是你,亲爱的,就不会嫁给这位年轻人。你得找一个遭遇危险时能靠得住的人。很抱歉跟你说了这些话——但我认为应该提醒你一下。"

说完她便转身离去,留下莉莉在原地望着她。

"嗯,都搞定了——"

她的心上人走上前来。

"刚才她跟你说了什么,莉莉?"

莉莉刚要张嘴,又闭上了。

"一个难解的不详警告,如果你非要知道的话。"

接着她若有所思地看着他。

至于马普尔小姐,她迫不及待地想要离开他们俩,结果急转弯时被几块松动的石头绊了一下,摔倒在地。

一名妇女急急忙忙从自己家里跑了出来。

"哦,天哪,摔得多重呀!您没伤到吧?"

她极度热心地张开双臂,将马普尔小姐抱住,把她拽了起来。

"没有骨折吧?现在好点了吗?刚才您一定受了不小的惊吓。"

她声音很大,但很友善。是位身材丰满、四四方方的妇女,大概四十来岁,棕色的头发正渐渐变白,有一双蓝色的眼睛,嘴巴很大,双唇饱满,白得发亮的牙齿教人看着怪可怕的。

"你最好进屋坐一会儿,休息一下。我来给您泡杯茶。"

马普尔小姐向她表示了感谢。随后跟她走进蓝色的大门,来到一个小房间里,房间里摆满了鲜艳的印花椅子和沙发。

"我们到了。"这位恩人说道,接着把马普尔小姐安置在一张有垫子的单人沙发上,"您先静静地坐一会儿,我去烧水。"

她匆匆离开,房间一下子变得极为安静。马普尔小姐深呼了一口气,她并没有受伤,但着实吓了一跳。就她的年龄来讲,跌倒可不是什么好事。幸运的是,奈特小姐将永远不会知道这件事,想到这儿她不禁有些内疚。马普尔小姐小心翼翼地活动了一下手脚,并无大碍,只要能安然无恙地回到家就行。或者还是先喝杯茶好了。

正想到这儿，茶正好来了。托盘上还有个小碟子，上面放着四块甜饼干。

"都给您准备好了。"她把托盘放在面前的小桌子上，"我来帮您倒茶吧，最好多放点糖。"

"我不要糖，谢谢。"

"您必须补充点糖分。要知道，刚才您受了惊吓。战争期间我曾跟急救队去过国外，我知道糖分对治疗惊吓有奇效。"她往杯子里放了四块糖，用力地搅拌着，"这一杯下肚，你一定就能恢复了。"

马普尔小姐接受了她的建议。

真是位好心人，她心里想着，她让我想起某个人——是谁呢？

"您对我太好了。"她微笑着说道。

"哦，这没什么。小小救护天使，就是我。我喜欢帮助别人。"大门的门闩咔嚓一响，她朝窗外望了望，"应该是我丈夫回来了。阿瑟——家里来了位客人。"

她离开房间去了前厅，阿瑟跟着她一起进来，显得有些困惑。他人很瘦，脸色苍白，说起话来不紧不慢的。

"这位女士刚才摔倒了——就在咱们家门口，所以，我理所应当地把她领到了家里。"

"您妻子人真好，您叫？"

"巴德科克。"

"巴德科克先生，抱歉，我给您妻子添了不少麻烦。"

"哦，不会的。对希瑟来说这不算什么。希瑟乐意为别人做点什么。"他好奇地望着马普尔小姐，问，"您这是要去什么地方吗？"

"不，我只是随便走走。我住在圣玛丽米德，就在牧师家后面。我姓马普尔。"

"哇,不会吧!"希瑟惊呼道,"您就是马普尔小姐呀!久仰大名!您就是专搞谋杀案的那个人吧?"

"希瑟!你在——"

"哦,你明白我的意思。我不是说搞谋杀案,而是指办谋杀案。是这样的,对吗?"

马普尔小姐谦虚地咕哝说自己的确曾被卷进过一两桩谋杀案里。

"我听说,这个村里也发生过谋杀案。某天晚上,宾果俱乐部里的人都在谈论那件事。戈辛顿庄园里就有过一起。我可不会买发生过谋杀案的房子。我敢肯定,那种房子会闹鬼。"

"谋杀并非发生在戈辛顿庄园里。只是尸体被搬到了那儿。"

"他们说,尸体是在图书室里的炉前地毯上发现的?"

马普尔小姐点了点头。

"您听说了吗?他们要据此拍部电影呢。或许这就是马丽娜·格雷格买下戈辛顿庄园的原因吧。"

"马丽娜·格雷格?"

"是的,她和她的丈夫。我忘记他叫什么了——我想他是制片人,或是导演——叫贾森什么的。不过马丽娜·格雷格十分可爱,不是吗?虽然近几年来她很少拍电影了——她一直身体不好,但我依旧认为没人比得过她。您见过她在《卡梅奈拉》里的出色表演吗?还有《爱的代价》和《苏格兰女王玛丽一世》?她不再年轻,却永远是一名出色的女演员。我一直是她的超级影迷,十几岁时就经常梦见她。我整个人生中最欣喜若狂的一次,是有场为百慕大圣约翰急救队筹款的大型演出,马丽娜·格雷格前来揭幕。我激动得快疯了,可就在演出当天我发烧了,医生叮嘱我不能去。但我不打算被病痛击败，况且我并没觉得有多糟糕，所以我从床上爬了起来，往脸上涂了很多东西，就出去了。别人把我介绍给了她，她跟我聊了足足三分钟，还给我签了名。真是太美妙了。我永远都不会忘记那一天。"

马普尔小姐凝视着她。

"这么做没让你的病情恶化吧？"她担忧地问。

希瑟·巴德科克大笑起来。

"完全没有，我的感觉从没那么好过。我要说的是，如果你想做成一件事，你就得冒点险。我就总是这样。"

她又大笑起来，笑得得意又刺耳。

阿瑟·巴德科克也赞赏有加地说："从来没有东西能阻止得了希瑟，她总能侥幸得手。"

"艾莉森·怀尔德。"马普尔小姐咕哝着，满意地点了点头。

"你说什么？"巴德科克先生问。

"没什么，是个以前我认识的人。"

希瑟探寻般地望着她。

"您让我想起了她，仅此而已。"

"是吗？我希望她是个好人。"

"她人确实非常好。"马普尔小姐慢悠悠地说，"善良、健康、充满活力。"

"但我想她也有缺点，对吗？"希瑟大笑着说，"我就有不少缺点。"

"嗯，艾莉森总是非常确信自己的看法，很少能听进去别人的观点，也不知道同一件事会对别人产生什么影响。"

"就好比上次，你收留了从那该死的农舍里疏散出来的一家子，结果他们走时把咱家里的茶匙也捎上了。"阿瑟说。

"可是阿瑟,我无法拒绝他们,那样太狠心了。"

"都是些祖传的茶匙啊,"巴德科克先生忧伤地说,"乔治时代的,是从我母亲的祖母那儿传下来的。"

"哦,阿瑟,忘了那些旧茶匙吧。你总是对此喋喋不休。"

"恐怕我不那么擅长遗忘。"

马普尔小姐若有所思地看着他。

"您那位朋友现在在做什么?"希瑟带着友善的好奇心问马普尔小姐。

马普尔小姐迟疑了一会儿,然后说道:"艾莉森·怀尔德?哦,她死了。"

第三章

1

"能回来我真高兴，"班特里夫人说，"尽管我玩得很开心。"马普尔小姐会意地点点头，从她朋友手中接过一杯茶。

这位朋友的丈夫——班特里上校——几年前去世了，于是她把戈辛顿庄园连同一块相当大的地皮一起出售了，只留了东门边的小屋给自己住。那是个有门廊的迷人小房子，可是到哪里都很不方便，以前连园丁都不愿意住那儿。班特里夫人为它添置了些现代化生活的必需品：一间改造过的新式厨房；从总管道接过来的供水系统、供电系统；还有一个卫生间。这些着实花了她不少钱，但和住在戈辛顿庄园相比，这点钱压根不算什么。同时她还保留了必要的隐私——一个四分之三英亩大的花园，里面精心种满了各种树木。对此她解释道："无论他们把戈辛顿庄园弄成什么样我都看不到，也就不必为此而烦恼。"

近些年来，她每年都会花很多时间去四处旅行，看望遍布全球的孩子和孙辈，再时不时回到自己家里享受独处的快乐。戈辛顿庄园易过一两次主。起先做过上等旅社，但经营失败了；后来被四个人买下，将它粗暴地分成四个公寓，不过也以争吵翻脸收场；最后卫生部不知出于什么原因将它买下，可如今似乎又不想要了，于是将它再次出售。现在这两位好朋友就在讨论此次买卖。

"当然，我听到了一些传闻。"马普尔小姐说。

"这很正常，"班特里夫人说，"甚至还有人说查理·卓别林和他所有的孩子都要住进来呢。要真是这样就太有意思了。可惜这消息里没一个字是真的，完全没有。一定是玛丽娜·格雷格吧？"

"她多么可爱啊！"马普尔小姐叹了口气说道，"我一直记得那些她早年拍的电影。她和英俊的乔尔·罗伯特合演的《候鸟》，还有《苏格兰女王玛丽一世》，以及那部《穿过麦田》，虽然片子很伤感，但我实在喜欢。哦，天哪，那真是很久以前的事了。"

"是啊，"班特里夫人说，"她一定有四十五岁了，或者快五十了？你觉得呢？"

马普尔小姐觉得她快五十了。

"她最近演过什么片子吗？显然，我已经不太去电影院了。"

"我想只能演些小角色吧。"班特里夫人说，"很久之前她就不再是明星了。某次离婚后，她的精神彻底崩溃了。"

"她这样的人总有很多任丈夫。"马普尔小姐说，"那一定很累人。"

"反正不适合我，"班特里夫人说，"当你爱上一个人，并与之结婚后，就会渐渐习惯他的生活方式，心也会舒服地安定下来——而要离开这一切，重新开始，我肯定是疯了。"

"这些我都没有发言权。"马普尔小姐说，还像个老处女似的轻咳了一声，"我从未结过婚。你明白的，这似乎是个遗憾。"

"我觉得，就她们的生活而言，真的无法控制。"班特里夫人说得有些含糊，"她们活在公众视野里，你知道。我见过她，"班班特里夫人补充道,"我是指玛丽娜·格雷格,当时我在加利福尼亚。"

"她是个怎样的人?"马普尔小姐饶有兴趣地问。

"非常有魅力,"班特里夫人说,"有种未被破坏的自然之美。"她想了一会儿,又说,"这是她们的保护色。"

"什么意思?"

"要有那种未被破坏的自然之美。你必须学会如何拥有,接着要时刻保持这种感觉。试想一下这该死的生活——你永远不能嫌弃某样东西,或者说:'哦,上帝啊,别来烦我好吗?'我敢说,不得不常常酗酒或纵欲派对也是出于纯粹的自我保护。"

"她有过五位丈夫,是吗?"马普尔小姐问。

"至少五个。第一任不值一提,第二任是个国外的王子还是伯爵什么的,第三任也是位影星,叫罗伯特·特拉斯科特,是吧?那段婚姻被人们追捧为一段浪漫佳话,但也只维持了四年。接着是伊西多尔·赖特,一位剧作家。那次她相当认真,也很低调,她还生了孩子——显然,她一直渴望要个孩子,她经常半收养一些流浪儿童——不管怎么说,这事儿是真的,还被媒体大肆渲染了一番,随处可见大大的'母爱'标题。不过我估计那孩子是个弱智,或者哪里不对劲——之后不久她就精神崩溃了,开始吃药,并放弃了很多电影角色。"

"你似乎知道许多有关她的事情。"马普尔小姐说。

"嗯,当然。"班特里夫人说,"她买下戈辛顿庄园时我对她很感兴趣。她和现任丈夫是两年前结的婚,而且据说现在身体状况都还不错。他是位电影制片人——还是导演?我总把这两个搞混。他们俩年轻时就相爱了,但当时他没什么钱。可如今,我相信,他已经很出名了。他叫什么来着?贾森——贾森什么——贾森·赫德？不对，是拉德，就是拉德。他们买下戈辛顿庄园是为了……"她迟疑了一下，接着猜测道，"离埃尔斯特里近一些？"

马普尔小姐摇了摇头。

"我觉得不是，"她说，"埃尔斯特里在伦敦北部。"

"有一个相当新的电影制片厂，黑林福斯？对，就是这个名字，我总觉得听起来芬兰味十足。它离巴辛市场大约有六英里，我想，她打算在那里拍一部关于茜茜公主的片子。"

"你知道的可真多啊。"马普尔小姐说，"特别是影星的私生活。这些都是你在加利福尼亚的时候得知的？"

"倒也不是，"班特里夫人说，"我常去的发廊里有很多罕见的杂志，事实上我是看了杂志才知道这么多的。里面的大部分明星我甚至叫不出名字，但对于玛丽娜·格雷格，我之前就说了，她和丈夫买下戈辛顿庄园时我就对她产生了兴趣。瞧瞧那些杂志上写的东西！我敢说里面一半的内容都不可信——不，四分之一都不到。我不觉得玛丽娜·格雷格是个色情狂，也不信她在酗酒，对吃药这件事我也表示怀疑。我想，她很可能只是去了很远的地方，好好休息了一下，压根就没精神崩溃！——不过她要搬到这里来住，这倒是真的。"

"我听说是下个星期。"马普尔小姐说。

"这么快？我只听说为了宴请圣约翰急救队的成员们，她要在二十三号把戈辛顿庄园借出去。我想他们一定把房子好好装修了一番。"

"能变的几乎都变了。"马普尔小姐说，"不过说实话，也许将它全部推倒重建会更省力点，或许也更便宜。"

"我想会新增几个卫生间吧？"

"我听说新造了六间。还造了棕榈阁和游泳池，装了很多落地窗。他们还把原来你丈夫的书房和图书室打通,合并成一间音乐室。"

"阿瑟在坟墓里要被气醒了吧。你知道他有多仇恨音乐。他是个乐盲,真是可怜。要是哪位好心的朋友请我们去听歌剧,你真得见识下他的臭脸。他很可能会化成鬼去骚扰他们。"她停了下来,突然又说,"有没有人暗示过戈辛顿庄园可能会闹鬼?"

马普尔小姐摇了摇头。

"没有。"她非常肯定地回答道。

"谁也阻止不了别人这么说。"班特里夫人指出。

"至今没人这么说过。"马普尔小姐顿了顿,又继续说道,"大家都不傻,你也知道。村里没人这么说。"

班特里夫人迅速地看了她一眼,说:"你总这么说,简,而我也不打算说你错了。"

她突然微笑起来。

"玛丽娜·格雷格曾亲切又温柔地问过我,看到自己原来的家被陌生人占用会不会感到很痛苦。我让她放心,这事儿压根对我毫无影响,但我觉得她不太相信。毕竟,这你是知道的,简,戈辛顿庄园并不能算我们的家。我们不是在这儿长大的——这才是最重要的。是阿瑟退休后我们才将它买下来的,因为在这儿打猎和钓鱼都十分方便。而且,我想起来了,当时我们觉得这幢房子很不错,也容易管理。我简直无法理解当时我们怎么会有这种想法!那么多楼梯和走廊,却只有四个用人!只有四个!那时的日子哟,哈哈!"她突然又问,"你是怎么摔倒的?那个叫奈特的女人不该让你独自出门的。"

"可怜的奈特小姐,这不是她的错。我差遣她去买很多东西,然后我就——"

"然后你就故意摔给她看?我算是看明白了。唉,你不该这么做的,简。这不是你这把年纪该做的事。"

"这事儿你是怎么知道的?"

班特里夫人咧嘴一笑。

"在圣玛丽米德没有秘密可言,你经常这么跟我说。是米维太太告诉我的。"

"米维太太?"马普尔小姐一脸茫然。

"她每天都会过来。她住在开发区里。"

"哦,开发区。"马普尔小姐停住了,跟往常一样。

"你去开发区干吗呀?"班特里夫人好奇地问。

"我只是想去那儿看看,看看里面的人都长什么样。"

"那你觉得他们都长什么样呢?"

"和其他人一样。我真不知该说失望呢,还是该感到欣慰。"

"是失望吧,我觉得。"

"不,我倒觉得挺让人安心的。它让你——呃——认识到某类特定的人群。因此,要是发生了什么,你就能清楚地理解其中的缘由。"

"你的意思是……发生谋杀案?"

马普尔小姐十分震惊。

"我不知道你为什么总认为我在想谋杀的事。"

"胡说,简,你为什么不大胆地站出来承认自己是位犯罪学家,并且已经处理过好几桩案子了?"

"因为我完全不是那样的人。"马普尔小姐神采奕奕地说,"我只是略懂人性罢了——在一个小村子里待上一辈子,看明白这些是很自然的事。"

"你说得也不无道理。"班特里夫人若有所思地说,"尽管很多人不这么认为。你的侄子雷蒙德过去常说这地方是潭死水。"

"亲爱的雷蒙德,"马普尔小姐深情地说,"他为人那么善良。你知道,奈特小姐的工钱都是他付的。"

说到奈特小姐,又引发了马普尔小姐的一连串思绪,于是她起身说:"我想现在我该回去了。"

"你刚才不是一路走过来的吧?"

"当然不是,我是坐'英奇'来的。"

这段看似费解的话,班特里夫人却完全能理解。很久以前,英奇先生就拥有两辆出租马车,用来去火车站接送客人。同时他也受雇于当地的女士,供她们"使唤",比如带她们去参加茶会,偶尔还会带上女儿去参加诸如舞会这种无聊的娱乐活动。英奇是位喜气洋洋、面色红润的老头,七十岁时,他觉得是时候让儿子——人们都叫他"小英奇"(当时四十五岁)——来接手了。不过考虑到儿子太年轻,做事还不靠谱,老英奇还是继续在为老妇人们赶马车。为了顺应时代的潮流,小英奇把马车换成了汽车。但他对机械不太在行,没过多久,一位叫巴德维尔的先生就接管了这门生意,但他保留了"英奇"这个名字。又过了没多久,巴德维尔先生将车卖给了罗伯茨先生,但如今电话本上留的官方名称依旧是"英奇租车服务"。因此,这一带的老妇人继续说自己是坐"英奇"去某个地方的,就好像她们是约拿,而"英奇"是鲸鱼。①

---

① 《圣经》中的一则典故。约拿因违背神意被扔下海后,上帝派了一只鲸鱼将他吞到肚子里。约拿在鲸鱼腹内不住地向神祷告,三天三夜过后,鲸鱼将约拿吐在了陆地上。这里是做了类比,指英奇家的车带着妇人们"披荆斩棘"。

2

"海多克医生来过了,"奈特小姐责备道,"我跟他说您和班特里夫人喝茶去了。他说他明早再过来。"

她帮马普尔小姐取下外套。

"那么现在,我想我们俩都累坏了。"她带着指责的态度说道。

"你可能真的累坏了,"马普尔小姐说,"但我没有。"

"您赶紧过来,舒服地坐到火炉这边。"奈特小姐说,她和往常一样,完全没注意马普尔小姐的话。("你不必太在意老年人说的话,只要迁就他们就行了。")"我们来杯美味的阿华田怎么样?还是换个牌子,试试好立克?"

马普尔小姐道了谢,并说她想要来一小杯干雪莉。奈特小姐显得很不高兴。

"真不知道医生对此会怎么说。"她边说边递过酒杯。

"明天早上我一定会好好问问他的。"马普尔小姐答道。

第二天早上,奈特小姐在前厅接待了医生,并激动地同他耳语了一番。

接着,这位上了年纪的医生搓着双手走进了房间。一大早确实挺冷的。

"医生来看咱们啦。"奈特小姐欢快地说,"医生,要我帮你把手套放好吗?"

"就放这里好了。"海多克医生说着把手套往桌上随便一扔,"今早真够冷的。"

"要来一小杯雪莉吗?"马普尔小姐建议道。

"我听说你最近开始喝酒了，呃，喝酒总得有伴吧。"

玻璃酒瓶和酒杯都已经放在了马普尔小姐身边的小桌子上。奈特小姐离开了房间。

海多克医生和她是老朋友了。现在他处于半退休状态，偶尔会来看望一下以前的病人。

"我听说你摔了一跤。"喝完一杯酒后他说，"这不太好，你知道的，就你这个年龄来说，摔跤不是什么好事，这我得提醒你。另外，我听说你不肯请桑福德来看。"

桑福德曾是海多克的搭档。

"不过你家的奈特小姐还是把他给请来了——这么做很对。"

"我只是擦伤了一点，受了点惊吓罢了。桑福德医生是这么说的。我原本可以等你回来再看的。"

"嘿，你瞧，亲爱的，我不可能永远这么照看你们。而桑福德，我告诉你，他的资历比我好，他可是一流的。"

"年轻医生都一个样。"马普尔小姐说，"给你测一下血压，然后不管你得的是什么病，他们都有一大堆批量生产的新式药丸配给你。粉的、黄的、棕的，如今的药店都跟超市一样，全都给你包装好了。"

"所以你活该要吃我开的蚂蟥和黑色顿服剂，然后再加点樟脑油来按摩胸口。"

"要是咳嗽了，我就会这么做。"马普尔小姐精神地说，"真的很有用。"

"问题的关键是，我们都不想变老。"海多克轻声说道，"我讨厌变老。"

"和我比起来，你还算是个年轻人，"马普尔小姐说，"而且我并不介意变老——我是说慢慢老去这个事实，因为这不算耻辱。"

"我想我明白你什么意思。"

"身边必须有人陪着！想一个人出去几分钟有多难！甚至做起针线活儿都不利索——那曾经是多么惬意的一件事，对此我还挺在行的。可如今我总掉针，而且大部分时候都没意识到掉针了。"

海多克医生若有所思地看着她。

接着他眨了眨眼。

"事情是互逆的。"

"这话是什么意思？"

"如果你打不了毛衣，为什么不试着改变一下，去拆掉它呢？就像珀涅罗珀① 那样。"

"我和她不同。"

"但是拆解东西你很擅长，不是吗？"

他站起身来。

"我得走了。我给你开的处方是：一桩巧妙、刺激的谋杀案。"

"这听起来太骇人了。"

"难道不是吗？在夏日里，通过测量西芹陷入黄油的深度来破案，对此我一直很诧异。老福尔摩斯真是厉害，也许如今他已经过时了，但永远不会被人们忘记。"

医生刚走，奈特小姐就匆匆走了进来。

---

① 出自荷马的史诗《奥德赛》。珀涅罗珀的丈夫外出打仗期间，有一百多个来自各地的王孙公子向她求婚。忠贞不渝的珀涅罗珀为了摆脱求婚者的纠缠，想出个缓兵之策，她宣称等她为公公织完一匹做寿衣的布料后，就改嫁给他们中的一个。于是，她白天织这匹布，夜晚又在火炬光下把它拆掉。就这样织了拆，拆了又织，没完没了，拖延时间，等待丈夫归来。

"好啦,"她说,"我们这会儿看起来心情好多啦。医生有没有推荐什么补品呀?"

"他建议我发展一下对谋杀案的兴趣。"

"一本精彩的侦探小说?"

"不,"马普尔小姐说,"是现实生活中的。"

"天哪,"奈特小姐惊呼道,"这儿这么僻静,不太可能发生谋杀案吧。"

"谋杀,"马普尔小姐说,"可能发生在任何地方。事实上也确实如此。"

"也许会发生在开发区,"奈特小姐若有所思地说,"那些看起来像小阿飞的男孩子都随身带着小刀。"

然而,谋杀案确实发生了,而且不在开发区里。

第四章

1

班特里夫人向后退了一两步，仔细打量着镜中的自己。她稍稍调整了一下帽子（她并不习惯戴帽子），然后戴上一双质量上乘的皮手套，接着小心地关上门，离开了她的小屋子。她总是对未来充满了愉快的期待。自上回和马普尔小姐交谈后，已经过去快三周了。玛丽娜·格雷格和她丈夫已经抵达戈辛顿庄园，而且也差不多安顿下来了。

当天下午将会有场会议，与会成员是组织圣约翰急救队宴会的主要成员。班特里夫人不是其中之一，但她收到了一张玛丽娜·格雷格给她的便条，让她在会前去那里喝杯茶。便条上提及两人之前在加利福尼亚的那次会面，并在最下方署名"诚挚的玛丽娜·格雷格"。便条是手写的，不是打字机打出来的。不可否认，这让班特里夫人感到既开心又荣幸。毕竟，影星就是影星，而上了年纪的老妇人们虽然在当地还有些名望，但也深知自己在名利场上无足轻重。因此，班特里夫人就像一个受到特别款待的孩子一般，快乐至极。

走上行车道后，班特里夫人用她敏锐的双目四处打量，将周遭的一切映入脑海。这宅子几经转手后，变得越来越漂亮了。

"真是不计成本啊。"班特里夫人自言自语道,并满意地点了点头。在车道上看不见花园,但班特里夫人依旧很高兴。花园及周围那些特别的草木,都是她多年前住在戈辛顿庄园时尤为钟爱的。她不禁想起那些鸢尾花来,怀念中夹杂着些许遗憾。那绝对是乡间最美的鸢尾花丛,为此她感到极其骄傲。

她来到刚油漆不久、熠熠生辉的大门前,按了一下门铃。一名男管家及时又愉快地出来应门,毫无疑问他是个意大利人。接着她被径直领进班特里上校生前的图书室里。和之前听说的一样,现在这里和书房被打通成了一间,还真让人过目不忘。四周是镶有嵌板的墙壁,地上是拼花地板,房间的一头放着一架大钢琴,中间有一部豪华留声机。房间的另一头则像是另一片小天地,地上铺着波斯地毯,上面放着一个茶几和几张椅子。玛丽娜·格雷格坐在茶几边上,一位男士倚在壁炉台边,乍看上去真是班特里夫人所见过的最丑的男人。

就在不久前,班特里夫人按响门铃时,玛丽娜·格雷格正以温柔又热情的口气对她丈夫说:"这地方真是太适合我了,金克斯,真的。这是我一直盼望的,宁静,英式静谧及英式乡村。我想一直住下去,可能的话,我要待上一辈子。我们要过英式生活。每个下午都要喝下午茶,用我那套心爱的乔治时代茶具喝中国茶叶。我们还能透过窗户欣赏外面的草坪和英式花园。我有一种感觉——我终于回家了。我觉得自己能在这儿安顿下来,享受这份安静和快乐。这个地方,会是我的家。家。"

贾森·拉德(他妻子叫他金克斯)微笑地看着她。那是一种顺从的微笑,充满了宠爱,却有所保留,因为这样的话他已经听过很多次了。也许这次会是真的,也许这地方确实能让玛丽娜·格雷格有种"家"的感觉。但他非常了解她,一开始对事物总是很热情,每次都觉得自己终于找到真正想要的了。

他用低沉的嗓音回答:"太好了,亲爱的,这真是太好了。我很高兴你能喜欢。"

"喜欢?我爱死它了!难道你不爱它吗?"

"当然啦,"贾森·拉德说,"当然。"

他心里想着,这地方还不算太差。材质好,又坚固,只是这种维多利亚式的房子相当丑陋。不过他必须承认,这房子给人一种坚固、安全的感觉。但最最糟糕的是位置——极其不便利。如果这个问题也能解决,那住在这里应该是相当舒服的。时不时地过来住住也不赖。如果够幸运,他想,玛丽娜应该在两年到两年半内不会厌倦它,不过这也得看情况。

玛丽娜轻轻叹了口气,说:"身体能够再次恢复健康真是太棒了,健康又强健,我感觉自己能处理各种事情了。"

贾森又附和道:"当然啦,亲爱的,自然是这样的。"

就在这时,门被打开了,意大利管家把班特里夫人领了进来。

玛丽娜·格雷格迎客的样子真是迷人。她走上前来,伸出双手,告诉班特里夫人能再次见到她是多么快乐的一件事。并说起那次她们俩本该在旧金山碰个面的,因为两年后她和金克斯就买下了这幢原本属于班特里夫人的房子,这一切真是太巧了。她还希望——真诚地希望——班特里夫人能原谅他们如此粗暴,不要介意他们对房子进行的多处改造,希望她不要把他们看成可怕的入侵者。

"你能搬来这儿住真是最让人兴奋的事了。"班特里夫人高兴地说,同时往壁炉那儿看了看。

这会儿玛丽娜·格雷格才反应过来,说:"您还不认识我丈夫,对吗?贾森,这位是班特里夫人。"

班特里夫人饶有兴趣地看着贾森·拉德。他是她见过最丑的人之一，先前的第一印象得到了确认。他的眼睛十分有趣，她觉得这双眼睛比之前见到的任何一双都要凹陷。又深又静的水潭，班特里夫人对自己说，同时感觉自己像一位浪漫的女小说家。他脸上的其余部分也极不规整，可以说几乎失去了比例，显得十分滑稽。他的鼻子向上突，要是在上面点些红颜料的话，就能轻而易举地变成个小丑鼻。同样，他还有张小丑式的悲伤大嘴。叫人分辨不出，他这会儿是真的在生气，还是看起来像在生气。但他开口说话时，声音却出人意料地亲切，低沉又缓慢。

"丈夫，"他说，"总在事后才会被想到。但请允许我代表妻子一同欢迎您来这里。我希望您没在期待这房子该是另一副模样才好。"

"您必须把这样的想法赶出您的脑袋。"班特里夫人说，"我可不是被人赶出家门的。事实上，这里压根就不算我的家。自从卖了它之后，我每天都在庆祝。这幢房子经营起来太累了，尽管我很喜欢花园，但房子本身真是愁人。自打我经常出国旅行后，日子过得相当美好，我能去全世界不同的地方看望已婚的女儿、孙子、孙女，还有我的朋友。"

"女儿？"玛丽娜·格雷格说，"您有子女？"

"两个儿子，两个女儿，"班特里夫人说，"但他们离得都很远。一个在肯尼亚，一个在南非。一个在得克萨斯州附近，另一个，感谢上帝，在伦敦。"

"四个，"玛丽娜·格雷格说，"四个孩子。那孙子、孙女呢？"

"至今为止有九个，"班特里夫人说，"做祖母真是太有意思了，不必担负为人父母的责任，可以放肆地宠爱他们。"

这时，贾森·拉德打断了她。"我觉得阳光可能太刺眼了。"他说道，接着走到窗前，调整了一下百叶窗，"您得跟我们说说这可爱的小村子里的一切。"他边说边走了回来。

他递给她一杯茶。"您是要吃个热馅饼还是三明治，或者来块蛋糕？我们有个意大利厨师，她做的点心和蛋糕真是一流。您瞧，我们都养成了你们英国人喝下午茶的习惯了。"

"茶泡得也不错。"班特里夫人啜了一口芳香的茶水后说。

玛丽娜·格雷格微笑着，看起来很高兴。贾森·拉德发现她一两分钟前因不安而突然颤抖的手指已恢复了平静。班特里夫人带着一丝崇拜，看着这位女主人。她全盛时期时，人们还未开始重视女性的三围，因此玛丽娜·格雷格从未被视为"性感女神"，也不可能有诸如"波霸"或者"尤物"等昵称。她身形修长，非常苗条。头部和脸部的轮廓很漂亮，让人联想到嘉宝①。她赋予影片的是性格，而不是性感。忽然的一个回头，深邃又可爱的眼睛微微睁大，还有微微颤抖的嘴唇，这些都给人一种突如其来，又动人心魄的美。这种美不是固定的长相，而是一种体态的魔力，能在不经意间抓住观众们的心。尽管如今已不太明显，但她依然保有这样的魅力。和众多的影视及舞台演员一样，她能按自己的意愿随意转变性格。她能够进入自我，安静、温柔、冷漠，让热情洋溢的影迷失落至极。忽然间又一回眸、摆手、微笑，一举手一投足都尽显魔力。

《苏格兰女王玛丽一世》是她最伟大的影片之一，班特里夫人声称是看了她在那里面的表演才开始关注她的。接着班特里夫人将目光转向她的丈夫，此刻他也正看着玛丽娜。一时没有防

---

① 葛丽泰·嘉宝（Greta Lovisa Gustafsson, 1905 – 1990），电影史上最著名的女明星之一，被誉为"默片女皇"，曾获颁奥斯卡终身成就奖。

备，他的情感都表露在了脸上。"天哪，"班特里夫人暗自说道，"这位男士太爱慕她了。"

她不知道自己为什么会如此惊讶。也许是因为影星们的风流韵事及他们的至亲挚爱总被媒体大肆地宣传报道，从没想过真实的会是什么样子。

一时冲动，她脱口而出："我真希望你们能喜欢这里，并且能在这里住上一段日子。你们想过长期住下吗？"

玛丽娜转过头来，睁大了眼睛，一脸惊讶的样子。"我想要一直住在这儿，"她说，"哦，我不是说住着不离开。我当然会时不时地出去。虽然目前还没定，但我明年很可能要去北非拍一部片子。但这儿是我的家，我总会回来的。"她叹了口气，又说："多美妙啊，最终能找到一个家。"

"我明白。"班特里夫人说，同时又在心里嘀咕，不管怎样，我可完全不会相信你说的，我不相信你是那种会安定下来的人。

她又偷偷瞄了一眼贾森·拉德，此刻他不再愁容满面，而是在微笑。一个出人意料的甜蜜微笑，同时也是个悲伤的微笑。

"他也很清楚这一点。"班特里夫人心想。

门被推开了，一位女士走了进来。"巴特利特打来电话找您，贾森。"她说。

"让他们过会儿再打来。"

"他们说事情很紧急。"

他叹了口气，站了起来。"我来给你介绍一下，这位是班特里夫人。"他说，"埃拉·杰林斯基，我的秘书。"

埃拉·杰林斯基礼节性地微笑了一下，这时玛丽娜说："埃拉，过来喝杯茶。"

"我还是来块三明治吧，"埃拉说，"我不太喜欢喝中国茶。"

埃拉·杰林斯基大概三十五岁，穿一身剪裁得体的套装，一件有褶饰边的衬衫，看上去自信满满。她留着黑色的短发，额头很宽。

"他们说，您以前住这里。"她对班特里夫人说。

"那是很久以前的事了。"班特里夫人说，"我丈夫去世后我就把它卖了，至今为止，它已经转过好几次手了。"

"班特里夫人说她不介意我们把房子搞成这样。"玛丽娜说。

"如果你们没这么做，我反而会觉得万分失望。"班特里夫人说，"我一直急切又兴奋地想过来，想给你们讲讲这村里最精彩的传闻。"

"真是难以想象，在乡下要找个水管工竟这么麻烦。"杰林斯基小姐大口嚼着三明治，一副公事公办的样子，"其实这些不算我真正的工作范畴。"她继续说道。

"每件事都是你的工作范畴，"玛丽娜说，"这些你是知道的，埃拉。家政工、管道工，还有与施工队的纠纷，等等。"

"这里的人似乎都没听说过落地窗。"

埃拉向窗外望去。"外面的景色很美，这点我必须承认。"

"古老又美丽的英伦乡村风光，"玛丽娜说，"这幢房子就很有这样的氛围。"

"要不是这些树，这地方看着一点也不乡村。"埃拉·杰林斯基说，"那里的房地产业正在你的眼皮子底下蒸蒸日上地发展。"

"这些都是我搬出来后新建的。"班特里夫人说。

"您是说您还住这里时，除了这个村子以外，别的什么都没有？"

班特里夫人点了点头。

"那要买点东西应该很难吧？"

"我倒不觉得,"班特里夫人说,"我觉得十分便利。"

"家里得有个花园,这点我很能理解,"埃拉·杰林斯基说,"但你们似乎还自己种蔬菜。去买岂不是更方便——反正有超市嘛。"

"快要那样了。"班特里夫人叹了口气,说,"但是,味道吃起来是不一样的。"

"别破坏气氛了,埃拉。"玛丽娜说。

这时门开了,贾森往里张望了一下。"亲爱的,"他对玛丽娜说,"我真不想打扰你,但你能过来一下吗?他们想听听你对这件事的看法。"

玛丽娜叹了口气,站了起来,不情愿地慢慢走向门口。"总有事情,"她咕哝道,"真是抱歉,班特里夫人。我想不会超过两分钟的。"

"气氛,"当玛丽娜离开房间并关上房门后,埃拉·杰林斯基说,"您觉得这房子有某种特定的氛围吗?"

"我想……我从没这么想过,"班特里夫人说,"这只是幢房子罢了。在某些方面,它显得十分不便利,但就另一些方面来说,它又极其温馨舒适。"

"我就知道您会这么说。"埃拉·杰林斯基说,并向班特里夫人投去迅速又直接的一瞥,"说到气氛,那桩谋杀案是什么时候发生的?"

"这里没发生过谋杀案。"班特里夫人说。

"哦,说吧,我已经听到流言了。还不少呢,班特里夫人。就在壁炉前的地毯上,就是那儿,对吗?"杰林斯基小姐朝壁炉方向歪了歪头。

"是的,"班特里夫人说,"就是那儿。"

"所以说,有谋杀案喽?"

班特里夫人摇了摇头。"谋杀并非发生在这里,那位遇害的姑娘是事后被带进来,并安置在这个房间里的。她和我们没有丝毫关系。"

杰林斯基小姐看起来很有兴致。

"要让别人都相信这点,估计很难吧?"她说。

"这点你说对了。"班特里夫人说。

"您是什么时候发现的呢?"

"早上女佣进屋来打扫的时候,"班特里夫人说,"带着早茶。那时候我们是有女佣的,你知道。"

"我知道。"杰林斯基小姐说,"穿着那种沙沙作响的印花裙子。"

"我不记得她们穿的是不是印花裙子,"班特里夫人说,"那时候很可能已经穿罩衫了。总之,她冲了出来,说在图书室里有具女尸。我说了句'简直胡扯',然后叫醒了丈夫,一起下楼来看。"

"而确实有具女尸。"杰林斯基小姐说,"天哪,还有这种事。"她迅速朝门那边看了看,接着又回过头来,"如果您不介意的话,最好别把这件事跟格雷格小姐说。这种事情,对她不太好。"

"当然,我一个字也不会提的。"班特里夫人说,"事实上,我从不谈论这件事。这都是好久好久之前的事了。但是她——我是指格雷格小姐——难道不会也有所耳闻吗?"

"她很少和现实世界接触,"杰林斯基小姐说,"您知道的,影星们能过上一种与世隔绝的生活。事实上,他们在生活上很需要照顾,因为世事都会让他们心烦意乱。她就是这样的。您要知道,近一两年来她病得很厉害,是去年才复出的。"

"她似乎很喜欢这幢房子,"班特里夫人说,"并且觉得自己在这里会很快乐。"

"我想能维持一两年吧。"埃拉·杰林斯基说。

"不会更长了吗?"

"嗯,我表示怀疑。您要知道,玛丽娜就是那种人,她总认为自己找到了内心真正渴望的东西,但生活不是那么简单的,对吗?"

"确实,"班特里夫人坚定地说,"生活没那么简单。"

"她能否在这里幸福快乐,对他而言非常重要。"杰林斯基小姐说。

接着她又狼吞虎咽地吞下两个三明治,吃相就像那种要赶重要火车的人一样,一个劲儿地往嘴里塞。"您要知道,他是个天才。"她继续说道,"您看过他导演的片子没?"

班特里夫人觉得有点尴尬。她是那种上电影院纯粹看电影情节的女人,从来不会注意一长串的演员表、导演、制片人及摄影等。很多时候,说实话,她甚至都不注意主角的名字。不过,她可不打算让别人注意到自己这方面的不足。

"我总把人搞混。"她说。

"当然,他得应付很多事情。"埃拉·杰林斯基说,"他得到了她,就像得到其他的一切那样,不过她很难搞定。您瞧,我们得始终让她高兴。我觉得,让人始终保持快乐这件事真的不简单。除非……那得……他们……他们是——"她有些支支吾吾。

"除非他们是天性快乐的人,"班特里夫人接过话茬儿,"有些人,"她若有所思地补充道,"就喜欢整天闷闷不乐。"

"哦,玛丽娜不是那样的,"埃拉·杰林斯基边摇头边说,

"更确切地讲,她情绪上的波动过于剧烈了。您知道的,这会儿还高兴得要命,任何事都觉得称心满意,简直妙不可言。接着,会发生一点点小插曲,她的情绪就会立马跌向另一个极端。"

"我想这就是喜怒无常吧。"班特里夫人含糊其辞道。

"说得对,"埃拉·杰林斯基说,"喜怒无常。他们多多少少都有点这样,但玛丽娜比大部分人都要严重。这点我们都很清楚!我能举的例子实在太多了!"她吃下最后一个三明治,"感谢上帝,我只是个公关秘书。"

第五章

来戈辛顿庄园参加圣约翰急救组织筹款活动的人空前地多。只要一先令的入场费，最终的筹款总额竟令人相当满意。首先，天气很好，天空十分晴朗。不过，最具吸引力的，无疑是当地人都无比好奇地想知道这些"电影人"究竟对戈辛顿庄园做了些什么。人们纷纷给出最大胆的猜测，当看到有个游泳池时，大家都显得很满意。因为大部分人对好莱坞明星的印象就是，在异国的环境里与一名异国伴侣同晒日光浴。好莱坞的气候也许很适合建游泳池，可在圣玛丽米德，游泳池不在考虑范围之内。毕竟英国的夏天也就只有那么一星期会特别炎热，每到那个周日，报纸上就会刊登《如何保持凉爽》《怎么做一顿凉爽的晚餐》以及《怎样制作冰爽的饮料》之类的文章。游泳池和大家想象的差不多，很大，池水很蓝，还有个富有异国情调的更衣亭，周围是人工种植的树篱和灌木。众人的反应也完全在预料之中，他们发表着各式各样的评论。

"哦，真是太可爱了！"

"这儿的水花能值两便士，对吗？"

"让我想起上次去的度假村。"

"我说它简直奢华得邪恶，就不该被造出来。"

"瞧瞧这些精美的大理石，一定价值不菲。"

"真不明白这些人为什么要到这里来肆无忌惮地花钱。"

"也许什么时候这里会上电视，那就太有意思了。"

甚至圣玛丽米德年纪最大的桑普森先生也拄着拐杖，拖着患有风湿病的腿，一路蹒跚地来看热闹了。他总吹嘘自己有九十六岁了，但亲戚们都坚称他只有八十六岁。他给了游泳池最高的赞美："啊，这里会发生很多伤风败俗的事，这点毫无疑问。赤身裸体的男男女女，喝着酒，抽着号称是大麻的手卷烟。我想准会是这样。啊，是啊，"桑普森先生非常愉快地说，"会有不少伤风败俗的事儿呢。"

当日赞许之声的最高潮出现在下午的娱乐活动中。只要多出一先令就能进屋，参观新造的音乐室、客厅，还有那被深色橡木和西班牙皮革装饰一新、全然认不出原貌的餐厅，以及其他不少有趣的地方。

"现在，谁都认不出这里是戈辛顿庄园了，对吧？"桑普斯先生的媳妇说。

班特里夫人很晚才溜达过来，看到款项的数额及惊人的出席率，心里无比喜悦。

大帐篷下的茶水供应点挤满了人。班特里夫人希望准备的甜点够分，不过，似乎有几个能干的女士正在负责这件事。她径直走到花园边的绿草带，用妒忌的眼光观察着。她很高兴地注意到这条绿草带完全不惜成本，显得格外漂亮，规划和布置都无可挑剔，原材料也很昂贵。她肯定这些不是他们亲手种植的。毫无疑问，他们一定签了一家很不错的园艺公司来负责。全权委托，加上天气的帮忙，绿草带显得欣欣向荣。

她环顾四周，发现这里的景象有一丝白金汉宫游园会的味道。每个人都伸长了脖子，尽力去看能看到的一切，时不时会有人被选中,到这幢宅子更隐秘的深处看看。这时,一位身材苗条、留着卷曲长发的年轻男子走向她。

"班特里夫人?您是班特里夫人吗?"

"是的,我是班特里夫人。"

"黑利·普雷斯顿,"他同她握了握手,"我替拉德先生工作。您能去一趟三楼吗?拉德夫妇想请些特殊的朋友到那儿去。"

班特里夫人跟随他去了,心中倍感荣幸。他们穿过被她称作"花园门"的地方,来到主楼梯底——此时这里被一根红绳封锁起来。黑利·普雷斯顿解开绳索让她上楼。班特里夫人发现阿尔科克议员和太太就走在她前面,后者十分肥胖,这会儿正喘着粗气。

"他们翻修得太棒了,不是吗,班特里夫人?"阿尔科克太太气喘吁吁地说,"我真想看看卫生间是什么样的,这点我不得不承认,但我觉得应该没这个机会。"她的声音中充满了渴望。

在楼梯的顶端,玛丽娜·格雷格和贾森·拉德正在接待这些特别挑选出来的精英人物。以前的备用卧室已被改造成楼梯之间的平台,看上去像个宽敞的休息室。管家朱塞佩在为大家准备喝的。

一位穿着制服、身材结实的男士正在介绍客人。

"阿尔科克议员及夫人。"他用低沉的嗓音说道。

玛丽娜·格雷格毫不做作,充满了魅力,就像班特里夫人对马普尔小姐形容的那样。她很可能也听到后来阿尔科克太太说的话了:"……你要知道,尽管她已经那么有名了,却依然能够保持本色。"

阿尔科克太太及议员先生能到场真好啊,她真心希望这些客人能度过一个美好的下午。"贾森,请你来陪一下阿尔科克太太。"

阿尔科克议员和他太太同贾森一起喝起了酒。

"哦,班特里夫人,您能来我真高兴。"

"无论如何我都会来的。"班特里夫人说着,果断地伸手去拿马提尼。

那个叫黑利·普雷斯顿的年轻小伙体贴地服侍了她,接着就离开了。他手里拿着一张小单子,毫无疑问,上面列着其他选定人员。一切都安排得妥妥当当,班特里夫人想着,手里拿着杯马提尼,转了个身,想看看下一位到访者是谁。是牧师,一个精瘦、克己的男人,表情茫然又困惑。他诚挚地对玛丽娜·格雷格说:"非常感谢您邀请我来。我想,您知道的,我还没有电视机呢,但当然,我,呃,我,嗯,当然,我身边的年轻人会让我跟上时代的。"

没人明白他在讲什么。同样在负责招待的杰林斯基小姐带着善意的微笑,递给他一杯柠檬水。此时巴德科克夫妇走上了楼梯,希瑟·巴德科克满面红光、喜气洋洋地走在她丈夫前面。

"巴德科克夫妇。"穿制服的男士又用他低沉的嗓音报道。

"巴德科克夫人,"牧师拿着柠檬水转身说道,"为组织不懈工作的秘书。她是工作最认真辛苦的人之一,事实上我都不知道,要是没了她,圣约翰该怎么办。"

"我相信您一定是个好人。"玛丽娜说。

"您不记得我了?"希瑟带着调皮的口吻说道,"哦,您当然不记得了,当时您见了几百号人呢。不管怎么说,这都是好些年前的事了。全球这么多地方,最终我却是在百慕大见到了您。当时我是急救队中的一员,哦,现在想想真是太久远了。"

"确实。"玛丽娜·格雷格说道,又一次展现出迷人的微笑。

"我记得非常清楚,"巴德科克太太说,"我激动得都发抖了,您知道吗,真的发抖了。当时我还是个小姑娘,想着能看到玛丽娜·格雷格本人,哦!我一直是您的狂热影迷。"

"您太好了,真是太好了。"玛丽娜·格雷格甜甜地说,她的眼神却微微越过希瑟的肩膀,想看看下一位来宾。

"我不想耽搁您的时间,"希瑟说,"但我必须——"

"可怜的玛丽娜·格雷格,"班特里夫人自言自语道,"我想这种事情对她而言是常有的。他们需要多大的耐心啊!"

希瑟依旧在坚定地讲着自己的故事。

阿尔科克太太则在班特里夫人的肩头喘着粗气。

"瞧瞧他们对这儿的改造!要不是亲眼所见,我真是很难相信。这一定花了……"

"我——没有不舒服——而且我想我必须得——"

"你这杯是伏特加?"阿尔科克太太满腹疑惑地看着她手中的酒杯,"拉德先生刚问我要不要试试这种酒。名字听起来颇具俄罗斯味,我想我不会喜欢它的味道……"

"——我刚对自己说,我是不会被打倒的!今天我涂了很多粉——"

"如果我把酒杯留在某个地方,那会显得很不礼貌。"阿尔科克太太绝望地说。

班特里夫人温柔地安慰着她。

"没事,伏特加就该直接一口咽到喉咙里。"——阿尔科克太太听到后显得一脸惊诧——"但这需要反复练习。把它放回桌上,然后从管家手中的托盘里拿杯马提尼吧。"

说完她转过身,继续去听希瑟·巴德科克得意又乏味的演说。

"我永远不会忘记那天您多么美丽。看上百遍都不会厌。"

这时玛丽娜的反应已不再那么无意识了。之前她的眼神一直在希瑟·巴德科克的肩膀上游离，但现在她的目光似乎钉在了楼梯中间的墙上。她瞪着眼睛，神情间有种极为可怕的东西，以至于班特里夫人向前迈了半步。她快要晕过去了吗？她究竟看到了什么，会出现这种要置人于死地的表情？但她还没走到玛丽娜身边，后者就恢复了常态。她茫然而飘忽的眼神又回到了希瑟身上，再度显现出充满魅力的姿态，尽管已不自觉地蒙上了阴影。

"多有意思的故事啊！那么，现在您要喝点什么吗？贾森！来杯鸡尾酒怎么样？"

"嗯，事实上我通常喝柠檬水或者橙汁。"

"您得喝点更好的东西，"玛丽娜说，"别忘了，今天是节日。"

"我劝您来点代基里酒，"贾森手里拿着两杯酒，走上前说，"这酒是玛丽娜的最爱。"

他将其中一杯递给了自己的妻子。

"我不能再喝了，"玛丽娜说，"我已经喝了三杯了。"但她还是接过了酒杯。

希瑟从贾森手里接过酒杯。玛丽娜则转身去迎接下一位到场的客人。

班特里夫人对阿尔科克太太说："我们去看看卫生间。"

"哦，您觉得我们可以吗？这么做不会显得太无礼吗？"

"我保证不会。"班特里夫人说。她对贾森·拉德说："我们想去参观一下你们美妙的新卫生间，拉德先生。可以满足一下我这作为家庭主妇的纯粹好奇心吗？"

"当然可以。"贾森笑着说，"祝你们参观愉快，女士们。你们还可以洗个澡，如果想的话。"

阿尔科克太太跟着班特里夫人，沿走廊走了过去。

"您真是太好了，班特里夫人。我不得不承认，我自己是不敢提出这种要求的。"

"如果一个人真想去某个地方，那就得敢作敢为。"班特里夫人说。

她们沿着走廊推开各式各样的门。不久，"啊"和"哦"声就从阿尔科克太太及另外两位参加这次"观光"的女士们嘴里传了出来。

"我实在喜欢粉红色的那间，"阿尔科克太太说，"哦，我真是太喜欢粉红色的那间了。"

"我喜欢有海豚瓷砖的那间。"另外两位女士中的一位说道。

班特里太太愉快地扮演着女主人的角色。一时间，她还真忘了这房子已经不再属于她了。

"全是淋浴！"阿尔科克太太惊叹道，"我不那么喜欢淋浴，因为我不知道该如何不让头发淋湿。"

"要是能偷看一眼卧室就好了。"另两位女士中的一位说，口气中充满了渴望，"但我觉得这样做太八卦了，你们觉得呢？"

"哦，我想我们还是不要了。"阿尔科克太太说。然后她们都满怀期待地看着班特里太太。

"呃，"班特里太太说，"对，我觉得我们不能这么做——"然后她又开始同情这两位女士，"但是——我想，如果我们只快速地看一眼的话，也没人会发现。"她把手放在了一个门把手上。

但这点已被主人料想到了，卧室的门都锁着。每个人都感到非常失望。

"我想他们需要点隐私。"班特里夫人体贴地说。

她们又沿着走廊折了回来。班特里夫人从楼梯平台的一扇窗

47

户向外看了一眼,她注意到下面的米维太太(来自开发区)穿着一件带皱边的蝉翼纱连衣裙,显得极为时髦。她还注意到,和米维太太一起来的,是马普尔小姐家的谢莉,班特里夫人一时想不起她的姓了。她们俩看起来都很愉快的样子,边聊边笑着。

突然间,班特里夫人觉得这幢房子又老又破,而且极为造作。除去闪亮的新漆及内部的改建,它本质上还是一幢历经沧桑的维多利亚时代的古旧建筑。离开它是明智的,班特里夫人想,房子就跟其他任何东西一样,总会有失去辉煌的一天,而现在,这一天到了。它只是被整了个容,在我看来,这一点意义也没有。

突然,她听到一阵轻微的嘈杂声,和她在一起的两位女士开始向前走去。

"发生了什么事?"其中一位说道,"听起来似乎发生了什么事情。"

她们顺着走廊往楼梯方向走了回去。埃拉·杰林斯基匆匆走了过来,和她们擦肩而过。她试着转动一间卧室的门把手,但立马说道:"哦,该死的。显然,他们把房门都锁住了。"

"发生了什么事吗?"班特里夫人问。

"有人病了。"杰林斯基小姐简洁地答道。

"哦,天哪,我很抱歉。我能帮点什么吗?"

"我想这儿应该有医生吧?"

"我没见到本地的医生来,"班特里夫人说,"不过我想肯定能找到一位。"

"贾森正在打电话,"埃拉·杰林斯基说,"但是她的情况真的很糟糕。"

"她是谁?"班特里夫人问。

"我想是个叫巴德科克太太的人。"

"希瑟·巴德科克?可是她刚才看起来还好好的。"

埃拉·杰林斯基有些不耐烦地说:"是心脏或脑部疾病突发,要不就是癫痫发作,或是别的什么。您知道她有心脏病或者类似的疾病吗?"

"说实话我完全不了解她,"班特里夫人说,"对我而言她很陌生,她住在开发区里。"

"开发区?哦,您是说那个居民住宅区。我都不知道她丈夫现在在哪儿,甚至长什么样都不知道。"

"中年,很白,不引人注目。"班特里夫人说,"他是和她一块儿来的,所以现在肯定在某个地方。"

埃拉·杰林斯基走进一间卫生间。"我真不知道自己该找些什么东西给她,"她说,"比如碳酸铵溶液①,或者其他类似的东西?"

"她是晕倒了吗?"班特里夫人问。

"比这还糟糕。"埃拉·杰林斯基说。

"我去看看能帮上什么忙。"班特里夫人说。她转身朝楼梯口疾步走去,在拐角处一头撞上了贾森·拉德。

"您看见埃拉了吗?"他问,"埃拉·杰林斯基?"

"她朝那里去了,进了一个卫生间。正在找什么东西,类似碳酸铵溶液之类的。"

"她没必要操心了。"贾森·拉德说。

他的口气让班特里夫人为之一震。她猛地抬起头。"情况很糟糕吗?"她问,"真的很糟糕,是吗?"

---

① 用作提神药。

"可以这么说。"贾森·拉德说,"那位可怜的女士死了。"

"死了!"班特里夫人真的震惊极了。她又说了一遍之前说过的话:"可她刚才看起来还好好的。"

"我知道,我知道。"贾森·拉德说。他站在那儿,满面愁容。"居然会发生这种事!"

第六章

1

"好啦,"奈特小姐把早餐托盘放在了马普尔小姐的床头桌上,"今天早上感觉怎么样?我发现窗帘已经被拉开了。"她又加了一句,口气中显得有丝不满。

"我很早就醒了。"马普尔小姐说,"等你到了我这个年纪,或许你也会这样的。"

"班特里夫人打过电话来,"奈特小姐说,"大概是半小时之前,她说要跟您说话,但是我告诉她最好等您用过早餐后再打过来。我可不想在那个时间点来打扰您,那时您茶都没喝,东西也没吃呢。"

"如果有朋友给我打电话,"马普尔小姐说,"我希望能被第一时间告知。"

"对不起,我肯定会告知您的,"奈特小姐说,"只是那么做在我看来有些不妥当。在您喝完茶、吃过煮鸡蛋和吐司加黄油后再说吧。"

"半小时前,"马普尔小姐若有所思地说,"那就是——让我想想——八点钟。"

"太早了。"奈特小姐重申道。

"我相信，要是没有什么特殊的原因，班特里夫人是不会在那个时间点打电话来的。"马普尔小姐边想边说，"她通常不会一大清早给我打电话。"

"哦，好了，亲爱的，别为这事儿烦恼了。"奈特小姐安慰道，"我想她很快就会再打过来的。或者，要我为您打过去吗？"

"不用，谢谢了。"马普尔小姐说，"我想还是先趁热把早饭给吃了吧。"

"希望我没忘记什么东西。"奈特小姐兴高采烈地说。

一样东西也没落下。茶用开水沏得刚刚好，鸡蛋正好煮了三分四十五秒，吐司也烤得十分均匀，黄油被精致得弄成一小团，旁边搁着一小罐蜂蜜。不可否认，在某些方面，奈特小姐确实是个不可多得的人才。马普尔小姐非常享受地吃完了早餐。这时楼下的吸尘器开始嗡嗡作响，谢莉来了。

与吸尘器的嗡嗡声同时传来的，是一段清新优美的歌声，唱的是一首当下最流行的歌曲。奈特小姐进来取早餐盘时摇了摇头。

"我真希望这位年轻的女士不要在房子里到处唱歌，"她说，"我觉得这么做很不尊重他人。"

马普尔小姐微微笑了下。"谢莉的脑袋里永远不会想到毕恭毕敬，"她评论道，"她为什么要那样呢？"

奈特小姐嗤之以鼻道："现在和过去相比真是大不一样了。"

"那是自然，"马普尔小姐说，"时代不同了，这是不得不接受的事实。"她又补充道，"或许你现在可以打电话给班特里夫人了，看看她有什么事。"

奈特小姐匆忙跑开了。一两分钟后，传来一阵轻快的敲门声，谢莉走了进来。她看起来活泼又兴奋，漂亮极了。一条随意地印着水手及海军徽章的塑料围裙系在她深蓝色的连衣裙上。

"你的头发看起来很漂亮。"马普尔小姐说。

"昨天才烫的，"谢莉说，"这会儿还有点硬，但很快就会变自然的。我上来看看您是不是已经听说了那件事。"

"什么事？"马普尔小姐问。

"关于昨天在戈辛顿庄园里发生的事。你知道的，在那里有个为圣约翰急救组织筹款的活动。"

马普尔小姐点了点头。"究竟发生了什么事？"她问。

"有人在聚会中死了。一个叫巴德科克太太的人。就住在我们家附近，我想您可能认识她。"

"巴德科克太太？"马普尔小姐警觉地说，"我好像认识她。我想——是的，就是这个名字——那天我摔倒了，她出门把我扶了起来。她是个好人。"

"哦，希瑟·巴德科克总是那么好心，"谢莉说，"一些人说她过分好心了，他们说那是多管闲事。嗯，不管怎么说，她死了。就是这样。"

"死了？！可是，怎么死的呢？"

"我可不知道，"谢莉说，"我想她能参加宴会是因为她之前是圣约翰急救队的秘书。她、镇长，还有其他很多人。我听说她喝了杯什么东西，五分钟后就觉得不对劲，一眨眼的工夫就死了。"

"多么可怕的遭遇！"马普尔小姐说，"她有心脏方面的疾病吗？"

"大家都说她身体好得没话说。"谢莉说，"当然了，这谁都不知道，对吗？我想要是您心脏有些问题，别人也不会知道。不管怎样，我可以告诉您，他们没把她抬回家。"

马普尔小姐显得有些茫然。"没把她抬回家是什么意思？"

"她的尸体，"谢莉的兴奋劲儿丝毫未减，"医生说要进行一次尸体解剖，或者叫验尸——随便你怎么说。他说之前从没给她看过病，并且看不出死亡原因。在我看来这有点古怪。"她补充道。

"你所说的古怪又是什么意思？"马普尔小姐问。

"呃，"谢莉想了想，"古怪，似乎这件事背后有什么秘密。"

"她丈夫非常悲伤吗？"

"他脸色煞白。可以说我从未见过哪位男士有那样一副备受打击的样子。"

马普尔小姐把耳朵竖得直直的，仔细倾听话语中细小微妙的差别。她的头微微倾向一边，就像一只好奇的小鸟。

"他对她非常专一吗？"

"她叫他干什么，他就干什么。完全臣服于她。"谢莉说，"但这也不能说明他专一，是吗？也许只是意味着他没有勇气坚持自己的原则。"

"你不喜欢她？"马普尔小姐问。

"事实上我都不怎么认识她，"谢莉说，"我的意思是，我并不了解她。我没有不喜欢她——我没有不喜欢生前的她。只是她不是我喜欢的类型罢了。她太爱插手管别人的事了。"

"你的意思是她爱打听别人的私事？"

"不，不是，"谢莉说，"我一点那个意思也没有。她是个非常善良的人，经常帮助他人。她总是很肯定地知道做事的最佳方式，别人心里怎么想都无关紧要。我有个阿姨就是这样。她很喜欢吃香饼①，于是就经常烤这种饼，然后送给大家吃。她从来没

---

① 一种由芝麻籽或者香菜籽和柠檬放一起烘烤的甜饼。

动脑筋想别人喜不喜欢吃这种香饼。有人会很不喜欢吃，因为他们受不了香菜的味道。呃，希瑟·巴德科克就有点这样的。"

"对，"马普尔小姐深思道，"是的，她是这样的。我也认识一个有点这样的人。这样的人……"她补充道，"活得很危险。尽管他们自己不知道。"

谢莉注视着她。"这种说法很有趣，我不太明白您的意思。"

奈特小姐匆匆跑了进来。"班特里太太似乎出门了，"她说，"但是之前那通电话里她并没说要去哪里。"

"我能猜得出她要上哪儿，"马普尔小姐说，"她上这儿来了。我得起床了。"她补充道。

2

班特里夫人抵达时，马普尔小姐正坐在窗边她最爱的椅子上。

班特里夫人微微有些气喘。"我有很多事情要告诉你，简。"她说。

"关于那个宴会？"奈特小姐说，"您昨天去了宴会，是吗？下午的早些时候我也在那里待了一小会儿，茶棚里很拥挤，人多得惊人。不过，我没能瞧见玛丽娜·格雷格，这真是太令人失望了。"

她轻轻拂去桌上的灰尘，接着愉快地说："我肯定你们俩要好好聊一会儿。"然后就走出了房间。

"她好像完全不知道那件事。"班特里夫人说，接着她机敏地看了朋友一眼，"简，我相信，你肯定已经知道了。"

"你是指昨天发生的死亡事件吗？"

"你总是什么都知道，"班特里夫人说，"我都不知道你是怎么知道的。"

"哦，亲爱的，"马普尔小姐说，"说实话，人们知晓事情的方式都一样。定期来我家做家务的女佣谢莉·贝克告诉我的。我想，过一会儿肉店的老板就会告诉奈特小姐。"

"就这件事，你是怎么看的？"班特里夫人问。

"我对什么的看法？"马普尔小姐问。

"不要动怒，简。你很清楚我的意思。有位女士——别管她叫什么——"

"希瑟·巴德科克。"马普尔小姐说。

"她来的时候精力十足，当时我已经到了。而一刻钟后她就跌坐在了椅子上，说自己不太舒服，喘了几口气后就死了。你对这个有什么看法？"

"人不可能一下子就得出结论来，"马普尔小姐说，"关键在于，当然了，医生怎么说？"

班特里夫人点了点头。"会有一番问讯，还会进行验尸。"她说，"到时候我们就能知道他们是怎么想的了，对吗？"

"不一定，"马普尔小姐说，"任何人都有可能觉得不舒服，然后突然死亡，他们验尸只是为了查明死因。"

"这次可远远不止这些。"班特里夫人说。

"你怎么知道？"马普尔小姐问。

"桑福德医生回家后给警察局打了电话。"

"是谁告诉你的？"马普尔小姐饶有兴趣地问。

"老布里格斯。"班特里夫人说，"不过，不是他本人告诉我的。你知道，他总会在傍晚下班后去照料桑福德医生家的花园。当时他正巧在离书房很近的地方修剪什么东西，听到医生在给马奇贝纳姆警局打电话。布里格斯把这件事告诉了他女儿，他女儿告诉了女邮递员,而女邮递员又告诉了我。"班特里夫人说。

马普尔小姐会心地笑了。"我明白了,"她说,"如今的圣玛丽米德和过去相比也没有改变多少。"

"消息传播的途径几乎是一样的。"班特里夫人赞同道,"嗯,那么,简,能告诉我你是怎么想的吗?"

"显然,大家都会想到她的丈夫,"马普尔小姐沉思了一会儿说,"他当时在场吗?"

"是的,他也在那儿。你觉得没有自杀的可能?"班特里夫人说。

"当然不是自杀,"马普尔小姐肯定地说,"她不是那种会自杀的人。"

"你是怎么偶遇她的,简?"

"那天我散步去开发区,在她家附近摔倒了。她简直是热心的代名词,真是位非常善良的人。"

"你见到她丈夫了没?他看起来是那种会毒死妻子的人吗?"

"你明白我是什么意思。"当马普尔小姐有点要反驳的迹象时,班特里夫人赶忙继续说道,"他有没有让你联想到梅杰·史密斯或者伯蒂·琼斯?或是以前毒死过,哪怕是试图毒死妻子的人?"

"没有,"马普尔小姐说,"他没让我想起任何一个认识的人。"她补充道,"但是她不一样。"

"谁?巴德科克太太?"

"是的,"马普尔小姐说,"她让我想起一个叫艾莉森·怀尔德的人。"

"这位艾莉森·怀尔德是个怎样的人呢?"

"她完全不知道,"马普尔小姐缓缓说道,"这个世界是什么样的，她也不知道人是什么样的。她从来就没有考虑过这些。所以，你看，她压根没办法防范发生在自己身上的事情。"

"我想我不太明白你在说什么。"班特里夫人说。

"这很难解释清楚，"马普尔小姐抱歉地说，"这些来源于自我中心，但又不是自私自利。"她接着补充道，"你可以很善良、无私，甚至体贴周到，但就像艾莉森·怀尔德那样，你也许完全不知道自己在干什么。因此，你也无法预期会有什么事发生在自己头上。"

"你能把话说得更清楚点儿吗？"班特里夫人说。

"好吧，我想我可以给你打个比方。这不是真实的事情，而是我虚构的。"

"接着说下去。"班特里夫人说。

"嗯，假设你走进一家商店，比方说，你知道店主有个儿子，是个年少无知的小混混。他听见你在跟他妈妈说，你家里有点钱或是银器或是一件珠宝。这是件令你为之兴奋和高兴的事情，因此你很想和别人说。接着，你很有可能会提到有一个傍晚你要外出，你甚至会提到自己从来不锁门。当时你的大脑被这些东西占据了，为自己跟她讲的事情而兴致勃勃。接着，比方说，那天傍晚你因为忘带了某样东西而折回家去取，发现这个十恶不赦的男孩就在你家，被你抓了个现形。然而，他转过身来就给了你一棒子。"

"如今这种事几乎会发生在任何人身上。"班特里夫人说。

"不完全是这样，"马普尔小姐说，"大部分人都有自我保护的意识。他们会意识到有时说某事或者做某事是不明智的，因为有人会注意到你，而且你无法确定听者是个什么样的人。但是就像我之前说的，艾莉森·怀尔德从来不会在意他人，她只专注于自己——像她这样的人,会告诉你他们做了什么、看到了什么、感受到了什么,以及听说了什么。他们从来不会提及别人说了什么或者做了什么。他们的生活就像条单行线,只有他们在上面经过,别人对他们而言就像——就像是房间里的墙纸。"她停顿了一下,然后又说,"我认为希瑟·巴德科克就是这种人。"

班特里夫人说:"你认为她是那种介入了某件事,自己却全然不知的人吗?"

"她甚至不知道这么做会很危险。"马普尔小姐说。继而又补充道:"这是我所能想到的她会被谋杀的唯一原因。当然啦,"她说,"假定谋杀成立的话。"

"你确定她没有敲诈某个人?"班特里夫人提出了她的想法。

"哦,不会,"马普尔小姐向她保证,"她是个善良的大好人,她绝对不会做那种事情的。"她显得有些伤脑筋,又加了一句,"整件事情在我看来不太可能那样。我想应该不会是……"

"嗯?"班特里夫人催促道。

"我只是怀疑这次会不会是误杀。"马普尔小姐沉思道。

这时门被打开了,海多克医生像阵风一样走了进来,奈特小姐叽叽喳喳地跟在后面。

"啊哈,你们已经开始聊天了。"海多克医生看着两位女士,说道,"我过来看看你的身体怎么样了,"他对马普尔小姐说,"不过,想必我都不用问,我知道你已经在用我给你的建议进行治疗了。"

"什么治疗方法,医生?"

海多克医生用手指了指放在身边桌子上的针线活儿。"拆了它,"他说,"我没说错吧?"

马普尔小姐用惯常的、不易被人察觉的方式微微眨了眨眼。

"你是在开玩笑吧,海多克医生?"她说。

"你骗不过我的眼睛,我亲爱的女士,这么多年来,我太了解你了。戈辛顿庄园里的猝死事件发生后,圣玛丽米德就开始闲言碎语满天飞了,不是吗?验尸报告还没出来,人们就认定这是桩谋杀案了。"

"什么时候开始验尸?"马普尔小姐问。

"后天。"海多克医生说,"届时,"他说,"我想,你们两位女士能将整个事件理一遍,根据验尸报告,综合其他观点做出一个判断。嗯……"他补充道,"我不该在这儿浪费时间了,完全没必要在一个不需要我服务的病人身上浪费时间。你面色红润、目光有神,一副享受目前生活的样子。没有什么能和有趣的生活相提并论。我得走了。"他迈着重重的步伐出去了。

"哪天我也要请他给我看病,不要桑福德医生了。"班特里夫人说。

"我也会这么做的。"马普尔小姐说,"他还是个很好的朋友。"她又若有所思地说道,"我想他来是为了暗示我继续下去。"

"那么,也就是说,这确实是桩谋杀案喽?"班特里夫人说。她们俩对视了一下。"不管怎样,看来医生是这么认为的。"

奈特小姐送来了咖啡,这种形式的打岔让她们俩极为不耐烦。奈特小姐一走,马普尔小姐立刻说道:"那么,多莉,当时你也在场?"

"实际上,我算是目睹了整个事件的发生。"班特里夫人说道,口气中带有一些得意。

"太棒了,"马普尔小姐说,"我是说——呃,你知道我的意思。那么,你就可以精准地告诉我,自她到达后到底发生了些什么。"

"我被带进那幢房子，"班特里太太说，"作为一个平民。"

"谁领你进去的？"

"哦，是一位苗条的年轻男子。我想他是玛丽娜·格雷格的秘书，或是做类似工作的人。他把我带了进去，还上了楼。在楼梯的尽头，他们设置了一个这次重聚宴会的接待处。"

"在楼梯平台上？"马普尔小姐惊讶地问道。

"嗯，不过他们全部修整过了。他们把化妆间和卧室都拆了，于是形成了一间凹室，实际上也能算作一个房间了。看起来迷人极了。"

"我明白了。那么，都有些什么人在呢？"

"玛丽娜·格雷格，她看起来很自然，但魅力四射。穿着灰绿色的裙子，显得婀娜多姿，十分美丽。还有她的丈夫，这是当然的了。以及那位我跟你说过的埃拉·杰林斯基，她是他们的公关秘书。然后还有……嗯，我想还有八到十个人吧。有些人我认识，有些则不认识。那些我不认识的，可能是电影制片厂里的人。牧师和桑福德医生的妻子也在。医生一开始不在，是后来才到的。科里特林上校及夫人、郡长、一个像是报社里的人，还有一个举着大相机照相的年轻女子。"

马普尔小姐点点头。

"请接着说。"

"希瑟·巴德科克和她丈夫就在我之后到的。玛丽娜·格雷格跟我寒暄了几句后，就去跟另外一个人说话了，哦，对，是那位牧师。接着，希瑟·巴德科克和她的丈夫到了。你知道的，她是圣约翰急救队的秘书。有人介绍说她工作时十分勤奋，是个不可多得的人才，于是玛丽娜也说了不少好话。接着，这位巴德科克太太——简，我不得不说这让我极为震惊，她真是个令人生厌的女人——开始大讲特讲多年前在某个地方见过玛丽娜·格雷格。她说话一点也不委婉，因为她精确地说出了那是几年前，其他的事情也交代得清清楚楚。我敢肯定这些女演员、影视明星，甚至是普通人，都不喜欢旁人来提醒自己确切的年龄。不过，我想她似乎没想过这些。"

"确实，"马普尔说，"她不是那种会思考这种问题的人。然后呢？"

"然后，就没什么特别的了，只是有那么一小会儿，玛丽娜·格雷格显得有些反常。"

"你是指她有点恼火了？"

"不，不，我不是指这个。实际上，我敢肯定她一个字也没听进去。她的眼神直愣愣的，你知道，越过巴德科克太太的肩膀。巴德科克太太滔滔不绝地讲述着自己如何克服病痛，偷偷溜出去见玛丽娜，并得到她亲笔签名的愚蠢故事。等她讲完后，有那么一段气氛诡异的沉默，于是我看了看她的脸。"

"谁的脸？巴德科克太太的？"

"不，是玛丽娜·格雷格的。巴德科克太太的话她似乎一个字也没听进去，她的目光越过她的肩头，直勾勾地停在了对面的墙上。带着某种……我没法儿跟你解释清楚。"

"但是你得试试，多莉，"马普尔小姐说，"因为我觉得这一点可能极为重要。"

"她的表情似乎僵住了，"班特里太太在努力地挑选词语，"似乎看见了什么东西。哦，天哪，描绘起来真是太难了。你还记得《夏洛特女郎》这首诗吗？'镜子开始四分五裂；夏洛特女郎惊呼："厄运降临到了我身上。"'嗯，这就是她看起来的样子。如今人们都在嘲笑丁尼生，可我年轻时读《夏洛特女郎》时总害怕地发抖，现在也还是这样。"

"她的表情僵住了……"马普尔小姐若有所思地重复道，"她的目光越过巴德科克太太的肩头停在了对面的墙上。墙上有什么东西吗？"

"哦！我想是一幅画吧，"班特里夫人说，"你知道的，那种意大利名画。我想是贝利尼《圣母像》的复制品，我也不确定，是圣母抱着一个开怀大笑的婴儿。"

马普尔小姐皱了一下眉："我不明白，一幅画怎么会让她有那样的表情。"

"尤其还是幅她每天都能看到的画。"班特里夫人表示同意。

"我想，那时还不断有人顺着楼梯上来吧？"

"嗯，是的，有人。"

"是谁，你还记得吗？"

"你的意思是，她有可能看到了某个从楼梯上来的人？"

"嗯，有这个可能，不是吗？"马普尔小姐说。

"是的……确实……那么，让我想想。精心打扮、戴着项链和各种配饰的镇长先生及夫人；一位相当年轻的小伙子，蓄着长发、留着时下流行的可笑胡子；一个扛着照相机的女孩，站在楼梯边的某处，为上楼的来宾及他们和玛丽娜握手的场景拍照。还有……让我想想，还有两位我不认识，我想应该是电影制片厂里的人；还有来自洛厄农场的格莱斯一家。可能还有其他人，但现在我只能想起这么多了。"

"听起来似乎没什么头绪，"马普尔小姐说，"之后发生了些什么？"

"我想贾森·拉德用胳膊肘轻推了她一下还是怎么的，她突然又恢复了神志，开始对着巴德科克太太微笑，并像往常那样与她攀谈。你知道的,甜美、大方、自然、充满魅力,都是她惯用的技巧。"

"然后呢?"

"然后贾森·拉德给了她们两杯喝的。"

"什么喝的?"

"我想是代基里酒,他说这是玛丽娜的最爱。接着他把一杯给了妻子,另一杯给了巴德科克太太。"

"非常有意思,"马普尔小姐说,"确实非常有意思。接着又发生了什么?"

"然后我就不知道了,因为我领着一群聒噪的女人去参观卫生间了。接下来我所知道的事,就是那个女秘书匆匆跑过来说有人觉得不太舒服。"

第七章

验尸过程非常短暂,结果令人失望。死者的丈夫做了身份确认,剩下的就是医学证明了。希瑟·巴德科克死于四粒氢基-乙基-苯二氮,反正就是类似这种名字的药。没有证据表明这药是怎么下的。

调查暂停了两周。

结果出来后,弗兰克·科尼什探长走到了阿瑟·巴德科克面前。

"我能跟您聊两句吗,巴德科克先生?"

"当然,当然可以。"

阿瑟·巴德科克显得比往常更加心乱如麻。"我想不通,"他咕哝道,"我怎么也想不通。"

"我有车,"科尼什说,"我开车送您回家,好吗?那里更好、更私密一些。"

"谢谢您,先生。是的,是的,我想这么做要好得多。"

他们在阿灵顿巷三号那扇干净的蓝色小门附近把车停了下来。阿瑟·巴德科克在前面带路,探长跟在他身后。他掏出钥匙,但还没插入钥匙孔,门就从里面被人打开了。开门的女士向后退了一步,显得有点尴尬。阿瑟·巴德科克则被吓了一大跳。

"玛丽。"他说道。

"我刚为你准备了些茶点，我想你回来后可能会需要。"

"您真是太好了，这点我很肯定。"阿瑟·巴德科克感激地说，"呃——"他犹豫了一下，"这位是科尼什探长。贝恩太太，她是我的邻居。"

"我知道了。"科尼什探长说道。

"我再去拿杯茶。"贝恩太太说道。

她走开之后，满腹狐疑的阿瑟·巴德科克把探长领进了前厅右边的客厅里，里面放满了鲜艳的印花布艺家具。

"她人很好，"阿瑟·巴德科克说，"一向这么热心。"

"你们认识很长时间了吗？"

"哦，没有，是我们搬到这儿之后认识的。"

"那我想应该也有两年了吧，或者三年？"

"到现在刚好三年。"阿瑟说，"但是贝恩太太是六个月前才来的，"他解释道，"她儿子在附近工作，于是丈夫去世后，她就搬到了这里，和儿子一起住。"

这时贝恩太太端着盘子从厨房里走了出来。她大概四十岁，肤色略深，看起来相当热情。深色的眼睛和头发让她看起来像极了吉卜赛人，同时她的眼睛有些奇怪，带有一种警惕的目光。她把托盘放在了桌上，科尼什探长说了些好听又无关紧要的话，但心里的戒备时刻未曾松懈，这是他特有的职业本能。女子警惕的眼神，以及阿瑟在介绍他身份时她微微吃惊的表情，都没能从他眼中溜过去。他非常了解人们会在警察面前表现出丝丝不安的原因。一种是担心自己无意间触犯了庄严的法律而显现出的恐慌和疑虑，但是还有另一种情况。他感觉到眼下就是这第二种情况。他认为贝恩太太曾经与警方有过什么瓜葛，导致她变得异常机警和拘束。他暗暗决定要去发掘玛丽·贝恩更多的信息。放下托盘后，她说自己不能和两位一起喝茶，要回家了，于是就离开了。

"看起来是位不错的女士。"科尼什探长说。

"是的，确实。她是位非常热心的好邻居，同时也是位有同情心的女士。"阿瑟·巴德科克说道。

"她是您妻子的好朋友吗？"

"不，不是，我觉得不能算是。她们俩仅仅是相处愉快的邻居关系，没什么特别的。"

"我明白。好了，巴德科克先生，我们想从您这儿得到尽可能多的信息。我想，这次验尸结果一定让您吃惊不小吧？"

"哦，是的，探长。显然，我发现您也觉得这里头有点问题，我自己也是这么想的，因为希瑟的身体一直很好。事实上，她没生过一天病。我对自己说：'一定有问题。'但结果仍旧让人难以置信，要是您能明白我的意思的话，探长。真的，简直太难以置信了。那是什么东西啊——那个什么氢什么乙的——"他停了下来。

"它有个更简单的名字，"探长说，"出售的时候它有个品名，叫卡蒙。听说过吗？"

阿瑟·巴德科克茫然地摇了摇头。

"在美国这种药用得很多。"探长说，"我知道能轻易在哪里买到这种药。"

"它的功效是什么？"

"我的理解是，它能让大脑保持一种快乐而宁静的状态。"科尼什说，"是开给那些精神紧张的人吃的，这些人往往焦虑、压抑、忧郁、失眠，等等。开适当的剂量是没有危险性的，但是过量就不好了。您妻子似乎服用了普通剂量的六倍。"

巴德科克瞪大了眼睛。"希瑟一辈子都不会吃这种药的，"他说,"我十分确信,她怎么看都不像是个要吃药的人。她从来不会沮丧或者担忧,她是您所能想象得到的最快乐的人之一。"

探长点点头。"我明白。那么,没有医生给她开过这种药,对吧?"

"没有,当然没有。我敢肯定。"

"她的医生是哪位?"

"西姆医生。但我想自打我们搬来这儿之后,她没去看过一次病。"

科尼什探长若有所思地说:"所以她不是那种需要这种药物的人,因此也不可能服用它?"

"她不是,探长。我保证她不是那种人。她一定是误服了……"

"这种情况下,误服是很难的。"科尼什探长说,"那天下午她吃过或者喝过什么吗?"

"嗯,让我想想。午饭——"

"您不用追溯到午饭时候,"科尼什说,"服用了这么大剂量的药,会发作得很快、很突然。茶,从下午茶的时候开始说。"

"嗯,我们进到庭院的大帐篷里,那里简直乱透了,但最终我们还是挤了进去,每人拿了个小圆饼和一杯茶。帐篷里很热,我们赶紧吃喝完,就走了出来。"

"所以,她在那儿只吃了这么一点东西,一杯茶和一个小圆饼?"

"是的,先生。"

"之后你们就进屋了,对吗?"

"是的,一位年轻的女士过来说,要是我妻子能赏光进屋的话,玛丽娜·格雷格小姐会非常乐意与她见面。我妻子自然非常高兴。她已经把玛丽娜·格雷格挂在嘴边好几天了。每个人都显得很激动,哦,就这一点,探长,您应该和其他人一样清楚。"

"是的,确实,"科尼什说,"我妻子也很兴奋。唉,社会各界人士都愿意付钱进去一睹戈辛顿庄园的风采,瞧瞧对它进行的改造,并期待能看一眼玛丽娜·格雷格本人。"

"那位年轻的女士把我们领进了屋。"阿瑟·巴德科克说,"我们上了楼,聚会是在楼梯平台处进行的,但就我看来,那儿和过去很不一样。它更像是个房间,一大块被挖空的地方,里面放着桌椅,桌上还有饮料。我估摸当时应该有十二个人在场。"

科尼什探长点了点头。"是谁迎接你们的?"

"是玛丽娜·格雷格小姐本人。她丈夫跟她在一起,可我现在记不起他的名字了。"

"贾森·拉德。"科尼什探长说。

"哦,是的,一开始我并没有注意到他。嗯,不管怎么说,格雷格小姐很热情地欢迎了希瑟,一副很高兴能见到她的样子。接着希瑟就跟她聊开了,跟她讲多年前曾在西印度群岛上偶遇的事情,一切都显得再正常不过了。"

"一切都显得再正常不过了。"探长重复了一遍,"然后呢?"

"接着格雷格小姐问我们要喝什么,然后她的丈夫,拉德先生,给了希瑟一杯鸡尾酒,叫代克雷酒什么的。"

"代基里酒。"

"对,先生。他拿了两杯,一杯给了希瑟,一杯给了玛丽娜。"

"那您呢?您喝了什么?"

"我喝了杯雪利酒。"

"我明白了,那你们三个是站在一块儿喝的?"

69

"呃,不完全是。您瞧,有更多的人上楼来了。比如镇长,还有其他人——我想是一对美国的绅士和小姐——所以我们让开了一点儿。"

"接着您妻子就喝了那杯代基里酒?"

"没有,那会儿还没有,她没喝。"

"她那时没喝,又是什么时候喝的呢?"

阿瑟·巴德科克皱起眉头开始回忆。"我想……她把酒放在了某张桌子上。她看到了几位朋友,我想都是跟圣约翰急救队有关的,他们从马奇贝纳姆之类的什么地方开车过来。总之,他们聊了起来。"

"那她是什么时候才喝下那杯酒的呢?"

阿瑟·巴德科克又皱起了眉头。"是之后一小会儿。"他说,"那时人开始慢慢多了起来。有人轻轻推了一下希瑟的胳膊肘,她的酒洒了出来。"

"什么?!"科尼什探长猛然抬起头来,"她的酒洒了?"

"是的,我记得是这样的……她拿起酒杯啜了一小口,然后做了个鬼脸。您要知道,她不太喜欢鸡尾酒,但同样,她也没打算喝太多。不管怎样,她就站在那儿,有人轻推了一下她的胳膊肘,于是酒都洒了出来。洒在了她的裙子上,我想也洒到了格雷格小姐的裙子上。格雷格小姐表现得真是再好不过了,她说没关系,裙子上不会留下任何污渍。她还掏出手帕帮希瑟擦裙子,接着她递过手中的酒杯说:'喝这个吧,我还没碰过呢。'"

"她递过了自己的酒,对吗?"探长说,"这点您能肯定吗?"

阿瑟·巴德科克想了一会儿。"是的,我很肯定。"他说。

"然后您妻子接过了酒杯?"

"呃,一开始她不想要的,先生。她说:'哦,不行,我不能这么做。'但格雷格小姐笑着说：'我已经喝得太多了。'"

"于是您妻子接过了酒杯，然后呢？"

"她稍稍转过脸去将酒喝掉，我想，她喝得很快。接着她沿着走廊走了一小段，看看花和窗帘。窗帘真的很漂亮，我们之前从未见过这么好的东西。然后我碰到了一位朋友，阿尔科克议员，我就跟他聊了起来。当我环顾四周时，发现希瑟坐在椅子上，表情十分古怪。于是我上前问她：'你怎么啦？'她说自己觉得有点儿不对劲。"

"哪种不对劲？"

"我不知道，先生。我没时间问清楚。她的声音听起来很古怪，有些沙哑，头也在微微摇晃。突然，她大大地吸了半口气，头向前一倒。她死了，先生，死了。"

第八章

1

"你是说圣玛丽米德?"总探长克拉多克猛地抬起头。

助理警长有些诧异。

"是的,"他说"圣玛丽米德,怎么了?它——"

"没什么。"德莫特·克拉多克说。

"就我所知,那是个小地方。"接着他话锋一转,"不过,当然,如今也新建了不少楼房。事实上,据我所知,从圣玛丽米德到马奇贝纳姆这一路上都是这样。黑林福斯电影制片公司,"他补充道,"在圣玛丽米德的另一头,朝着巴辛市场的那个方向。"他仍旧是一脸好奇。德莫特·克拉多克觉得自己也许该再解释一下。

"我认识住在那儿的一个人,"他说,"在圣玛丽米德,一位上了年纪的女士。也许她已经死了,我不太确定。如果没死的话……"

助理警长明白了属下的观点,或者说,至少他认为自己明白了。

"是的,"他说,"这能让你在某种程度上'更接近'事件本身。我们需要了解一些当地的八卦,因为整件事都很古怪。"

"郡里已经来找我们了？"德莫特问。

"是的，我这儿有封郡警察局长发来的信，他们认为这不仅仅是起地方性案件。戈辛顿庄园是这片地区中最大的宅子，最近被卖给了影星玛丽娜·格雷格和她的丈夫，作为其宅邸。他们正在黑林福斯的新电影公司拍一部电影，还在宅子里举办了为圣约翰急救队筹款的宴会。死者——名字叫希瑟·巴德科克——是圣约翰急救队的地方秘书，也为这次宴会做了不少后勤工作。她似乎相当能干，也算有头脑，并且在当地很受欢迎。"

"是那种蛮横霸道的女人吗？"克拉多克提醒道。

"很有可能，"助理警长说，"就我的经验来看，蛮横霸道的女人很少会被谋杀，不知道这是什么原因。一想到这件事就会让人觉得有些遗憾。出席宴会的人空前地多，天气很热，一切都顺利地按计划进行着。玛丽娜·格雷格和她丈夫在戈辛顿庄园里举办了一个小型私人招待会，有三四十个人到场。地方要员、圣约翰急救队的相关人员、玛丽娜·格雷格的朋友，还有几个电影制片厂里的人。一切都很平静、美好、愉快。但极其荒谬的是，希瑟·巴德科克居然在那儿被毒死了。"

德莫特·克拉多克若有所思地说："选这个地点作案真是奇怪。"

"这也是郡警察局长的观点。如果有人想毒死希瑟·巴德科克，为什么非要选这么个下午，以及这样的场合？有几百种更简便的下手方式。要知道，在二三十个来回走动的人当中下药到鸡尾酒里，不管怎么说，都是相当冒险的。肯定会有人看到。"

"药肯定是下在酒里的？"

"是的，肯定在酒里。我这儿有详细的记录，是个医生们喜欢的费解名字，不过实际上这种药在美国是很常见的处方药。"

"在美国,我懂了。"

"哦,在我们国家也是。只是这些药物在大西洋的另一端用得更随意一些。少量服用对病情很有帮助。"

"必须要处方,还是能自由购买?"

"不,你必须得有处方。"

"确实奇怪。"德莫特说,"希瑟·巴德科克和这帮搞电影的人有关系吗?"

"没有任何瓜葛。"

"她家里人呢?"

"只有她丈夫。"

"她丈夫。"德莫特沉思道。

"是啊,人们总会这么想,"他的上司赞同地说,"但是那个当地的探长——我想他的名字叫科尼什——好像完全不这么认为。尽管他在报告中指出巴德科克先生看上去有些紧张和不安,但他同时指出,正派的人在被警察问讯时都会这样。他们似乎是很一对很忠诚的夫妻。"

"换句话说,当地的警察认为这案子不该归他们管。好吧,我想这件案子应该会很有趣,我接了。那我现在就去啦,先生?"

"好的,最好能尽快赶到那里,德莫特。你想要谁跟你一块儿去?"

德莫特思索了一会儿。

"我想就蒂德勒吧,"他思考着说,"他人不错,更重要的是,他是个十足的影迷。我想这一点也许能帮上忙。"

助理警长点了点头。"祝你好运。"他说。

2

"哇！"马普尔小姐满面红光，既快乐又惊喜，"这真是太意外了。你好吗，我的孩子？尽管你现在已经不再是个孩子了。你现在在做什么？总探长还是他们新创出来的高级警官？"

德莫特跟她说了自己目前的职位。

"我想我都不需要问你来这儿是要干吗。"马普尔小姐说，"我们这儿的谋杀案绝对能引起苏格兰场①的注意。"

"他们把案子移交给我们了，"德莫特说，"所以，我一到这儿就自然地直奔司令部来了。"

"你是说……"马普尔小姐的心开始怦怦直跳。

"是的，姑姑，"德莫特毫不避讳地说，"我就是指您。"

"但恐怕，"马普尔小姐遗憾地说，"我如今已经不太过问世事了，我甚至很少出门。"

"您出门次数多到能摔上一跤，并且被一位十天后将被谋杀的女士扶了起来。"德莫特·克拉多克说。

马普尔小姐发出"啧啧"的感叹声。

"我真不知道你是从哪儿听说这些事的。"她说。

"您该知道，"德莫特·克拉多克说，"之前还是您告诉我的，在小村庄里，每个人都悉知所有的事。"

"我有个不会被记录下来的问题，"他补充道，"您看见她时，有没有觉得她会被杀？"

"当然没有，完全没有。"马普尔小姐惊呼道，"这想法多么荒唐！"

---

①这是英国人对首都伦敦警察厅总部所在地一个转喻式的称呼。

"当您直视她丈夫的眼睛时,没有联想到哈里·辛普森、大卫·琼斯或是多年前认识的谁吗?那种会把自己妻子推下悬崖的男人。"

"不,我没有,"马普尔小姐说,"我很肯定巴德科克先生不会做那种邪恶的事情。至少,"她若有所思地补充道,"我基本能肯定。"

"但人的天性使然……"克拉多克顽皮地嘟哝道。

"确实,"马普尔小姐说,接着又补充道,"我敢说,经过这次理所应当的悲痛后,他不会太思念她……"

"为什么?他常受她的压迫?"

"哦,那倒不至于,"马普尔小姐说,"但我认为她——嗯,她不是那种体贴的女人。心地善良,却不懂关心体谅。她很爱他,在他生病时照顾他,料理他的三餐,是位很好的主妇。但我觉得她不会——呃,甚至不会知道他的感受和想法。这点会让男人活得很寂寞。"

"啊,"德莫特说,"那他将来的生活会变得不那么寂寞了吗?"

"我猜他会再婚的,"马普尔小姐说,"可能还会很快。但遗憾的是,他很可能会娶一个相同类型的女人,我是说,他会找个性格比他本人强悍的女人。"

"有合适的人选吗?"德莫特问。

"这我就不知道了。"马普尔小姐说。接着她又遗憾地说:"我如今所知甚少。"

"那么,就谈谈您是怎么看的吧。"德莫特·克拉多克催促道,"您的想法总是不会落伍。"

"我认为,"马普尔小姐出人意料地说,"你应该去拜访一下班特里夫人。"

"班特里夫人？她是谁？电影公司里的人吗？"

"不，"马普尔小姐说，"她住在戈辛顿庄园东面的小屋子里，那天的聚会她也在场。过去，她和她丈夫，也就是班特里上校，曾是那幢庄园的主人。"

"那天的聚会她也在场？那她看到了什么吗？"

"我想她一定会告诉你她看到了什么。那些未必和整个事件有关联，但我想那可能——只是可能——会让你有所启发。告诉她是我叫你去的。哦，对了，或许，你该提一下《夏洛特女郎》。"

德莫特·克拉多克歪着头看着她。

"夏洛特女郎？"他说，"这是个暗号，对吗？"

"我也不知道该怎么说，"马普尔小姐说，"但这会提醒她明白我的意思。"

德莫特·克拉多克站起身来。"我会再回来的。"他提醒她道。

"你真是太好了，"马普尔小姐说，"哪天你有时间的话，或许可以过来和我一起喝杯茶。如果你还喝茶的话。"马普尔小姐相当惆怅地补充道，"我知道如今很多年轻人都只会出去喝酒撒欢，他们认为喝下午茶是件很过时的事。"

"我还不至于那么年轻。"德莫特·克拉多克说，"行，我会抽出一天时间过来陪您喝茶的。我们坐下来喝茶、闲谈，聊聊这个村子。顺便问一句，您认识什么影星或从事电影业的人吗？"

"不认识。"马普尔小姐说。"只听说过一些。"她补充道。

"嗯，您听说的事情通常都很多。"德莫特·克拉多克说，"再见了，见到您真高兴。"

3

"哦，您好！"班特里夫人说，当德莫特·克拉多克介绍完自己并亮明身份后，她显得有些吃惊，"见到您真是太令人激动了，难道不该有个警佐跟着您吗？"

"是的，我有个警佐，"克拉多克说，"但他这会儿正忙着呢。"

"在做例行调查吗？"班特里夫人满怀希望地问。

"类似的事情吧。"德莫特郑重其事地说。

"是简·马普尔让您来的吧？"班特里夫人把他领进她那间很小的客厅，解释道，"刚才我正在弄花，这个时间段的花朵总是不遂你的心意，不是蔫了，就是长得不规整。能有事情分散一下注意力真是太好了，尤其还是这么激动人心的事。那么，这的确是桩谋杀案，对吗？"

"您认为是谋杀吗？"

"呃，我想也有可能是场意外。"班特里夫人说，"没人能给个准信儿，我是指官方。居然没有证据能表明是谁、以何种方式下的药，这点听起来有些愚蠢。但是，当然，我们都将它当作谋杀来谈论。"

"那么，有没有谈到是谁干的呢？"

"这是最奇怪的地方。"班特里夫人说，"我们都没讨论这个，因为我实在看不出有谁能下手。"

"您的意思是，就明显的可行性看来，您觉得在场的人中没人能做到？"

"呃，不，不是这个意思。我觉得要下手很难，但也谈不上完全不可能。不，我的意思是，我看不出有谁想这么做。"

"您是觉得，没人会想要谋害希瑟·巴德科克？"

"嗯，坦白地说，"班特里夫人说，"我无法想象会有人想杀死希瑟·巴德科克。我见过她好几次，您知道，在一些当地的活动中，比如女童子军、圣约翰急救队，以及教区里的很多活动。我发现她是位令人生厌的女士，她对任何事情都很热情，有些夸大其词，个人情感过于充沛。可你不会因为这些而想去杀她。在过去，要是瞧见她这样的女人走向你家大门，你就会对客厅女佣说：'跟她说主人不在家。要是她不懈追问，就说主人不见客。'这是我们过去惯用的手法，也十分行之有效。"

"您的意思是，人们会尽力避开巴德科克太太，但不会想永远地除掉她。"

"说得好。"班特里夫人说，并点头表示同意。

"她的家产不值一提，"德莫特谨慎地说，"因此没人能从她的死亡中获得什么，也没人不喜欢她到想除掉她的程度。我猜她不会去勒索别人吧？"

"她连做梦都不会想到去干这种事，这点我很肯定。"班特里夫人说，"她为人认真负责，很有原则。"

"那么，她丈夫有外遇吗？"

"我觉得不太会。"班特里夫人说，"那次聚会是我第一次见到他，他就像根被啃过的绳子一样。人看着不错，却有些窝囊。"

"看来这条线索走不通，是吧？"德莫特·克拉多克说，"那么我们就只能假设她知道点什么了。"

"知道些什么？"

"一些损害别人利益的事情。"

班特里夫人再次摇了摇头。"我表示怀疑，"她说，"我十分怀疑这种说法。她给我的感觉是，如果她知道点谁的什么事情，就会忍不住要说出来。"

"好吧，那就把这种可能性也排除掉。"德莫特·克拉多克说，"那么，如果可以的话，我们来谈谈我这次造访的原因吧。我最钦佩和尊敬的马普尔小姐让我跟您提一提夏洛特女郎。"

"哦，那个啊！"班特里说。

"是的，"克拉多克说，"那个！不管指的是什么。"

"如今人们很少去读丁尼生的诗了。"班特里夫人说。

"我脑中能回响出几句，"德莫特·克拉多克说，"她总是望着外面的卡默洛特①，不是吗？"

"网飞出窗外，朝远处飘去；镜子开始四分五裂；夏洛特女郎惊呼：'厄运降临到了我身上。'"

"是的，她就是这样的。"班特里夫人说道。

"请您再说一遍。谁就是那样的？是哪样的？"

"她的表情就是这样的。"班特里夫人说。

"谁的表情？"

"玛丽娜·格雷格。"

"啊，是玛丽娜·格雷格。她什么时候的表情？"

"简·马普尔难道没跟你说吗？"

"她什么都没告诉我，她叫我来找您。"

"她真讨厌。"班特里夫人说，"她叙述事情的能力比我强多了。以前我丈夫总是说我讲话不连贯，以至于他都不明白我在讲什么。不管怎么说，这很可能只是我的假想。可是，无论谁有那样的表情，都会让人难以忘怀。"

"请您跟我详细说一下。"德莫特·克拉多克说。

---

① 夏洛特被仙女囚禁在一个城堡里，这个城堡位于一个离亚瑟王王宫卡默洛特不远的孤岛上。

"嗯,发生在聚会的时候。我叫它'聚会'是因为我还能怎么称呼它呢?但那不过是个在楼梯顶端平台处举办的招待会罢了,他们把那儿改得像一间凹室。玛丽娜·格雷格和她的丈夫都在那儿,他们邀请了一部分人上去。我受到了邀请,我想,大概是因为我曾是庄园的主人。他们还请了希瑟·巴德科克和她丈夫,因为整个宴会的流程是她安排的。我们碰巧几乎同一时间上楼,所以您瞧,当我注意到这点时,我刚好站在那里。"

"我知道了。那您在什么时候、注意到了什么?"

"嗯,就跟其他人见到明星时一样,巴德科克太太开始了滔滔不绝的长篇大论。您知道的,讲述这是多么美妙、多么欣喜若狂的事情,讲述自己一直希望有天能再见到他们。接着她讲了一大段往事,关于自己多年前是如何偶遇她的,那时又有多兴奋。那时我在心里想,您要知道,对于这些可怜的明星来说,总要应对得当真是件令人厌烦的事情。接着,我就注意到玛丽娜并没有在听,她正瞪着眼睛。"

"瞪着——巴德科克太太?"

"不,不是,她的样子看起来已经把巴德科克太太全然忘记了。我是说,我相信她甚至没在听巴德科克太太讲话。她只是瞪大了眼睛,带着那种我称之为'夏洛特女郎的表情',似乎看到了什么可怕的东西,一种让她不寒而栗的东西,她无法相信自己所看到的,同时也显得无法忍受。"

"厄运已降临到了我身上?"德莫特·克拉多克提醒道。

"是的,就是那样的。这就是为什么我要称它为夏洛特女郎的表情。"

"可她到底在看什么呢,班特里夫人?"

"呃,我要是知道就好了。"班特里夫人说。

"您是说,她站在楼梯的最高处?"

"她的目光越过巴德科克太太的头——不,我想是越过肩头。"

"盯着楼道的中间吗?"

"可能往某一边稍稍偏点儿。"

"那时有人上楼来吗?"

"哦,有的,我想有五六个人吧。"

"她是不是在看其中特定的某一位?"

"这我就不知道了。"班特里夫人说,"您瞧,我并没有面朝着楼道,我当时看着她,因此是背对着楼道。我想她可能是在看一幅画。"

"但是,既然她就住在那幢房子里,那么一定对那些画相当熟悉。"

"是啊,是啊,那是当然。所以我想她一定是在看其中的某个人,只是我不知道是哪个。"

"我们得试着找出来,"德莫特·克拉多克说,"您还记不记得都有哪些人?"

"呃,其中之一是镇长,他带着夫人一起来的。还有个我想是一名记者,红头发,后来别人介绍了我们认识,但我记不得他的名字了。我老记不清名字,好像叫加尔布雷斯——诸如此类的名字吧。然后是位高大的、黑黑的男人,我并不是指黑人,我只是说皮肤比较黑而已。他看上去很强悍,身边跟着一位女演员,衣着昂贵,光彩照人。最后是从马奇贝纳姆过来的老巴恩斯特普尔上将,他真的老了,可怜的老头儿。我觉得他不可能是任何人的末日审判者。哦!还有从农场过来的格赖斯一家。"

"这些是您所记得的所有人吗?"

"呃，也许还有其他人。但是您瞧，我并没有，嗯，我是说我当时并没有特别留意。我只知道镇长、巴恩斯特普尔上将，以及几个美国人大约都是那个时间段到的。还有几个专门拍照的人，其中一个我觉得是本地人，另外有一个是伦敦来的姑娘。她披着长发，拿着大大的相机，显得有些附庸风雅。"

"您觉得是他们中的某个人让玛丽娜·格雷格产生那种表情的？"

"我真的不知道。"班特里夫人十分坦率地说，"我当时只是奇怪，究竟是什么会让她产生那样的表情，接着我也没多想，只是在事后回想起这些事情。但是，当然啦，"班特里夫人又极其诚实地补充道，"这些很可能只是我的想象罢了。毕竟，她很可能只是突然牙痛了，或者被安全别针戳到了，要不然就是突然哪里有阵剧烈的绞痛。遇到这样的情况，你会尽力不动声色，显得和平常一样，但表情却控制不了，会显得痛苦。"

德莫特·克拉多克笑了起来。"您真是位现实主义者，班特里夫人，这点我很高兴。"他说，"就像您说的那样，或许就是那么一回事儿。但一点有趣的事实往往会是整个事件的关键线索。"

他摇着头起身去了马奇贝纳姆，递交他的官方调查报告。

第九章

1

"那么,你在当地一无所获?"克拉多克把他的烟盒递给了弗兰克·科尼什。

"毫无收获。"科尼什说,"没有仇家,没有争吵,夫妻感情也很不错。"

"有没有值得怀疑的女士或男士?"

科尼什摇摇头。"没有,没有任何绯闻的迹象。她不是那种性感的女人,在很多个委员会之类的地方做事,有些当地的小竞争者,但也仅此而已。"

"她丈夫没有想娶其他的女人吗?他工作的地方没有这么一个人吗?"

"他在一个叫比德尔罗素的房产代理和评估公司工作。里面有一名同事患有扁桃腺肥大症,叫弗洛丽·韦斯特。另一名是格伦德尔小姐,她至少有五十岁了,像干草堆一样干瘪,没什么能让男人兴奋的。尽管如此,他要是很快再婚的话,我也不会感到惊讶。"

克拉多克一脸颇感兴趣的样子。

"一位邻居,"科尼什解释道,"一位寡妇。验尸结束后我跟他一同回去,而那位女士已经在屋里为他准备好了茶点,对他照料有加。他则显得既惊讶又感激。依我看,她是打定主意要嫁给他了,他却什么都不知道呢,可怜的家伙。"

"她是哪种类型的女人?"

"很好看,"科尼什承认道,"年纪不轻了,但有种吉卜赛人的美,皮肤和眼睛的颜色都很深。"

"她叫什么?"

"贝恩。玛丽·贝恩太太。玛丽·贝恩。她是个寡妇。"

"她丈夫是做什么的?"

"不知道。她有个儿子在附近工作,现在跟她住在一起。看起来是位娴静、正派的女人。另外,我有种感觉,我似乎在哪里见过她。"他看了一下手表,"十一点五十分。我帮您在戈辛顿庄园预约了一次会面,十二点,我们得走了。"

2

德莫特·克拉多克那双总显得漫不经心的眼睛如今正观察着戈辛顿庄园,并在心中暗自记下了它的特征。科尼什探长把他领了进来,交给了一位名叫黑利·普雷斯顿的年轻人,随后便圆滑地离开了。自那以后,德莫特·克拉多克一直礼貌地冲普雷斯顿点头。黑利·普雷斯顿,他猜想,应该是贾森·拉德的公关或私人助理,要不然就是秘书,或者更有可能三者都是。他一直在说话,说得流畅自如,很少有停顿修改,并且很不可思议的,没有太多的重复。他是个讨人喜欢的小伙子,急切地想要把自己的观点同任何一位遇到的人分享,这不禁让人联想到邦葛罗斯博士^①。那位教授认为在美好的世界中，所有事物也都是最美好的。他变换着方式说了好几遍那是件多么遗憾的事，每个人都是多么地担忧，玛丽娜是如何完全陷入抑郁中，而拉德先生又是如何难过得难以言喻。发生这样的事能将一切击垮，不是吗？也许是对某种特定的物质过敏？他提出这一点作为参考——过敏症很不同寻常。他还说，总探长克拉多克能得到黑林福斯电影公司及其员工的全力配合。他可以问他想问的问题，去他想去的地方，他们会竭尽所能地提供一切帮助。他们都非常尊敬巴德科克太太，钦佩她强烈的社会责任感及对圣约翰急救队所做出的贡献。

接着他又继续说着，用不同的词语表达着相同的意思。没人比他更愿意与警方合作了，同时他努力表示这和电影公司那玻璃纸般的世界是多么遥远；贾森·拉德先生、玛丽娜·格雷格小姐，以及这宅子里的任何人，都一定会尽最大的努力帮忙的。接着他微微点了无数次头。

德莫特·克拉多克利用这个停顿的机会，说："太感谢您了。"

这句话说得很轻，但带着一丝终止谈话的意味，这让黑利·普雷斯顿立马停住了。

"那么……"他诧异地停顿了一下。

"您说我可以提问？"

"当然，当然啦。就请问吧。"

"这就是她死亡的地点吗？"

"巴德科克太太？"

---

① 伏尔泰的讽刺小说《老实人》中的一位宫廷教授，在他看来，世界是完美的，一切人和一切事物都尽善尽美。他不断地向他的学生灌输："在这最美好的世界上，一切都走向美好。"

"巴德科克太太。是这个地方吗？"

"是的，当然。就在这儿。实际上，我至少得让您看看她坐的那把椅子。"

他们正站在楼梯平台改造的凹室里，黑利·普雷斯顿顺着走廊走了几步，指着一张像是仿制的橡木手扶椅。

"她当时就坐在这儿。"他说，"她说身体不太舒服，于是有人去找药，接着她就死了，就在那儿。"

"我知道了。"

"我不知道她最近去看过医生没，有没有被告知有心脏方面的问题……"

"她心脏一点问题也没有，"德莫特·克拉多克说，"她很健康。她的死是因为服用了某药物普通剂量的六倍，这玩意儿的官方名字我就不试着念出来了，但我知道它通常被叫作卡蒙。"

"我知道，我知道，"黑利·普雷斯顿说，"我自己有时候也会服用。"

"真的吗？这真是太有趣了。您发现它有什么好的效果吗？"

"效果棒极了，真的棒极了。它能让您精神振奋，同时能抚平情绪，我想您懂我的意思。当然了，"他补充道，"您必须得适量服用。"

"这宅子里有这种药物吗？"

他知道这个问题的答案，但还是装作不知道而提了出来。黑利·普雷斯顿的回答也十分坦率。

"大概有很多吧。这里大部分卫生间的橱柜里都有一瓶。"

"这可没让我们的工作更省力啊。"

"确实，"黑利·普雷斯顿说，"也许她自己也吃这种药，然后她那天也吃了一剂，接着就像我说的那样，过敏了。"

克拉多克显得不那么信服。黑利·普雷斯顿叹了口气,说:"您肯定她服下了那么多的剂量?"

"哦,是的。那可是致命的剂量,而且巴德科克太太从来没吃过这类药物。就目前我们的调查情况来看,她只吃过小苏打和阿司匹林。"

黑利·普雷斯顿摇着头说:"这确实给我们带来了难题。是的,确实是。"

"拉德先生和格雷格小姐是在哪儿迎接客人的?"

"就在这儿。"黑利·普雷斯顿走到楼梯顶端说。

总探长克拉多克站到他身边,看着他身后的墙壁。墙的中间挂着一幅意大利的圣母和圣子画像,他猜想应该是某幅名画的优秀复制品。穿着蓝色长袍的圣母高举着新生的耶稣,孩子和母亲都笑着。一小群人站在两边,他们的眼睛向上看着圣子。算是一幅比较赏心悦目的圣母像了,克拉多克心想。画的左右两边各有一扇窄窗,整个效果十分迷人,但就他看来,这里显然没有什么能使一位女子露出夏洛特女郎那末日降临般的表情。

"人们都是顺着这个楼梯上来的,对吗?"

"是的,是一小批一小批上来的,您知道的,不是一下子上来很多人的那种。我引领一部分人上楼,拉德先生的秘书埃拉·杰林斯基带另一波人上来。我们想让气氛尽量愉快和随意一些。"

"巴德科克太太上来时您在这儿吗?"

"真不好意思跟您说,克拉多克总探长,我是真想不起来了。我手上有份需要邀请的客人名单,我出去把他们领上来,介绍完毕后招呼他们喝点儿东西,接着我再出去带下一批人上来。光看人的话,我都不知道哪位是巴德科克太太,她不在我负责的名单里。"

"那班特里夫人呢?"

"哦,是的,她曾经是这儿的主人,对吗?我想班特里夫人和巴德科克太太及丈夫是差不多一起上来的。"他停顿了一下,"镇长先生也是那时候到的。他带着大大的官职项链,夫人是一头金发,穿着宝蓝色的褶皱裙。我记得这一切,但我要下楼去领下一批人,因此没给他们中的任何一位倒酒。"

"那么是谁给他们倒的酒?"

"哎呀,这我可说不准,那天我们有三四个人负责这事儿。反正我只知道当我下楼时镇长刚好上来。"

"您还记不记得,当您下楼时还有谁在楼道里?"

"吉姆·加尔布雷斯,一个报社的小伙子,负责报道这次的招待会,另外还有三四个我不认识的人。现场有好几位摄影师,其中一位是本地的,我忘记他叫什么了;还有个带点艺术气质的女孩,来自伦敦,她特别擅长角度怪异的拍摄。她的相机就立在角落里,以便于拍摄格雷格小姐接待客人的场面。啊,让我想想,我想阿德威克·芬恩也是在那个时候到的。"

"谁是阿德威克·芬恩?"

黑利·普雷斯顿显得十分惊讶。"他可是个重量级人物啊,总探长,在影视界是极其有名的大人物,我们甚至都不知道他在英国。"

"他的出现很让人惊讶吗?"

"我觉得是的,"普雷斯顿说,"他能来真是太好了,而且很出乎意料。"

"他是格雷格小姐或拉德先生的老朋友吗?"

"他们相识很多年了,格雷格小姐和第二任丈夫结婚时他们就认识了。我不知道贾森和他到底有多熟。"

"不管怎么说,他的到来是个令人愉快的惊喜。"

"确实是,我们都很高兴。"

克拉多克点了点头,然后将话题转移到了别处。他一丝不苟地询问了有关饮料的问题,关于它们的成分,招待方式,以及是谁招待的,哪些用人和雇工在负责之类的。问题的答案似乎和科尼什探长暗示过的一样,尽管这三十个人中的任何一个都能极其容易地毒死希瑟·巴德科克,但如果那么做,三十个人中的任何一个都能看见!克拉多克觉得,这是个相当大的冒险。

"谢谢您,"最后他说,"如果可以的话,我现在想和玛丽娜·格雷格谈谈。"

黑利·普雷斯顿摇了摇头。

"对不起,"他说,"真是抱歉,这不可能。"

克拉多克扬起了眉毛。

"真的?!"

"她一蹶不振,完全陷入抑郁情绪之中。她已经叫来私人医生照料了。医生写了份证明,在我这儿,我拿给您看。"

克拉多克拿过来读了一下。

"我知道了,"他说,"玛丽娜·格雷格一直有私人医生照顾?"

"所有的男女演员都神经高度紧张,他们的生活压力很大,有些名人确实需要一个了解他们体质和神经的医生。莫里斯·吉尔克里斯特很有名气,他照顾格雷格小姐已经好几年了。您可以看到上面写的,近四年她生了不少病,住了很长时间的医院。大概是一年前,她才恢复了活力和健康。"

"我明白了。"

克拉多克没有提出更多的异议，黑利·普雷斯顿似乎松了一口气。

"您想见见拉德先生吗？"他提议道，"他会在……"他看了一下手表，"他大概会在十分钟后从电影公司回来，如果您愿意等的话。"

"太好了，"克拉多克说，"那么，现在吉尔克里斯特医生在吗？"

"他在的。"

"我想和他谈谈。"

"啊，当然。我这就去请他来。"

年轻人匆匆离开了，德莫特·克拉多克站在楼梯的顶部陷入了沉思。当然，班特里夫人口中那个凝固住的表情，很可能都是她的想象。他认为她是个会急于下结论的人。但与此同时，他又觉得她匆忙下的这个结论很合理。也许玛丽娜·格雷格的表情并没有像夏洛特女郎预见厄运那般严重，但她很可能看到了让自己烦恼或生气的东西，这个东西让她忽略了正在交谈中的客人。那些被请到楼上的人中，也许有位不速之客——一位不受欢迎的客人？

这时他听到了脚步声，于是立马转过身去。黑利·普雷斯顿回来了，跟他一起来的是莫里斯·吉尔克里斯特医生。吉尔克里斯特医生完全不是德莫特·克拉多克想象中的那样，他不像是位对病人态度亲切的医生，长得也其貌不扬。就面相来看，他是个直率、真诚、讲究事实的人。他穿了一身粗呢西装，在英国人看来这似乎有点儿花哨。他长着一头浓密的棕发，还有一双机警又敏锐的眼睛。

"吉尔克里斯特医生吗？我是总探长德莫特·克拉多克，能和您单独聊几句吗?"

医生点点头,继而转身沿着走廊走到快到尽头的地方,推开门,请克拉多克进去。

"在这里吧,没人会打扰到我们。"他说。

很明显,这是医生的卧室,布置得相当舒适。吉尔克里斯特医生指了指一张椅子,接着自己也坐了下来。

"我知道,"克拉多克说,"根据您的建议,玛丽娜·格雷格小姐不能会见客人。她到底怎么了,医生?"

吉尔克里斯特微微耸了一下肩。

"神经紧张,"他说,"如果您现在去问她问题,不出十分钟她就会进入歇斯底里状态。我不能让这样的情况发生。如果您想让警医来找我,那我很乐意告诉他我的观点。她没办法参加调查,理由是一样的。"

"这样的情况会持续多久?"克拉多克问。

吉尔克里斯特医生看着他,笑了,那是个友善的微笑。

"如果您想知道我的看法,"他说,"从人的角度,而非医学角度看,那我得说,在接下来的四十八小时内,任何一个时间段,她不仅愿意见您,而且渴望见您!她有很多问题要问您,同时也想回答您的很多问题。他们都是这样的!"他将身子向前倾,"我想尽量多地让您了解,总探长,是什么东西让这些人有这样的举动。电影人的生活,一种压力不断的生活,而且你越是成功,压力也越大。你整天活在公众的视野里。去外景地拍摄也是你的工作,那可是漫长又辛苦乏味的活儿。你早上就到了那儿,然后坐着干等,接着你开始拍自己的那一小段戏,这一小段拍了一遍又一遍。如果你是在排练舞台剧,那么即便不是排一整幕剧,也起码要排其中的一小场。中间是有先后顺序的,这样比较人性化，也更容易让人接受。但如果你是在拍电影，那么所有的分镜都不是按顺序来的。那是件枯燥无味、没完没了的工作，它会让你筋疲力尽。当然，你能享受到奢侈的生活，你可以服用镇静剂，能泡上奢华的泡泡浴，用高档的面霜和粉，拥有专属医师。你能参加各种消遣活动和聚会，人脉广泛，但你永远都活在公众的视线中。你无法享受独处的乐趣，你没办法真正地——放松。"

"我能理解，"德莫特说，"我真的能理解。"

"另外还有一点，"吉尔克里斯特说，"你会选择这份职业，特别是你还很擅长做这行，那你就是某种特定类型的人。你就是那种——就我目前肤浅、贫乏的经验看来——整天因缺乏自信而烦恼的人。那是一种很可怕的忧虑感，总觉得自己无法满足大众的要求。人们认为演员都自命不凡，可这不是真的。他们并非骄傲自满。确实，他们有些自恋，但他们自始至终都需要安慰，不断地需要鼓励。去问问贾森·拉德，他一定也会这么说。你得让他们觉得能够胜任这项工作，并一再地向他们保证。你得一遍又一遍地重复同样的话来鼓励他们，直至得到你想要的效果。但他们总会怀疑自己，这一点，用一个普通人的外行说法就是——神经质。该死的神经质！精神紧张。而且他们紧张得越厉害，工作会做得越好。"

"这说法很有意思，"克拉多克说，"非常有意思。"他停顿了一下，补充道，"尽管我不太清楚您为什么要——"

"我正在试图让您了解玛丽娜·格雷格，"莫里斯·吉尔克里斯特说，"毫无疑问，您看过她的片子。"

"她是位出色的女演员，"德莫特说，"十分出色，她有个性，美丽，富有同情心。"

"是的,"吉尔克里斯特说,"她具备所有这些特质,但她还是不得不通过拼命工作来延续之前营造出来的好印象。在这个过程中,她的神经被撕成了碎片。况且她原本就不算一位身体强健的女士——至少没有你想象的那么强健。她的情绪总在绝望和狂喜中来回摆动,这点她自己完全无法控制,生来便是如此。她的生活遭受过许多痛苦,绝大部分痛苦来源于她自身,但也有一些不是。她所有的婚姻都不幸福,除了,我认为,这最后一次。她如今嫁给了一位深爱她多年的男子,她在爱情中得到了庇护,并乐在其中。至少,她目前是乐在其中的,没人知道这能持续多久。她的问题就在于:她要么认为自己终于到达了人生的某一点、某一个地方或是某一时刻,童话故事都成真了,什么坏事都不可能发生,她将永远幸福下去;要么就是情绪跌入谷底,认为自己的生活被完全摧毁,是个从来没有得到过爱和幸福的人,而且未来也不可能得到。"他不动声色地补充道,"要是她能停留在这两种极端的中间,那就太好了。但同时,这世上就少了一名出色的女演员。"

他停顿了一会儿,克拉多克也没有说话。他正在纳闷莫里斯·吉尔克里斯特为什么要说这番话,为什么要如此详尽地分析玛丽娜·格雷格。吉尔克里斯特正看着他,似乎正迫切地等待德莫特问某个特定的问题,而德莫特非常想知道他究竟该问哪个问题。

最终他缓慢而又谨慎地问道:"在这儿发生的惨剧让她感到十分沮丧?"

"是的,"吉尔克里斯特说,"她很沮丧。"

"沮丧到有点反常?"

"这要看情况来说。"吉尔克里斯特医生说。

"取决于什么情况？"

"取决于让她沮丧的原因。"

"我想，"德莫特再次谨慎地说，"聚会当中突然发生一桩死亡事件，是很让人震惊。"

他发现对方脸上一点反应也没有。"或者有可能，"他说，"不单单只是震惊？"

"当然了，这你没办法猜到。"吉尔克里斯特医生说，"人们的反应，不管你对他们有多了解，你依旧没办法猜到，他们的反应总会出乎你的意料。玛丽娜·格雷格也许可以轻而易举地挺过去，她是个心地柔软的人。她会说：'哦，真可怜，可怜的女士，多么悲惨。我真不明白，怎么会发生这种事。'她很有可能只是深表同情，却不会真正地在意，毕竟死亡事件在电影人的聚会中偶尔也会发生。或者，要是没有有趣的事情发生，她很可能会选择——注意，是无意识地选择——将自己戏剧性地带进整个故事中，好好地演上一场。或者，还有别的什么原因。"

德莫特打算迎面直击。"我希望，"他说，"您能告诉我您真实的想法。"

"我不知道，"吉尔克里斯特医生说，"我真的不确定。"他停顿了一会儿，然后接着说："您知道的，我们有行业的规矩，这里存在一个医生和病人之间的关系问题。"

"她对您说了什么吗？"

"我想这个我不能说。"

"玛丽娜·格雷格认识这位叫希瑟·巴德科克的女士吗？她们之前见过面吗？"

"我认为她完全不认识她。"吉尔克里斯特医生说，"不，问题不在这儿，要我说，这和希瑟·巴德科克完全没关系。"

德莫特说:"这个叫卡蒙的玩意儿,玛丽娜·格雷格自己吃过吗?"

"她靠它过活,效果不错。"吉尔克里斯特医生说,"这儿的其他人也都这样,"他补充道,"埃拉·杰林斯基服用它,黑利·普雷斯顿服用它,将近一半的人都在服用它——眼下它很时髦。这类药物都大同小异,人们厌倦了其中一种,就会去尝试另外一种。他们觉得它很棒,效果很好。"

"那么,它的效果真的很好吗?"

"呃,"吉尔克里斯特说,"确实有点儿效果,也有一定的作用。它能让你镇静下来,也能让你充满动力,使你感觉自己能做些平常认为做不到的事情。我不会开太多,适量服用是没有危险的,它能帮助那些无法帮助自己的人。"

"我希望我能明白,"德莫特·克拉多克说,"您正试图告诉我什么呢?"

"我正在试图判定,"吉尔克里斯特说,"我的职责究竟是什么。我有两个职责,一是医生对病人的责任,病人说的话都属于秘密,医生必须保密。可还有另外一种观点,就是医生能猜到病人会有某种危险,就得采取措施去避免这种危险。"

他停了下来。克拉多克看着他,在等他说下去。

"是啊,"吉尔克里斯特医生说,"我知道我该做什么。我必须要求您,克拉多克总探长,把我接下来告诉您的当成机密。当然了,不是对您的同事保密,而是对外面世界的人,尤其是这宅子里的,您可以做到吗?"

"我不能把话说死,"克拉多克说,"因为我不知道未来会发生什么。就通常情况下,是的,我可以做到。也就是说,您提供给我的任何一条信息,我都只让自己及同事内部小范围地知悉。"

"好了，听着，"吉尔克里斯特说，"也许这根本算不上什么。女人能在神经紧张的时候说出任何话，玛丽娜·格雷格现在就是这种状况。我来告诉您她跟我讲了什么，可能什么问题都说明不了。"

"她说了什么？"克拉多克问。

"事情发生后，她的精神彻底崩溃了，于是她把我叫来了。我给了她点儿镇静剂，守在她旁边，握住她的手，告诉她冷静下来，一切都会好起来的。接着，在失去意识之前，她说：'那杯酒本该是给我喝的，医生。'"

克拉多克瞪大了眼睛。"她真是这么说的吗？然后呢，第二天她怎么说？"

"她再也没提过这件事了。有一次我特意提了一下，她回避掉。她说：'哦，您一定是搞错了，我从没说过那样的话，我想我当时已经失去一半的知觉了。'"

"但您认为她当时说的是真的？"

"她当时确实是这么说的。"吉尔克里斯特说，"但不代表事实就是那样。"他口气中带有一丝警告意味，"我不知道那人到底是想毒死她还是希瑟·巴德科克，这点您应该比我更清楚。我刚才说的是，玛丽娜·格雷格确实认为、并且深信，那药是为她准备的。"

克拉多克沉默了好一会儿，接着他说："谢谢您，吉尔克里斯特医生。我很感激您告诉我这些，我也明白您这么做的缘由。如果玛丽娜·格雷格对您所说的话是有事实根据的——当然我们希望没有——那么她现在仍然处在危险之中。"

"我就是这个意思，"吉尔克里斯特说，"这是整个事情的关键点。"

"您有理由相信事实就是这样的吗?"

"不,我没有。"

"您知道她为什么会这么想吗?"

"不知道。"

"谢谢您。"

克拉多克站起身来。"还有一件事,医生,您知道她有没有对她丈夫说过相同的话呢?"

吉尔克里斯特缓缓地摇摇头。"没有,"他说,"这点我相当肯定,她没有告诉她丈夫。"

他和德莫特对视了一会儿,接着微微点了一下头,说:"您不需要我了吧?我得去看一下病人。一有可能,我会尽快让您和她交谈。"

他离开了房间,克拉多克则留在了里面,他噘起嘴,轻轻地吹起了口哨。

第十章

"贾森已经回来了,"黑利·普雷斯顿说,"请跟我来,总探长,我带您去他的房间。"

房间在二楼,贾森·拉德将它部分用作办公,部分用作起居室。里面的家具看上去很舒适,但不奢华。房间没什么个性,体现不出使用者的任何品位和偏好。坐在书桌旁的贾森·拉德此刻站了起来,上前迎接德莫特。德莫特心想,这个房间完全不需要个性,因为使用它的人已经充满个性。黑利·普雷斯顿是个既能干又能说的家伙,吉尔克里斯特既有魄力又有魅力,但和如今站在眼前的这位相比,德莫特立马就觉察到他不是个容易读懂的人。由于职业关系,克拉多克阅人无数,他能非常熟练地感知人的潜意识,并经常能读懂所遇之人的思维。他立马就感觉到,一个人最多只能揣测出贾森·拉德的部分所思所想,他的另一部分是禁止踏足的。他那深陷的眼睛显得很有内涵,能被察觉但不易读懂。丑陋又不平整的脑袋有着非凡的智慧,小丑般的脸庞能让你厌恶,也能深深地吸引你。这会儿,德莫特暗自想,我得坐下来好好倾听,还得悉心留意。

"抱歉,总探长先生,让您久等了,我被电影公司的一些小麻烦牵绊住了。您要喝一杯吗?"

"目前不用,谢谢您,拉德先生。"

小丑的脸突然皱了起来,那表情啼笑皆非,让人忍俊不禁。

"这儿不是喝酒的地方,您是这么想的吗?"

"事实上,我没有这么想。"

"是啊,我也觉得您不会这么想。那么,总探长先生,您想知道些什么?我能为您提供哪些帮助?"

"普雷斯顿先生已经非常充分地回答了我提出的所有问题。"

"那对您有帮助吗?"

"没有我期待的那么有帮助。"

贾森·拉德显得很好奇。

"我还见了吉尔克里斯特医生,他告诉我,您的妻子身体还太虚弱,无法回答我的问题。"

"玛丽娜,"贾森·拉德说,"她十分敏感,坦白讲,她目前正遭受着一场精神风暴。您得承认,这么近距离经历一场谋杀案很可能会引发一场精神风暴。"

"这绝对不是什么愉快的经历。"德莫特·克拉多克冷静地表示同意。

"不管怎么说,您想问我妻子的问题,在我这里也能得到答案。事情发生时我就站在她旁边,老实说,我比我妻子观察得更仔细。"

"我要问的第一个问题是……"德莫特说,"这个问题您或许已经回答过了,尽管如此,我还想再问一次。您或者您妻子,之前认识希瑟·巴德科克吗?"

贾森·拉德摇了摇头。

"完全不认识,我之前肯定没见过她。我收到过两封她代表圣约翰急救队寄来的信,但是在她死前五分钟才见到她本人的。"

"但她声称见过您妻子。"

贾森·拉德点点头。

"是的,我想是十二年还是十三年前,在百慕大。那是一个为支持急救队举办的大型花园聚会,我想是玛丽娜为他们揭的幕。至于巴德科克太太,那天刚引荐完,她就进行了一段冗长的讲述,关于自己是如何克服流感,从床上爬起来去参加那场盛会,并且得到了我妻子的亲笔签名的。"

他脸上又一次皱起那似笑非笑的微笑。

"我要说,这种事情经常发生,总探长。大批大批的人聚在一起、排起长队,就为了得到我妻子的亲笔签名,他们会一直珍视并记住这一时刻。我能理解,这算是他们生命中的大事件了。但我妻子自然不可能记得成百上千个索要签名的粉丝中的一位。坦白讲,她都不记得见过这位巴德科克太太。"

"这点我十分理解。"克拉多克说,"拉德先生,之前有一名旁观者告诉我,希瑟·巴德科克和您妻子讲话时,她略微有些心不在焉。您认为是这样的吗?"

"非常有可能,"贾森·拉德说,"玛丽娜的身体不是特别强健。当然,她已经习惯了那些被我称为公共社会事务的工作,并且能几乎下意识地履行她的职责。但当漫长的一天快结束时,她不免会感到疲劳。您刚才所说的,很有可能就是类似那样的时刻。我得说,我没发现那样的情况。不,等一下,不是这样的。我确实记得她在回应巴德科克太太时显得有些迟缓。事实上,我想我还用胳膊肘轻轻地碰了一下她的肋骨。"

"有没有发生什么分散她注意力的事情?"德莫特问。

"有可能,但也可能是疲劳引起的分神。"

德莫特·克拉多克沉默了几分钟。他向窗外望去,阴郁的天空笼罩着戈辛顿庄园周围的森林。他看了看墙上的画,最后看了看贾森·拉德。贾森·拉德显得很殷勤，但仅仅是表情罢了，完全觉察不出他的情绪。他表现得很谦恭，轻松自如，但克拉多克觉得，事实上他很可能完全不是这样的。他是一位心理素质相当高的男人。德莫特心想，一个人没办法从他嘴里得到任何他不愿意说的事，除非跟他摊牌。德莫特做出了决定，他就打算这么做。

"您有没有想过，拉德先生，毒死希瑟·巴德科克纯属是个意外？真正的谋害对象是您的妻子？"

房间里一片沉默。贾森·拉德的表情没有任何变化，德莫特则在等待。最后，贾森·拉德深深地叹了一口气，露出轻松的神情。

"是的，"他轻声说道，"您说得很对，总探长，我很肯定，事实就是这样的。"

"但您此前都没提过这件事，既没和科尼什探长说，也没在调查会上说。"

"是的，我没有。"

"为什么呢，拉德先生？"

"我只能回答您说，这仅仅是个完全没有证据支持的个人想法，让我产生这种猜测的事实并不违法，而法律比我更有资格做出判定。我完全不了解巴德科克太太这个人，她也许有仇家，也许有人决心要在这个特殊的场合给她投下致命剂量的药物。尽管这是个怪异又牵强的决定，但也有令人信服的理由，那就是发生在公共场合，会让事情变得更复杂。现场的陌生人相当多，因此警方带人回去审讯问罪会变得困难。这些都是事实，但我坦白跟您讲，总探长先生，这不是我不说的原因。我之所以这么做的原因是，我不希望我的妻子觉得自己侥幸逃脱了被毒死的厄运，一秒钟都不希望。"

"多谢您的坦诚，"德莫特说，"可我还是不明白您保持沉默的动机。"

"不明白？也许很难解释清楚，这需要您了解玛丽娜这个人，并且理解她。她是个极度需要愉悦和安全感的人，她的物质生活已经非常富足，并赢得了艺术上的名望，可她的个人生活非常不幸。她一次又一次地认为自己找到了幸福，并显得欣喜若狂。可接着，希望又一一破灭。克拉多克先生，她没有办法理性、谨慎地看待生活。在上一次婚姻中，她就像个读童话故事的孩子一般，希望自己从此过上幸福快乐的生活。"

又是一个似笑非笑的微笑，那张丑陋的脸庞突然带有一种怪异的甜蜜感。

"可婚姻不是那样的，总探长先生，欣喜若狂的感觉不可能持续很久。如果能过上拥有小小的满足、宁静、互相关爱、简单快乐的生活，就已经很幸运了。"他又加了一句，"您结婚了吗，总探长？"

德莫特摇了摇头。

"我还没有那么的幸运或不幸。"他喃喃地说。

"在我们电影人的世界里，婚姻完全是职业上的冒险。影星们结婚的频率很高，有的幸福，有的是灾难，但都很少持久。在这方面，我觉得玛丽娜没什么好抱怨的，这和她的脾气秉性有很大的关系。她一心觉得自己不幸，周围的一切都不可能变好。她总是绝望地寻找着相同的东西，爱情、幸福、关爱与安全。她极度渴望要个孩子，而根据某些医学见解，正是她这种高强度的焦虑挫败了自己的目标。有位非常有名的医生建议她领养一个孩子，他说通常情况下，领养孩子能缓解一个人想做母亲的强烈愿望，然后不久就能顺利地生个孩子。玛丽娜领养了不止三个孩子，她曾一度拥有一定的幸福和宁静，但那些都不是真的。所以，您能想象出，十一年前当她听说自己将会有个孩子时那股子高兴劲儿了。她的快乐简直难以形容。她当时身体很好，医生们向她保证，一切都在变好。您也许知道，也许不知道，结果是一场悲剧。那个孩子，一个男孩，先天智力缺陷，是个低能儿。这个结果绝对是灾难性的，玛丽娜彻底崩溃了，生了好几年大病，一直待在疗养院里。尽管她恢复得很慢，但她确实恢复过来了。不久后我们就结婚了，她又重新对生活燃起了热情，并觉得自己还有可能得到幸福。一开始，要拿到一份不错的拍片合同对她来说都很难，大家都在怀疑她的身体状况能否承受得住压力。我必须与这一切做斗争，"贾森·拉德的嘴唇紧紧地合在了一起，"呃，这场斗争算是成功了，我们已经开始拍片了。与此同时，我们买下了这幢房子，并着手装修。就在两个星期前，玛丽娜还在跟我说她是多么地快乐，感觉自己终于能安定下来过幸福的家庭生活了，所有的烦恼都将被抛在脑后。我有些紧张，因为跟往常一样，她的期待总是过于乐观。但她那一刻无疑是快乐的，那种神经紧张的症状已经消失了，显现出一种我从没见过的平静和安宁。一切都很顺利，直到……"他停下来，声音变得很苦涩，"直到发生了这件事，那个女人竟然死在——这儿！这件事本身就够令人震惊的了，我不能冒险——我下定决心不要冒险，不能让玛丽娜知道有人想要她的命。这将会是又一轮打击，甚至是致命的打击。这可能会促使她又一次精神崩溃。"

他直视着德莫特。

"您现在能理解了吧？"

"我明白您的想法，"克拉多克说，"但请原谅我，难道您忽视了一件事吗？您告诉我您坚信这起谋杀案是针对您妻子的，难道此时这种危险已经不存在了吗？如果投毒没成功，难道凶手不会再做一次吗？"

"当然，我已经考虑到了这一点。"贾森·拉德说，"但我很有信心——可以说要感谢事先提醒——我能采取一切合理的预防措施来保证她的安全。我会亲自看着她，或者安排其他人照看她。我觉得最重要的是，不能让她感受到有任何危险存在。"

"那么您认为，"德莫特小心翼翼地说，"她不知道？"

"当然，她一点儿也不知道。"

"您能肯定？"

"当然，她怎么都不会想到这个。"

"可是您想到了。"德莫特指出。

"这不一样，"贾森·拉德说，"从逻辑上看，这是唯一的解释，但我妻子是个完全没逻辑的人。她都想象不到会有人要她的命。她绝不会想到这种可能性。"

"您也许是对的，"德莫特慢悠悠地说，"但这又留给了我们几个问题。我再说得直截了当一些，您觉得谁最有嫌疑。"

"我不能告诉您。"

"抱歉，拉德先生，您这话的意思是您不能说还是不愿意说？"

贾森·拉德很快地回答："是不能，无论什么时候都不能。这件事对她来说很不可思议，对我来说也一样，居然有人那么讨厌她——憎恨她到一定程度了，才会做出这样的事情来。但从另一方面来说，根据绝对充分的事实证据，事情一定是这样的。"

"您能大致描述一下您所知道的事实吗？"

"如果您愿意听的话，可以。事情其实很清楚，我从一个早就准备好的大罐子里倒了两杯代基里酒,分别给了玛丽娜和巴德科克太太。巴德科克太太做了什么,我不太清楚,我猜她在跟走上前的某位她认识的人讲话,而我妻子的酒一直在她手里。这时镇长和夫人到了,我妻子放下还没碰过的酒去招呼他们。接着,来的人越来越多,一个多年未见的老朋友,一些当地人,还有一两个电影公司里的人。在此期间,由于我们俩都走到了楼梯口,因此那杯鸡尾酒一直放在我们身后的桌子上。应地方报业代表的特别要求,我们拍了一两张我妻子和镇长交谈的照片,希望能取悦当地的居民。期间,我给最后来的几位倒了点儿喝的,我妻子的酒一定是在这段时间内被下毒的。不要问我凶手是怎么做到的,因为这不是那么轻易能得手的。另一方面,令人大跌眼镜的是,要是有人有胆量这么公开且肆无忌惮地采取这样的行动,又会有几个人注意到呢?!您问我是否有怀疑的对象,我只能说至少有二十人,他们中的任何一位都有可能干了这件事。您瞧,人们扎成堆,在那里走动、聊天,偶尔还有人走开去瞧这房子都发生了哪些变化。人们不断移动着,不停地移动着。我想了又想,可以说绞尽了脑汁,但一无所获,完全没有任何想法让我可以怀疑一个特定的人。"

他停下来,恼怒地叹了口气。

"我能理解,"德莫特说,"请继续说下去。"

"我敢说,接下来我要讲的东西您已经听过了。"

"我很乐意从您这儿再听一遍。"

"好吧,我从在楼梯口那儿继续说下去。我妻子转身走向桌子,正当她拿起自己酒杯的时候,巴德科克太太发出了一声轻微的惊呼。肯定是有人碰了一下她的手臂,酒杯从她的指尖滑落,摔在了地上。玛丽娜自然显示出女主人的风范——她自己的裙子上也被溅到了一些酒,但她坚持说没关系,还用自己的手帕帮巴德科克夫人擦裙子,最后坚持要求巴德科克太太喝她那杯酒。要是我没记错的话,她当时应该说了句:'我已经喝得太多了。'事情就是这样,但是我能向您保证,那致命的药物不可能是这之后放的,因为巴德科克太太一拿到酒杯就喝了起来。您也知道,四五分钟后她就死了。我想知道——我多么想知道——当投毒者意识到他的计划失败了时会怎么想……"

"所有这些都是您当时就想到的吗?"

"当然不是,当时我很自然地认为这位女士是某种疾病突发,可能是心脏病、冠状血栓症或是别的类似疾病。我从没想到会有下毒这种可能性。您会想到吗——其他人会想到吗?"

"也许没人会想到。"德莫特说,"那么,您的叙述已经十分清楚了,而且您似乎对自己所说的事实十分肯定。但您说您无法怀疑某个特定的人,要知道,这一点我不太能接受。"

"我向您保证这是真话。"

"让我们换个角度来看。在场的人中,有谁会想伤害您的妻子?也许这听起来很夸张,但我还是要问,她有什么仇家吗?"

贾森·拉德做了个意味深长的手势。

"仇家?仇家?仇人是个很难定义的词。在我妻子和我生活的世界里,羡慕和嫉妒是很常见的。只要一有机会,人们就会恶意中伤或是诽谤造谣,做尽一切损害嫉妒之人的事情。但这并不意味着这些人中藏有杀人犯,准确地说,甚至没人有做杀人犯的潜质。您不同意吗?"

"是的,我同意。厌恶或嫉妒不足以让人做出这种事情来。或者说,您妻子之前伤害过什么人吗?"

贾森·拉德这次没有马上进行反驳,而是皱起了眉头。

"老实说，我觉得没有。"最后他开口说道，"而且可以说，就这个问题我刚才思索了很久。"

"类似恋爱一类的事情呢？比如跟某位男子有关系？"

"当然会有那类事。我猜有人会认为玛丽娜有时对某位男士不太好，但这不会造成长期的仇视。这点我很肯定。"

"那女人呢？有没有哪位女士对格雷格小姐一直抱有怨恨之情？"

"呃，"贾森·拉德说，"你永远不知道女人心里是怎么想的。我一时也想不出有谁。"

"从经济角度上看，谁会从您妻子的死亡中获益？"

"从她的遗嘱上看，会有不少人获益，但也不会太多。按您说的，能在经济上获益，我想首当其冲是作为丈夫的我。从另一方面看，也可能是会在这部影片中替代她的某位影星。当然，这部电影很可能会被搁置。这些事情都很难说。"

"嗯，我们现在还没必要谈这些。"德莫特说。

"那您能向我保证，玛丽娜不会知道自己正处在危险之中吗？"

"这件事我们会进行深入调查。"德莫特说，"我想让您知道，如今您正在冒一个相当大的险。不过事情不会在短期内发生，因为您妻子目前还在治疗中。现在我有一件事要您去做，请您尽可能精确地写下那天在凹室里的每一个人的名字，包括案发时您看见正在上楼的人。"

"我会尽力而为，但我很怀疑自己能不能写全。您最好去问问我的秘书，埃拉·杰林斯基。她的记忆力非常好，而且她那里有一份到场客人的名单。如果您想现在就见她——"

"我非常乐意和埃拉·杰林斯基小姐谈谈。"德莫特说。

第十一章

1

埃拉·杰林斯基透过她大大的眼镜框,冷漠地打量着德莫特·克拉多克,对他而言她似乎好看得不太真实。她敏捷地从抽屉里抽出一张打字机打出来的纸,递给了他,动作显得十分职业化。

"我十分确信这里面没有遗漏。"她说,"但也有可能有一两个本地人,名字在上面人却不在场。也就是说,他们可能提早离开了,或者我压根没能找到他们,因此也就没将他们带上楼。但我十分肯定这份名单的准确性。"

"我得说,您的工作效率真高。"德莫特说。

"谢谢。"

"我想——原谅我在这方面的无知——您的工作需要有这么高标准的效率要求吗?"

"一个人必须熟知自己所做的事情,是的。"

"您的工作还包括哪些?您算是电影公司和戈辛顿庄园之间的联络员吗?"

"不,实际上,我和电影公司一点关系都没有——即便有时那边会来通电话让我捎个信,或者让我打电话过去聊聊。我的工作是管理格雷格小姐的社交生活、安排她的公私约会，以及在某种程度上监督这幢宅子的运转情况。"

"您喜欢这份工作吗？"

"工作报酬很高，而且我觉得还算有点意思。然而，我可没料到会发生谋杀案。"她冷冷地补充道。

"这对您来说是不是很不可思议？"

"太难以想象了，以至于我都想问您，这真的是一桩谋杀案？"

"六倍于常规剂量的氢基－乙基什么的，应该很难有其他可能性。"

"也许是意外。"

"那您觉得这种意外是如何发生的呢？"

"比您想象的更容易，因为您不了解这里的情况。这幢宅子里到处都是药物，我说的是药物可不是毒品，我是指完全正当的处方药。但就像大部分东西一样，他们口中致命的药品并没有单独摆放，而是和治疗用药放在一起。"

德莫特点了点头。

"这些搞戏剧和电影的人，智力上都有些怪异的缺陷。对我来说，有时你艺术天赋越高，关于日常生活的常识就越匮乏。"

"很有可能是这样。"

"因为他们总是随身带着各种瓶子。药片、粉末、胶囊和小盒子；这儿有一瓶镇静剂，那儿有一瓶滋补药，提神药又放在别处，难道您不觉得这样很容易把东西搞混了吗？"

"我看不出这和案子有什么因果关系。"

"嗯，我想确实有可能。有人，其中的一位客人，可能想来点镇静剂或兴奋剂，于是他或她，掏出一个随身携带的小瓶子，他很可能忘记了正常服用的剂量，因为已经很久没吃了，因此往杯子里倒了很多。接着，他的注意力被其他东西引去了别处，而这位我喊不上名字的太太走了过来，认为那是她的酒杯，就拿起来喝了。这绝对比其他可能性要大得多。"

"您不会认为这些可能会全部发生吧，是吗？"

"当然，我觉得不会。但当时在场有很多人，还有很多盛满酒的杯子。您知道，拿错杯子、喝错酒，这是再平常不过的事了。"

"那么，您不认为希瑟·巴德科克是被蓄意毒死的？您认为她喝了别人的酒？"

"我觉得这是最有可能的了。"

"如果是那样的话，"德莫特小心翼翼地说，"那就是玛丽娜·格雷格小姐的酒杯了。您意识到了吗？玛丽娜把自己的酒杯递给她了。"

"或者说，她认为那是她的酒杯。"埃拉·杰林斯基纠正道，"您还没跟玛丽娜谈过，是吗？她这人很糊涂，会拿起任何一个她觉得像是自己的酒杯然后喝下去。我就见过她这样好几次。"

"她经常服用卡蒙？"

"哦，是的，我们都服用过。"

"您也是，杰林斯基小姐？"

"我有时会被迫服用一点。"埃拉·杰林斯基说，"这种东西很多是模仿来的。"

"如果能和格雷格小姐谈谈的话，"德莫特说，"我会感到十分荣幸。她……呃……似乎身体虚弱了很长一段时间。"

"在耍性子吧。"埃拉·杰林斯基说，"您知道的，她很会夸大表现自己的情绪，但她绝对不会去搞谋杀什么的。"

"您却能做到,杰林斯基小姐?"

"当你周围的人都处在一种持续的焦躁状态中时,"埃拉冷冷地说,"就会促使你走向另一个极端。"

"而当某些令人震惊的惨剧发生时,您学会了泰然处之?"

她思索片刻。"这也许不是什么好品质,但我觉得,要是你不能达到那样的状态,你就很有可能把自己弄疯。"

"为格雷格小姐工作很难吗?"

从某种意义上说,这算是一个私人问题,但德莫特·克拉多克把这看成一种测试。要是埃拉·杰林斯基扬起眉毛,并问这和巴德科克太太的死亡有什么关系,那么他就不得不承认这确实和案件没什么关系。但他又很好奇,埃拉·杰林斯基也许乐意告诉他她对玛丽娜·格雷格的看法。

"她是位伟大的艺术家,在银幕上以最不寻常的方式展现出十足的个人魅力。正因为这个,大家会觉得替她工作相当荣幸。但纯粹从个人角度上看,她简直是个噩梦。"

"啊!"德莫特说。

"您瞧,她绝不是那种懂得自我克制的人。她要么高兴得飞上了天,要么低落地掉进垃圾堆里,每件事都会被极度地夸大。她经常改变主意,并且有一大堆别人不能跟她提或影射的事情,因为这会让她心情沮丧。"

"比如说?"

"唔,显然是关于什么精神崩溃啦,或是关于精神疗养院之类的。我想她对这些东西敏感是很容易理解的。另外,还不能提及孩子。"

"孩子?这怎么说?"

"呃,要是她看到孩子或是听说谁跟孩子处得很愉快,就会心情沮丧。一听说有人要生孩子或是刚生了个孩子,她就会立马陷入痛苦之中。她永远无法再生孩子了,您瞧,她生下的唯一的孩子精神有些疯癫。我不知道您是否知道这件事?"

"是的,我听说了。真是太悲惨、太不幸了。但这都过去好多年了,您觉得她会不会已经多少忘掉一点了?"

"她没有。这件事一直困扰着她,她对此念念不忘。"

"拉德先生对此怎么看?"

"哦,那不是他的孩子。那是她和前任丈夫伊西多尔·赖特生的。"

"啊,对,前任丈夫。他现在人在哪儿?"

"他也再婚了,目前住在佛罗里达。"埃拉·杰林斯基立马回答道。

"您觉得玛丽娜有很多仇家吗?"

"不算多。或者说,不算很多。与别的女人或男人争吵是常有的事,因为合同问题,因为妒忌猜疑——净是这类事。"

"就您所知,她有特别害怕的人吗?"

"玛丽娜害怕的人?我觉得没有。为什么?她应该感到害怕吗?"

"我不知道。"德莫特说,他拿起那张名单,"非常感谢,杰林斯基小姐。如果我有问题会再来找您的,可以吗?"

"当然,我只是非常渴望——我们都急切地渴望——能做点什么帮上忙。"

2

"那么,汤姆,你那儿有什么发现?"

警佐蒂德勒感激地咧开嘴笑了起来。他的名字不叫汤姆,而叫威廉,但是汤姆和蒂德勒这个组合对他的同事来说意义重大。

"你带了什么有价值的东西给我吗?"德莫特·克拉多克追问道。

此时他们俩正在蓝野猪酒吧,蒂德勒在电影制片厂待了一天,这会儿刚回来。

"有价值的东西很少,"蒂德勒说,"没有太多流言蜚语,也没有惊人的传闻,有一两个自杀的说法。"

"为什么认为是自杀?"

"他们觉得她有可能和丈夫吵架了,想借此让他感到愧疚,这是女人们精通的领域,但她没打算真的自杀。"

"我不觉得这是条有用的信息。"德莫特说。

"是的,当然没什么用。您瞧,他们对事情一无所知。除了自己手上忙活的事情外,他们什么都不知道。那些都是技术性很强的活儿,片场里充满了一种'表演必须继续'的氛围,或者我应该说'电影必须继续'或者'拍摄必须继续'。我不太懂那里的专业术语。他们所关心的是玛丽娜·格雷格什么时候能回到剧组中,先前她也因为精神崩溃而搞砸了一两部片子。"

"总的来说,他们都喜欢她吗?"

"我觉得他们都认为她是个惹人生厌的麻烦鬼,但尽管如此,当她有心情魅惑他们时,他们个个都招架不住。顺便说一下,她丈夫就被她迷得神魂颠倒。"

"他们觉得他怎么样?"

"他们认为他是有史以来最棒的导演,还是制片人什么的,我搞不清里面的术语。"

"没有和其他影星或某种女人搅和在一起的传闻?"

汤姆·蒂德勒瞪大了眼睛。"没有，"他说，"完全没有这种事。怎么了，您觉得有这种可能吗？"

"我有点儿怀疑。"德莫特说，"玛丽娜·格雷格确信那致命的药剂是冲着她来的。"

"她现在还这么认为吗？那她的想法正确吗？"

"我得说，几乎肯定是这样的。"德莫特回答道，"但这不是关键，关键在于她没把这件事告诉她丈夫，而是仅仅告诉了她的医生。"

"您是不是觉得，她理应会告诉丈夫，除非——"

"我仅仅是怀疑，"克拉多克说，"或许在内心深处她觉得这都是她丈夫的错。那位医生的态度有些古怪，我当时就应该想到的，却没有。"

"嗯，反正制片厂里没有这种传闻，"汤姆说，"这类消息您得知得可真够快的。"

"她有没有和别的男人搅和在一起？"

"没有，她似乎对拉德很专一。"

"没有关于她过去的趣闻？"

蒂德勒咧嘴笑了起来。"和每天都能看到的电影杂志比起来，我听到的东西真不算什么。"

"我想我得去看几本杂志，"德莫特说，"来感染点气氛。"

"他们所说的以及影射的事情啊！"蒂德勒说。

"我不知道，"德莫特若有所思地说道，"马普尔小姐看不看电影杂志？"

"就是那位住在教堂附近的年迈女士吗？"

"对，是的。"

"他们说她很敏锐，"蒂德勒说，"他们说这儿发生的所有事情她都知道，也许她对搞电影的人不太了解，但她应该能告诉你很多关于巴德科克一家的情况。"

"现在不像过去那么简单了，"德莫特说，"这里有个新型的社交生活圈正在崛起，一个住宅区，大型房屋开发区。巴德科克是新搬来的，就住在那儿。"

"当然了，我没怎么去了解地方上的事情，"蒂德勒说，"我的精力都用在关注影星们的性生活之类的问题上了。"

"你没带回什么消息，"德莫特嘟囔道，"玛丽娜·格雷格的过去如何，有这方面的消息吗？"

"她结了很多次婚，但也不能说太多。据说她的第一任丈夫不愿意就这么被甩了，不过话说回来，他是个很普通的家伙。是个 realtor①，或是类似叫这个的，顺便问一句，realtor 是干什么的？"

"我想是做房产生意的人吧。"

"哦，好吧，不管怎么说，这人不算有魅力，因此，她厌倦了他以后就找了个外国的伯爵还是王子之类的。那段婚姻没能持续多久，但她似乎没受到任何影响。刚摆脱了第二任，立马又和第三任在一起了，是一个叫罗伯特·特拉斯科特的影星。那次被人们称为狂热的恋爱竞赛，他当时的老婆不想让他走，但最终玛丽娜得到了他，虽然他得付上一大笔赡养费。就我看来，目前很多人缺钱，都是因为要给前妻很多的赡养费。"

"那段婚姻也出了问题？"

"是的，我想这次轮到她心碎了。但一两年后，她又开始了一段罗曼史，是一个叫伊西多尔·某某某的剧作家。"

---

① 此单词仅存在于美式英语中，意思为房产经纪人。因此这里英国侦探不明白这词的意思。

"真是异乎寻常的人生啊。"德莫特说,"好了,今天就到此为止吧。从明天开始,我们要着手做一件很艰苦的工作。"

"比如说?"

"比如说调查我手上的这份名单。从这二十多个人中排除掉一些,然后在剩下的人中找出嫌疑人 X。"

"关于这个 X,您有什么想法没?"

"毫无头绪。要不是贾森·拉德的话,我真的一点想法都没有了。"接着他又苦笑着补充了一句,"我得去找马普尔小姐了,了解一下当地的情况。"

第十二章

马普尔小姐正在进行自己的调查。

"真是太好了,詹姆森太太,您真是太好了。对您,我说不出有多感激。"

"哦,这不算什么,马普尔小姐,我很乐意效劳。我想您是要最近的几期,对吗?"

"不不,尤其不要近期的,"马普尔小姐说,"事实上,我想看看旧的几期。"

"好吧,都在这儿了,"詹姆森太太说,"一整摞,我敢保证这里没有遗漏,您愿意看多久就看多久。好吧,这些对于您来说或许太重了。詹尼,你头发烫好了吗?"

"烫好了,詹姆森太太。她已经冲洗过了,这会儿正在吹干。"

"这样的话,亲爱的,你就跟马普尔小姐走一趟吧,帮她拎一下这些杂志。不,真的,马普尔小姐,这一点儿也不麻烦。我们都很乐意为您办事。"

人们是多么地善良啊,马普尔小姐心想,尤其是那些认识了一辈子的人。詹姆森太太经营了多年的美发店,如今痛下决心,打算继续在这份事业中走下去,于是重新粉刷了招牌,并称自己为"戴安发型师"。除此以外,这家店和过去没什么两样,用同样的方式来满足客人的需要。他们能让你的头发定型，为年轻人修剪头发和改变造型，即便最后搞得很糟糕也不会受到太多的指责。不过詹姆森太太的常客是一大批顽固又墨守成规的中年妇女，她们发现自己想要的发型在其他地方都做不了。

"呃，我再也不了。"谢莉说道。这已是第二天的早晨，她正准备打开那该死的吸尘器来打扫客厅——但她心里还是管它叫休息室。"这是什么？"

"我正在试图，"马普尔小姐说，"学一点儿电影知识。"

她把手中的《电影新闻》放到了一边，又拿起一本《群星荟萃》。

"这太有趣了，能让一个人想起很多事。"

"他们的生活一定非常丰富多彩。"谢莉说。

"专业的生活，"马普尔小姐说，"高度专业化的生活。这让我想起一位朋友曾经告诉我的很多事。她是医院里的护士，有着质朴的见解，知道很多流言蜚语。那些长得好看的医生制造了大量的破坏活动。"

"您对这些事情的兴趣来得很突然啊。"谢莉说。

"如今我觉得打毛衣太难了。"马普尔小姐说，"当然了，这些印刷品的字体相当小，但我能用放大镜看。"

谢莉在一旁好奇地看着她。

"您总能让我感到吃惊，"她说，"您感兴趣的那些东西。"

"我对所有事情都很感兴趣。"马普尔小姐说。

"我是说，在您这个年龄还能接受新事物。"

马普尔小姐摇了摇头。

"它们不算什么新事物,我所感兴趣的是人性。你得知道,人的秉性大部分是相同的,无论是电影明星还是医院护士,或者是圣玛丽米德的人们,或是……"她若有所思地说,"住在开发区里的人们。"

"我看不出自己和电影明星有什么相似之处。"谢莉大笑道,"说遗憾还差不多。我猜是玛丽娜·格雷格和她丈夫搬到戈辛顿庄园来住这件事使得您开始关注起这些的吧。"

"还有发生在那儿的惨案。"马普尔小姐说。

"您是指巴德科克太太?她真是太不走运了。"

"你觉得……"马普尔小姐顿了一下,已经摆出了"开"字的唇形,"你和你的朋友都是怎么想的?"她把问题修改了一下。

"这件事很怪,"谢莉说,"看起来像谋杀,不是吗?尽管警方十分谨慎,没有表态,但它看起来就像是谋杀。"

"我看不出还有什么其他的可能性。"马普尔小姐说。

"绝不可能是自杀,"谢莉深表同意,"自杀不会发生在希瑟·巴德科克身上。"

"你很了解她吗?"

"不,不算了解,几乎不认识。您知道的,她有点儿好管闲事,总想让你参加这个、参加那个,去某某地方参加各种会议。她的精力多到用不完,我想她丈夫有时都觉得很厌烦。"

"但她似乎没什么真正意义上的仇敌。"

"大伙儿都有点受够她了。但关键在于,除了她丈夫,我看不出有谁想要杀她。他为人很温顺,但俗话说兔子急了都会咬人。我总听人说克里平是多么好的一个男人,还有那个叫海伊的,大家都说他极富魅力,但到头来他却把人倒进酸性液体里给腌了!所以没人知道这世上会发生什么,不是吗?"

"可怜的巴德科克先生。"马普尔小姐说。

"人们还说,在那天的聚会上他显得很焦虑、沮丧——在事发之前,我是说——但人们总会说三道四。如果您问我,我会说他如今的气色比之前几年都要好多了,似乎精神也足。"

"真的吗?"马普尔小姐问。

"没人觉得这事儿是他干的,"谢莉说,"可要不是他,还会是谁呢?我止不住地想,这也许是某种意外。意外总是存在的。你自认为很懂蘑菇,于是出去采了些回来。但其中混进了一种霉菌,使得你痛苦地翻滚起来。如果医生能及时赶到,那你就算幸运的了。"

"鸡尾酒和雪莉酒似乎不会导致什么意外吧?"马普尔小姐说。

"哦,我不知道,"谢莉说,"一瓶喝的东西,很有可能混进点别的什么。我认识的一个人曾误服了浓缩 DDT[①],结果病得极其厉害。"

"意外,"马普尔小姐深思道,"是的,看来这是最佳的解释了。我得说,我不认为在这起案件中,希瑟·巴德科克是被蓄意谋杀的。我不是说这不可能,没什么事是不可能的,但这起事件似乎不是这样的。不,我想真相藏在这儿的某处。"她沙沙地翻完了手里的杂志,然后又拿起一本。

"您的意思是,您在找关于某个人的某个特别的故事?"

"不是,"马普尔小姐说,"我只是在找一些对明星及他们生活方式的奇特评价,或者别的一些——某些有所帮助的细节。"她又将注意力转移回杂志上,谢莉则带着吸尘器上了楼。马普尔小姐面色红润,显得饶有兴趣。她有些耳背,因此没听到有阵脚

---

① 学名双对氯苯基三氯乙烷,白色晶体,是有效的杀虫剂。

步声正从花园小径传来，走向客厅的窗户。直到看见一丝阴影投到书页上，她才抬起了头。德莫特·克拉多克正站在窗外朝她微笑。

"我想，您是在做家庭作业吧？"他说道。

"克拉多克探长。见到你真是太高兴了。你能抽空过来看我真是太好了。想要杯咖啡还是雪莉酒？"

"能来杯雪莉就太棒了，"德莫特说，"您坐着别动，"他补充道，"我进屋的时候会自己要一杯的。"

他走进边门，没过多久就坐到了马普尔小姐身边。

"好吧，"他说，"这些书页给了您什么灵感？"

"相当多的想法，"马普尔小姐说，"你知道的，我这人不太容易被惊到，但这些确实让我感到有些吃惊。"

"什么？影星们的私生活？"

"哦，不是，"马普尔小姐说，"不是那些！那些都是最自然不过的东西了，机遇、金钱，以及亲密关系，这些都是非常正常的。我指的是这些文章的写法。你知道，我是很老派的，我觉得这种撰写方式是不可取的。"

"新闻就是这样的。"德莫特说，"很多肮脏的事情都会用合理评论的方式写出来。"

"我知道，"马普尔小姐说，"这有时会让我非常生气。我想，你会觉得我去读这些东西本身就很愚蠢吧。但人总会迫切地想参与到各种事情当中，老坐在屋子里没办法让我知道自己想知道的事。"

"我也是这么认为的。"德莫特·克拉多克说，"我过来就是为了要告诉您一些您想知道的事。"

"但是，我亲爱的孩子，请问，你的上司真的同意你这么做吗？"

"我不明白为什么不同意。"德莫特说，"给，"他补充道，"这儿有份名单，上面罗列了一些名字，都是从希瑟·巴德科克到场直至死亡，这一小段时间内在楼梯平台上的人。我们已经排除了不少人，也许你会说有些草率，但我不这么认为。我们排除了镇长和他的妻子、某位高级市政官及夫人，还有很多本地人，不过我们保留了她的丈夫。要是我没记错的话，您总是对丈夫们心存怀疑。"

"他们通常是最明显的嫌疑人。"马普尔小姐说，语气中颇带歉意，"而明显的，往往就是对的。"

"我完全赞同您的说法。"克拉多克说。

"但你是在指哪位丈夫，我亲爱的孩子？"

"您觉得是哪个？"德莫特问，目光敏锐地看着她。

马普尔小姐也看着他。

"贾森·拉德？"她问。

"啊！"克拉多克说，"您想的跟我一样。我觉得不会是阿瑟·巴德科克，因为您瞧，我想凶手不是要杀希瑟·巴德科克，我认为预计的受害者应该是玛丽娜·格雷格。"

"这几乎已经能肯定了，不是吗？"马普尔小姐说。

"那么，"克拉多克说，"既然我们俩都这么认为，咱们能讨论的东西就更多了。我会告诉您那天谁在场、看到了什么——或是认为自己看到了什么，以及他们站在哪儿或是认为自己在哪儿，就跟您当时在场一样。我的上司——按您对他们的叫法——不可能反对我跟您讨论这些的，不是吗？"

"说得很好，我亲爱的孩子。"马普尔小姐说。

"我大致跟您说一下别人告诉我的事，然后我们一起看看名单。"

他简略地说了一下听到的消息,接着拿出了名单。

"肯定是这些人中的一个。"他说,"我的教父,亨利·克利瑟林爵士,告诉我您曾在这儿办过一个俱乐部,叫作'周二夜晚俱乐部'。你们几个轮流请大家吃饭,然后其中一人会讲一个故事——发生在现实生活中的、以谜团结束的故事,而只有讲述故事的人才知道答案。我的教父告诉我,您每次都能猜中。因此,今天早上我就在想,我要过来看看您是否能帮我猜一猜。"

"我觉得你这段前言毫无意义,"马普尔小姐指责道,"但我有一个问题要问你。"

"嗯?"

"那些孩子怎么样了?"

"孩子?她只有一个孩子。一个低能儿,目前在美国的一家疗养院里。您是要问这个吗?"

"不,"马普尔小姐说,"我不是要问这个。当然,这确实让人伤心。悲剧时常发生,这没什么好抱怨的。不,我要问的是,这篇文章里提到的孩子们。"她轻叩了一下面前的杂志,"玛丽娜收养的那几个孩子,我想,是两个男孩、一个女孩。其中一个孩子的母亲是本国人,她生了好几个孩子,却没钱养育他们,于是给玛丽娜写了封信,问她是否愿意收养一个。信中充斥着矫揉造作和虚情假意,称她这么做完全是出于一位母亲的无私,并且憧憬着孩子能在未来拥有美好的家庭及良好的教育。我没找到另外两个孩子的信息。我想一个是外国难民,另一个是美国孩子。玛丽娜先后收养了他们,我想知道现在他们怎么样了。"

德莫特惊讶地看着她。"您能想到这个真是太神奇了,"他说,"我自己也对那几个孩子感到好奇。您是怎么将他们和本案联系起来的呢?"

"呃,"马普尔小姐说,"据我所知,他们如今没和她住在一起,是吗?"

"我猜他们目前还被抚养着。"克拉多克说,"实际上,我觉得关于收养的法律能保证这一点,他们可能是给钱让别人代管了。"

"所以当她……厌倦他们时,"马普尔小姐在"厌倦"这个词前稍稍停顿了一下,"他们就被打发走了!在享尽了各种优越、奢华的待遇之后。是这样的吗?"

"也许吧,"克拉多克说,"我不太清楚。"他依旧好奇地看着她。

"你知道吗,孩子们能感受到周遭的事物。"马普尔小姐边点头边说道,"他们感知事物的程度远比大人们想象得要强。受伤的感觉、遭拒绝的感觉、没有归属感的感觉,这些感受都不是优越的生活条件能平复的。教育、舒适的生活、有保证的收入、成功的事业,都不能取代这种感觉。这种感觉很可能会演变成一种怨恨。"

"确实如此。但同样的,这样的想法会不会有点太牵强?呃,您到底想到了什么?"

"我还没想得那么远,"马普尔小姐说,"我只是想知道他们目前人在哪儿、有多大了。从这些杂志来看,我想他们都已经成年了。"

"我想我可以去查清楚。"德莫特·克拉多克慢慢说道。

"哦,我不想以任何方式打扰你的工作,甚至不想证明我的想法是有任何价值的。"

"去核实一下情况也没什么坏处。"德莫特·克拉多克说,接着在自己的小本子上记了下来,"现在您想看看我的那份名单吗?"

"我想即便看了也帮不上什么忙。你知道的,上面的人我都不认识。"

"哦,那我来给您做个现场报道吧。"克拉多克说,"我们开始吧。贾森·拉德,丈夫,(丈夫总是嫌疑最大)。每个人都说贾森·拉德非常爱慕她,这一点本身就很值得怀疑,您不觉得吗?"

"倒也不见得。"马普尔小姐郑重地说。

"他一直试图掩盖自己妻子才是目标受害者这个事实,也没向警察暗示过自己有这种怀疑。我不知道他为什么会觉得我们蠢得想不到这一点。事实上我们一开始就想到了。他说他担心这个事实会传到妻子耳朵里,她很有可能会为此惊慌失措。"

"那么,她是那种容易惊慌失措的女人吗?"

"是的,她神经衰弱,总是乱发脾气,时常精神崩溃,焦虑不安。"

"但这并不意味着她缺乏勇气?"马普尔小姐反对道。

"从另一方面来讲,"克拉多克说,"如果她很清楚自己是受害对象,那也许,她也知道是谁干的。"

"你的意思是,她知道是谁干的——但不愿意揭露事实真相。"

"我只是说有这个可能,如果真是这样,那她不说的原因又是什么?这么看来,似乎她不说的动机就是整起事件的起因,是某些她不愿意让丈夫知道的事情。"

"真是有趣的想法。"马普尔小姐说。

"这里还有几个名字。秘书,埃拉·杰林斯基。一位极有能力和效率的年轻女士。"

"她爱着这位丈夫,你觉得呢?"马普尔小姐问。

"我认为绝对是这样的。"克拉多克回答道,"但您为什么也会这么想?"

"呃,这种事情经常发生。"马普尔小姐说,"那么我想,她应该不是很喜欢这位可怜的玛丽娜·格雷格?"

"因此有谋杀的动机。"克拉多克说。

"很多秘书和女佣都会爱上女主人的丈夫,"马普尔小姐说,"但极少、极少有人想毒死女主人。"

"嗯,我们得允许意外的存在。"克拉多克说,"另外还有两名本地摄影师、一名伦敦来的摄影师,以及两名报社记者。他们似乎都不可能是凶手,但我会一查到底的。有一位女士是玛丽娜第二还是第三任丈夫的前妻,玛丽娜抢走她丈夫时她很不高兴。但那是十一年或者十二年前的事情了,她似乎不太会因为那件事而在这个时刻特意过来毒死玛丽娜。另外还有一个男人,叫阿德威克·芬恩,他曾是玛丽娜·格雷格的密友。但已经好几年没见过她了,没人知道他会到场,他的出现引发了非常大的热议。"

"她看到他时,应该吓了一跳吧?"

"大概吧。"

"吓一跳——也许是害怕。"

"'厄运降临到了我身上',"克拉多克说,"就是这个意思。接着还有一个叫黑利·普雷斯顿的年轻人,关于那天发生的事情他一直闪烁其词,他说自己一直忙着做事。他说了很多,却什么也没听到、什么也没看到、什么也不知道。似乎是急于将自己和这件事撇清关系才这么说的,关于这个,您有什么看法吗?"

"没什么想法,"马普尔小姐说,"有很多有趣的可能性。我仍旧很想知道关于那几个孩子的情况。"

克拉多克诧异地看着她。"您对这个还真是念念不忘啊,"他说,"好吧,我会去查的。"

第十三章

1

"我想不可能是镇长吧?"科尼什探长若有所思地说。

他用铅笔轻敲了一下那张名单,德莫特·克拉多克咧嘴笑了。

"单凭主观愿望得出来的想法?"他问。

"你这么说也无可厚非,"科尼什说,"他是个自命不凡又假仁假义的老伪君子!"他继续说道,"每个人都知道他的真面目,他四处滥用权势,极其道貌岸然,在过去的几年中干尽了渎职之事。"

"你们没让他卷铺盖回家吗?"

"没,"科尼什说,"他十分狡猾,每次都刚好站在法律这一边。"

"我承认,这个想法很具诱惑力。"德莫特·克拉多克说,"但我觉得你应该尽早将此刻脑海里的美丽图画清除掉,弗兰克。"

"我知道,我知道,"科尼什说,"他只是一种可能性,这种可能性非常小。名单上还有谁?"

他们俩再次研究起名单来。上面还有八个名字。

"有一点我们都很肯定,"克拉多克说,"就是这张名单上不会遗漏什么人吧?"口气里有一丝疑问,科尼什立马给了回复。

"我想您可以肯定,当天就这么多人。继班特里夫人之后来的是牧师,接着就是巴德科克夫妇。那时楼梯平台上有八个人,分别是镇长及其夫人,从洛厄农场过来的乔舒亚·格莱斯和他的妻子,来自马奇贝纳姆先驱－阿格斯报社的唐纳德·麦克尼尔,从美国来的阿德威克·芬恩,以及美国影星萝拉·布鲁斯特小姐。人名都在这儿了。另外,还有那名来自伦敦、似乎十分喜爱艺术的摄影师,她在楼梯角落架了一个相机。如果——照您所说的,班特里夫人所说的玛丽娜·格雷格'凝固的表情'是因为看到了楼梯上的某个人,那么就是这几个人中的一个了。镇长很遗憾地被排除在外。格莱斯两口子也可以排除嫌疑,我想他们从没离开过圣玛丽米德。那么就剩下四个人了。当地的记者不太可能,而照相的姑娘都在那儿待了半小时,玛丽娜不可能那么久才反应过来。于是,剩下谁了?"

"从美国来的不详陌生人。"克拉多克说,微微笑了笑。

"您说对了。"

"我同意,他们是目前最佳的怀疑对象。"克拉多克说,"他们的出现完全出乎意料,阿德威克·芬恩是玛丽娜多年未见的旧情人。至于萝拉·布鲁斯特,则是玛丽娜第三任丈夫的前妻,她的丈夫为了娶玛丽娜而和她离了婚。我想那次离婚闹得很不愉快吧。"

"我要将她列为头号嫌疑犯。"科尼什说。

"是吗,弗兰克?时隔十五年,她自己又改嫁过两次之后?"

科尼什说女人总是很难懂,德莫特同意这个说法,但也表示觉得这样很奇怪。

"但您也同意,嫌疑犯就是他们之中的一个?"

"有可能,但我觉得可能性不大。有可能是雇来招待酒水的人吗?"

"不管那个传说中'凝固的表情'了吗?嗯,我们大体上调查了一下,巴辛市场的一家餐饮公司得到了这份工作——我是指宴会上的招待工作。实际上,那幢房子里有个男管家,名叫朱塞佩;还有两个在电影公司食堂里工作的本地小姑娘。她们俩我都认识,不算聪明,但应该是无辜的。"

"又推给我了,是吧?看来我要去和那个记者小伙儿聊聊,他也许看到了什么有用的东西。接着去伦敦,阿德威克·芬恩,萝拉·布鲁斯特,还有那名女摄影师——她叫什么来着?玛格特·本斯。她可能也看到了什么。"

科尼什点了点头。"我觉得萝拉·布鲁斯特的嫌疑最大。"他说,并好奇地看着克拉多克,"您似乎并不像我这样肯定是她。"

"我是在想做这件事的难度有多大。"德莫特缓缓说道。

"难度?"

"把毒药放进玛丽娜的酒杯中,而不让任何人发现。"

"嗯,这对每个人来说难度是一样的,不是吗?这是个疯狂的举动。"

"我同意这是个疯狂的举动,但对于萝拉·布鲁斯特这样的人来说,做这样的事比其他任何人都显得更为疯狂。"

"为什么?"科尼什问。

"因为她是位重要的客人,她算是个名气响当当的人物了。每个人都会看着她。"

"确实如此。"科尼什承认道。

"当地人会互相用胳膊肘轻推着窃窃私语,并盯着她看。玛丽娜·格雷格和贾森·拉德迎接过她后,由一位秘书负责照看她。做这样的事很不容易,弗兰克。无论你多么机敏,都不能保证没人会看到你。这里有个障碍，而且是个不小的障碍。"

"但就像我说的，这个障碍对任何人来说都是一样的，不是吗？"

"不，"克拉多克说，"哦，不是的。绝非如此。试想一下男管家朱塞佩吧，他一直在和饮料、酒杯打交道，忙着倒酒、递酒杯。他可以在酒里放一撮或者一两片卡蒙，易如反掌。"

"朱塞佩？"弗兰克·科尼什思索道，"您认为是他干的？"

"虽然目前没理由相信是这样，"克拉多克说，"但也许我们能找出个理由来。也就是说，一个有事实根据的动机。是的，他完全有可能这么干了。或者是某个负责餐饮的人干的，他们当天都不在场——太遗憾了。"

"也许有人为了这个目的蓄意将自己安插到餐饮公司也不一定。"

"你的意思是说，整件事情有可能是有预谋的？"

"我们目前对此一无所知。"克拉多克着急地说，"毫无头绪。除非能撬开玛丽娜·格雷格或者她丈夫的嘴，问出些想知道的事情。他们一定知道是谁，或者说有明确的怀疑对象——但他们不愿意说。而我们又不知道他们为什么不愿意透露，咱们的调查还有很长的路要走。"

他停顿了一会儿，接着又继续说："不要过度在意那个'凝固的表情'，那也许只是个纯粹的巧合罢了，还有其他人能轻而易举地办到这件事。那位女秘书，埃拉·杰林斯基。她也一直忙着搞酒杯的事情，把东西传来传去，没人会带着特殊的兴趣去注意她。同样的情况也发生在那个瘦弱得像竹竿似的年轻人身上——我忘了他叫什么了。黑利——黑利·普雷斯顿？对，就是这个名字。对于这两个人来说，这次是个绝好的机会。事实上，他们中随便哪个想要除掉玛丽娜,在一个公开的场合下手都要安全多了。"

"还有别人吗?"

"呃,丈夫总是嫌疑人之一。"克拉多克说。

"又回到丈夫身上了。"科尼什微微一笑,说,"在意识到玛丽娜才是预期的受害者之前,我们还都认为是那个可怜的巴德科克呢。现在我们又将怀疑的矛头指向了贾森·拉德。但我不得不说,他似乎是个很专情的人。"

"传闻说他确实很专一,"克拉多克说,"但没人了解实际情况。"

"要是他想摆脱她,那么离婚不是更容易些吗?"

"也更合理。"德莫特说,"但也许里面有很多我们不知道的内幕。"

这时电话铃响了,科尼什拿起了听筒。

"什么?是吗?请接进来。是的,他在这儿。"他听了一会儿后将手捂住话筒,朝德莫特看了看,"玛丽娜·格雷格小姐,"他说,"说她现在感觉好多了,已经准备好接受问讯了。"

"那我得赶快过去,"德莫特·德拉多克说,"免得她改变主意。"

2

在戈辛顿庄园,埃拉·杰林斯基接待了德莫特·克拉多克。她像往常一样麻利又能干。

"格雷格小姐正在等您,克拉多克先生。"她说。

德莫特饶有兴趣地看着她。打从一开始,他就发现埃拉·杰林斯基的性格颇为奇妙。他曾对自己说:"如果我见过所谓扑克脸的话,那么肯定是这一张。"她非常愿意回答他提出的所有问题,完全没有任何隐瞒的迹象。但就这件事她究竟是怎么想的、怎么感受的,甚至还知道点什么,他却一无所知。在她聪明高效的盔甲下,似乎一点漏洞都找不到。也许她实际知道的要比说出来的多;她也许知道很多事情。他唯一能肯定的是——他不得不承认自己完全没有证据去证实这种肯定——她爱着贾森·拉德。这就是他之前就说过的,秘书的职业病。也许并不能说明什么,但这一事实至少暗藏着某种动机。并且他很肯定——十分肯定——她一直在隐瞒什么事。有可能是爱,有可能是恨。或许,相当简单,是一种负罪感。她也许在那天下午抓住了机会,她也许早就深思熟虑地计划好要做的事情。他能看到,只要事情进展顺利,她就能轻松地扮演好自己的角色。她那敏捷又从容的动作,从这儿走到那儿,招呼着客人,帮他们递酒并拿走空酒杯。可她的眼睛却时刻注视着玛丽娜放在桌上的那个杯子。接着,也许就在玛丽娜迎接美国来的客人时,他们惊喜和快乐的叫声吸引了所有人的注意力,她完全有机会悄悄将那剂致命的药物投进那个酒杯。这需要胆识、勇气和机敏,这些她都具备。不管她做了什么,在做的时候她都不会显露出一丝愧疚。这本来就是一桩简单、聪明的犯罪,一个几乎不可能失败的犯罪。但是一个偶然让整件事泡了汤。在那个相当拥挤的空间里,有人轻轻推了一下希瑟·巴德科克的胳膊,她的酒洒了。而玛丽娜展现出与生俱来的热情与大方,主动将自己还未动过的酒杯递给了她。于是一位计划之外的女士死掉了。

这些纯粹是理论上的推断,很可能是一派胡言,德莫特暗暗对自己说。与此同时,他礼貌地和埃拉·杰林斯基交谈了起来。

"有件事我想问问您,杰林斯基小姐。就我所知,那天的餐饮服务是巴辛市场的一家公司负责的,对吗?"

"是的。"

"为什么会选那家公司?"

"这我真的不知道,"埃拉说,"那不是我的工作职责。我只知道拉德先生认为,相较于请一家伦敦的公司,不如雇佣本地的公司比较好。在我们看来,这只是很小的一桩事情。"

"确实。"他看着她,此刻她正微微皱起眉头,眼睛朝下看着。她的额头十分饱满,下巴显示出她是个很坚毅的女性,可以说,她的轮廓相当性感,嘴唇的线条很硬朗,是一张充满欲望的嘴。至于眼睛?他惊讶地发现,她的眼圈红红的。他不禁猜测,难道她刚哭过吗?看上去像是,但他敢发誓她不是那种会哭的年轻姑娘。她抬起头看着他,似乎看出了他在想什么,于是掏出手帕狠狠地擤了一下鼻涕。

"您感冒了?"德莫特问。

"不是感冒,是花粉热。事实上这是一种过敏症,每年的这个时候我都会犯。"

这时传来一阵轻轻的铃声。房间里有两部电话,一部在桌上,另一部则在角落的边桌上。响的是边桌上的那部。埃拉·杰林斯基走过去拿起听筒。

"是的,"她说,"他在这儿,我立刻带他上来。"她将听筒放下,说:"玛丽娜已经准备好见您了。"

3

玛丽娜·格雷格在二楼的一个房间里接待了克拉多克,很显然，这间是从她卧室里辟出来的私人会客室。听了别人对她虚弱的身体和精神状况的描述后，德莫特·克拉多克原本以为会见到一位不安的病人。然而，尽管玛丽娜倚靠在沙发上，她的声音却充满活力，眼神清澈明亮。她几乎没有化妆，尽管如此，看起来也比实际年龄年轻很多。克拉多克被这种柔和的光彩与美丽深深震住了。她脸颊和下颌的线条极为精致，头发蓬松，自然地垂下来，勾勒出整张脸的轮廓。那对长长的眼睛蓝得像海水一般，眉毛是文过的，但看起来非常自然，还有那热情甜美的微笑，这一切都带着一丝魔力。

她说："克拉多克总探长？之前我的表现太丢脸了，我真心向您致歉。这件可怕的事情发生后，我的精神就崩溃了。我本该很快振作起来的，但没有。我为自己感到羞耻。"她又笑了起来，一个懊悔、甜蜜的微笑挂在嘴角边。她伸出一只手，他和她握了手。

"您会感到心烦意乱，"他说，"这也很正常。"

"嗯，每个人都很心烦意乱，"玛丽娜说，"我没理由让自己比其他人更糟糕。"

"您没有吗？"

她看了他一会儿，接着点点头。"确实，"她说，"您确实很有洞察力。是的，是这样的。"她眼睛朝下看着，细长的食指轻轻抚摸着沙发的把手。这个动作他在她之前出演的一部电影中见到过。动作本身毫无意义，却又意味深长，有种说不出的优雅。

"我是个胆小鬼，"她说，依然垂着眼睑，"有人想杀我，但我不想死。"

"为什么您会觉得有人想杀您？"

她的眼睛睁得大大的。"因为那是我的酒杯——我的酒，被动了手脚。最后被那个可怜的傻女人喝下去了，那纯粹是个错误。这才是整件事最可怕、最悲惨的地方。而且——"

"而且什么，格雷格小姐？"

她好像有点不确定是否要说下去。

"您还有别的理由证明自己也许才是预计的受害者吗？"

她点了点头。

"是什么理由呢，格雷格小姐？"

她停顿了好一会儿才开口说道："贾森说我必须把一切都告诉您。"

"这么说，您已经向他吐露了？"

"是的……一开始我并不想说的，但吉尔克里斯特说我必须这么做。接着我发现金克斯也是这么认为的，他早就看明白了一切，但——实在是太可笑了，"她的嘴角又扬起惆怅的微笑，"他不想让我知道，他怕我会感到惊恐，真的！"她突然精神一振，坐了起来，"亲爱的金克斯！他以为我是个十足的傻瓜吗？"

"您还没告诉我呢，格雷格小姐，为什么您认定自己才是受害者？"

她沉默了好一会儿，接着突然动作幅度很大地伸手去拿自己的手提包，然后打开，掏出一张纸，塞到他手里。克拉多克看了看，上面打着一行字：

  别以为你下次就能躲过。

克拉多克机警地问："您是什么时候收到的？"

"我洗完澡回来后，这张纸放在我的梳妆台上。"

"那么，就是这幢屋子里的人……"

"也不一定。或许是某个人爬上了我窗户外面的阳台,然后把它放在那儿的。我想他们是想进一步恐吓我,可事实上我并没觉得害怕,反倒觉得相当气愤,于是就捎信叫您来了。"

德莫特·克拉多克笑了。"究竟是谁送的这张纸条,结果也许会大大出乎意料。您是第一次收到这样的纸条吗?"

玛丽娜犹豫了一会儿,然后说:"不,不是的。"

"那您能跟我说说其他几张纸条吗?"

"三个星期前,我刚来这儿的时候,纸条送到了电影公司,而不是这里。非常荒唐,仅仅是一张纸条。那次的字不是打字机打出来的,而是手写的大写字母。上面写着'准备去死吧。'"她大笑起来,笑声中带有一丝歇斯底里,却很真实。"多么可笑,"她说,"当然了,每个人都会收到一些稀奇古怪的纸条或者威胁信什么的。我当时认为这跟什么宗教有关,您知道的,有些人不太认可女演员。于是我把它撕了,接着扔进了废纸篓里。"

"这件事您跟其他人说过吗,格雷格小姐?"

玛丽娜摇了摇头。"没,我没跟任何人谈及过此事。实际上,当时我们正在为要拍的片子而烦恼。在那个节骨眼儿上,我压根没去多想这件事。不管怎么说,就像我说的,我认为这要不是个愚蠢的玩笑,要不就是哪个不认可演戏这类事情的怪人写的。"

"那次之后,还有吗?"

"有,就在招待会那天。我记得是其中一个园丁带给我的,他说:'有人给您留了张纸条,您有什么回复吗?'我以为是有关宴会安排的事,就将纸条打开了。'今天是你在世上活着的最后一天。'我将它揉成一团后说:'没有回复。'接着我又把他叫了回来,问他是谁把纸条给他的。他说是个骑着自行车、戴着眼镜的男人。好吧,我是说,对于这次又该怎么解释?我认为这次更可笑,我不认为——我从来就没想过,这会是个真正的恐吓。"

"那张纸条现在在哪儿,格雷格小姐?"

"我不知道。就我回忆,当时我穿着某件彩色的意大利绸缎外套,我将纸条揉成一团后,塞进了外套的口袋里。可现在不在那儿了,也许是什么时候掉出来了。"

"而您丝毫不知道这些可笑的纸条是谁写的,格雷格小姐?或者是谁唆使的,甚至到现在都还不知道?"

她将眼睛睁得大大的。德莫特注意到她的目光中有一种天真与无邪。他很欣赏,却并不相信。

"我怎么知道?我怎么可能知道?"

"我想您也许十分清楚,格雷格小姐。"

"我没有,我向您保证。"

"您是位名人,"德莫特说,"您获得了巨大的成功。不管是在事业上还是个人生活上。男士们都爱慕您,想要和您结婚,然后跟您结了婚。女士们羡慕您、嫉妒您。男士们爱着您却被您断然拒绝。范围很大,我同意,但是我得说,是谁写的这些纸条,您应该有些数。"

"可能是任何人。"

"不,格雷格小姐,不可能是任何人。他很可能是很多人中的一个,可能是个极不起眼的人,服装师、电工、仆人,也可能是您朋友中的某个人,那种所谓的朋友。但您一定会有所察觉,某个名字,也许还不止一个。"

这时门开了,贾森·拉德走了进来。玛丽娜转过身去,面向着他伸出胳膊,向他求助。

"金克斯,亲爱的,克拉多克先生坚持认为,我铁定知道那些可怕的纸条是谁写的。可我并不知道,你知道我是不知道的。

我们俩都不知道，一点都不知道。"

说得这么急切，克拉多克心想，非常急迫。难道玛丽娜·格雷格在担心她丈夫会说出什么吗？

贾森·拉德走过来跟他们坐在一起，由于过度疲劳，他的眼圈显得黑黑的，眉头皱得比平时还要深。他拉住了玛丽娜的手。

"我知道这对您来说似乎难以置信，探长先生。"他说，"可老实说，玛丽娜和我对此真的一无所知。"

"所以你们俩一直沉浸在没有仇人的欢乐之中，是吗？"德莫特的声音里带有明显的讽刺意味。

贾森·拉德有点脸红。"仇人？这是个只会出现在《圣经》中的词，探长。这么说的话，我能向您保证，我们绝对没有什么仇人。人们不喜欢某个人，会试着努力超越他，如果可以的话。是的，会恶意、无情地打击他。但这离在酒里下毒还差得很远。"

"就在刚才，跟您妻子的交谈当中，我问她谁会写或者唆使别人写这些纸条，她说她不知道。但当我们实际调查后，范围就缩小了。事实上就是有人往酒杯里下了毒，而这个范围是非常有限的，您知道。"

"我什么都没看见。"贾森·拉德说。

"我也没看到。"玛丽娜说，"呃，我的意思是……如果我看到有人往我的酒杯里放了什么东西的话，我就不会去喝那杯玩意儿了，不是吗？"

"你们要知道，我总认为，"德莫特·克拉多克缓缓说道，"你们知道的，要比告诉我的多。"

"不是这样的，"玛丽娜说，"快告诉他，这不是真的。"

"我能向您保证，"贾森·拉德说，"我完完全全感到困惑，整件事情都十分荒诞。我总觉得像是个玩笑——一个出了岔子的玩笑——最终变得很危险。这件事是由一个做梦都想不到会制造危险的人做的……"

他的声音里藏有一丝疑问，接着他摇了摇头。"不，我知道您不同意我这样的看法。"

"还有一件事我想问您，"德莫特·克拉多克说，"当然了，您还记得巴德科克夫妇来时的场景吧？他们是紧随着牧师之后到的。我想是您，格雷格小姐，接待了他们，您就像对待其他客人那般亲切地招待了他们。可是有一名目击者告诉我，在您迎接他们时，您的目光越过了巴德科克太太的肩膀，看到了某样让您惊恐的东西。这是真的吗？如果是真的，那是什么东西呢？"

玛丽娜迅速回答道："那当然不是真的。让我惊恐——有什么东西能让我惊恐的？"

"那正是我们想知道的。"德莫特·克拉多克耐心地说，"您要知道，我的目击证人非常坚信这一点。"

"那位目击者是谁？他或者她，说玛丽娜看到了什么？"

"说您正看着楼梯，"德莫特·克拉多克说，"有人从那儿上来。上来的那批人中有一位是记者，还有格莱斯先生和他的妻子，一位本地的老住户，来自美国的阿德威克·芬恩先生，以及萝拉·布鲁斯特小姐。您是看见了这几位中的某个人而心烦意乱的吗，格雷格小姐？"

"我跟您说了，我没有心烦意乱。"她几乎是叫喊着说出这几个字的。

"可您的注意力还是游离开了，您本该接待巴德科克太太的，但她说了什么，您并没有回答。因为您的目光越过了她，在盯着另外的某样东西看。"

玛丽娜·格雷格坚持自己的看法。她说得飞快，并且相当有说服力。

"这我可以解释,我真的可以。如果您对表演有所了解的话,那您就很容易理解了。会有那么一瞬间,当你对一个角色非常熟悉的时候——事实上,这种情况通常就发生在你对某个角色极其熟悉的时候——你会不自觉地在银幕下继续表演。你进入了这个角色,模仿她的微笑、举止、姿势,以及说话的语调,可你的脑子并不在上面。接着你的大脑里会突然出现一片可怕的空白,你不知道自己身在何处,戏演到哪儿了,你的下一句台词是什么!我们将这种情况称之为'冷场'。呃,我想我当时就是出现了这种情况。我不是一个特别坚强的人,我丈夫也是这么跟您说的吧。之前的很长一段时间里,我过得非常艰难,对于这次的电影,其实我感到十分焦虑。我想把那场招待会办成功,想对每位来宾都显示出友好、愉快和热情。但这就意味着你要机械地重复很多话,而大家跟你讲的话也都是一样的。您知道的,说他们一直以来是多么地想见到你,说他们在旧金山的某家剧院外看到你了,或者,旅行时跟你坐同一架飞机。都是一些很傻帽的事情,但我不得不对他们表示友好,还要回应他们。嗯,就像我刚才说的,你这么做完全是无意识的。你压根不需要去想接下来要说什么,因为已经说过很多遍了。突然之间,我想是一阵倦意袭来,我的大脑一片空白。接着我发现巴德科克太太在跟我讲一个很长的故事,而我却一个字也没听进去。她还热切地望着我,我却没能给出任何合理的回答。那只是疲倦罢了。"

"只是疲倦罢了。"德莫特·克拉多克慢慢说道,"您坚持认为是这样吗,格雷格小姐?"

"是的,我坚持这么认为。我不明白为什么您不相信我。"

德莫特·克拉多克转向贾森·拉德。"拉德先生,"他说,

"我想您比您妻子更能理解我的意思。我很担忧——非常担忧——您妻子的安全。有人想要她的命,还写了恐吓信。这意味着招待会那天那个人就在现场,可能现在还在,不是吗?那个人同这幢房子,以及这里发生的一切都关系十分密切。那个人,不管是谁,可能有轻微的精神失常。这不单是恐吓的问题。俗话说,被恐吓的人没那么容易死,女人也一样。但无论是谁,他都不会仅止于恐吓。他蓄意毒死格雷格小姐,难道您看不出他必然会再度下手吗?想要保证安全只有一个办法,那就是把你们目前知道的线索都告诉我。我不是说你们知道那个人是谁,但我想你们一定有个猜测,或是一个模糊的想法。难道您不打算告诉我真相?还是您自己不知道真相?这也完全有可能。或者您不希望自己的妻子告诉我?我这么做完全是出于对您妻子人身安全的考虑。"

贾森·拉德缓缓扭过头去。"你也听到克拉多克探长刚才说的了,玛丽娜,"他说,"照他所说,你可能知道一些我不知道的事情。如果真是这样,看在上帝的分上,别在这种事上犯傻了。要是你对哪个人有丝毫的怀疑,就赶快告诉我们吧。"

"但是我没有。"她扬声哀号道,"你们必须相信我。"

"那天您在害怕什么人?"德莫特问。

"我没在怕谁。"

"听着,格雷格小姐,在楼梯上或者说正在上楼的这几个人中,有两位朋友的到来应该让您很惊讶,您有很长时间没见过他们了,而且您没想到会在那天见到他们——阿德威克·芬恩先生及布鲁斯特小姐。当您突然看到他们走上楼梯时,有没有一种很特殊的感觉呢?您不知道他们会来,对吗?"

"是的,我们甚至都不知道他们在英国。"贾森·拉德说。

"当时我感到很高兴,"玛丽娜说,"高兴极了。"

"见到布鲁斯特小姐很高兴?"

"呃……"她快速又略带怀疑地瞥了探长一眼。

克拉多克说:"我想,萝拉·布鲁斯特曾是您第三任丈夫罗伯特·特拉斯科特的前妻。"

"是的,确实如此。"

"他为了跟您结婚,就和她离了婚。"

"哦,全世界的人都知道这件事。"玛丽娜·格雷格不耐烦地说,"您不要以为自己发现了什么。当时的确发生了一些争吵,但最终并没有发展成憎恨。"

"她威胁过您吗?"

"嗯,从某种意义上说,有过。可是,哦,天哪,我真希望自己能解释清楚。没人会把那种恐吓当真。那是在一个派对上,她喝了很多酒。如果当时她有一把手枪的话,我想一定会对着我胡乱射击,幸运的是她并没有手枪。可这一切都是几百年前的事了!那些事、那些情绪,是不会持续到现在的!不会,真的不会。这是真的,对吗,贾森?"

"我认为的确是这样的。"贾森·拉德说,"而且我可以向您保证,克拉多克先生,萝拉·布鲁斯特那天在宴会上完全没有机会往我妻子的酒杯里下毒,因为大部分时间我都站在她身边很近的地方。萝拉和我们保持了很久的友好关系,这次突然来到英国,造访我们的新家,就为了给玛丽娜下毒——这想法未免太荒唐了吧?"

"感谢您提出的观点。"克拉多克说。

"这不只是观点,这是事实。她压根就没靠近过玛丽娜的酒杯。"

"那么另一位拜访者——阿德威克·芬恩呢？"

克拉多克觉得，贾森·拉德在开口之前稍稍停顿了一下。

"他是我们的老朋友了，"他说，"尽管我们偶尔会联系，但也多年没见了。他是美国影视界的一位重量级人物。"

"他也是您的老朋友吗？"德莫特·克拉多克问玛丽娜。

她回答时呼吸明显急促了许多。"是的，哦，是的。他，他一直都是我相当好的朋友，但最近几年我没见过他。"接着她语速突然变快，继续说道，"如果您认为我是抬头看到了阿德威克而感到害怕，那简直是无稽之谈，绝对的无稽之谈。我为什么要害怕他？我是出于什么原因要害怕他？我们过去是非常要好的朋友，我突然看到他时，只是感到非常、非常地高兴。那是带着喜悦的惊讶，我之前就跟您说了，是的……一个惊喜。"

"谢谢您，格雷格小姐，"克拉多克平静地说，"要是哪天您想让我进一步了解您的心声，请务必告诉我。"

第十四章

1

班特里夫人跪在地上。这是个锄草的好天气,泥土干燥松软。但不光要锄草,还要锄掉藓类及蒲公英。她精力旺盛地处理着这些有害植物。

她站起身来,有点气喘吁吁,但充满了胜利的喜悦。她朝树篱外的马路上望去,让她略感惊讶的是,她看见那位黑发秘书从对面公交站台旁边的公用电话亭里走出来,名字她一时想不起来了。

她叫什么呢?名字是字母 B 开头,还是 R 开头的?哦,都不是,她叫杰林斯基,就是这个名字。见她走过门房来到庄园车道上时,班特里夫人及时地想了起来。

"早上好,杰林斯基小姐。"她友好地向她打招呼。

埃拉·杰林斯基吓了一跳。确切地说,不只是吓了一跳,而是像一匹受到惊吓的马儿。班特里夫人感到非常惊讶。

"早上好,"埃拉说,并且很快补充道,"我过来用下电话,今天家里的电话线路有些问题。"

班特里夫人感到更为惊讶了。她在奇怪埃拉·杰林斯基为什么要费神解释自己的行为。她客气地回答道:"这多麻烦啊,您有需要的话可以随时到我这儿来打。"

"哦，太谢谢您了——"埃拉要说的话被一个喷嚏给打断了。

"您得了花粉热？"班特里夫人立马下了诊断，"您可以试试少量的小苏打加水。"

"哦，没关系。我在使用一种装在喷雾器里面的专利药品，效果还不错。但还是要谢谢您。"

她正准备走的时候又打了一个喷嚏，接着她迅速地走上了车道。

班特里夫人看着她的背影，接着又看看自己的花园。她颇为不满地看着它，里面一根杂草都没有。

"奥赛罗的事业就此断送了。①"班特里夫人狐疑地喃喃自语道，"我敢说，我是一个好管闲事的老妇人，可我真的很想知道……"

片刻的犹豫后，班特里夫人向好奇心投了降。她就打算做一个好管闲事的老太婆，管他呢！她大步踏进屋子，来到电话机旁，拎起话筒就开始拨号。听筒里传来一个轻快的美国人的声音。

"戈辛顿庄园。"

"我是住在东边门房的班特里夫人。"

"哦，早上好，班特里夫人。我是黑利·普雷斯顿。那天的招待会上我见过您，您有什么事儿吗？"

"我是想……也许我能帮你们做点什么……要是你们的电话出了什么问题的话——"

对方惊诧地打断了她。

---

① 引用莎士比亚《奥赛罗》第三幕第三场的台词。

"我们的电话坏了?可电话一点问题都没有呀。您为什么会这么认为呢?"

"我一定是弄错了,"班特里夫人说,"我的耳朵不太利索。"她毫不惊慌地解释道。

班特里夫人放下听筒,过了一会儿又拿起来拨了另一个号码。

"简?我是多莉。"

"哦,多莉。怎么了?"

"嗯,有件怪事儿。那位秘书小姐跑到路边的公用电话亭里打了个电话,还特意费神跟我解释这是因为戈辛顿庄园的电话坏了,她完全没必要这么做。之后我打过去,发现事情不是这样的……"

她停顿了一下,等待着智者的发言。

"确实,"马普尔小姐沉思道,"很有意思。"

"你觉得这是为什么呢?"

"呃,显然她不想被别人听见……"

"是。"

"至于原因,也许有很多。"

"是的。"

"有意思。"马普尔小姐又说了一遍。

2

没有人比唐纳德·麦克尼尔更乐意谈话的了。他是个友好的红发青年,愉快又好奇地迎接了德莫特·克拉多克。

"您的调查进行得怎么样了?"他欢快地问,"有什么花边新闻能告诉我吗?"

"目前还没有，以后也许会有。"

"就爱卖关子。你们总是这样，和蔼可亲却什么都不告诉别人。你们还没到邀请别人来'协助调查'这一步吗？"

"这不找你来了吗？"德莫特·克拉多克咧着嘴说。

"这话里有讨厌的双关含义吗？您真觉得是我杀了希瑟·巴德科克吗？您认为我其实想要杀玛丽娜·格雷格，却不小心误杀了她，还是我就是想杀掉希瑟·巴德科克？"

"我可没在暗示什么。"克拉多克说。

"是的，是的，您确实没有，对吗？您说得很对。好了，我们开始吧。当时我在那儿，有机会那么做，但是我有动机吗？啊，这就是您想知道的。我的动机是什么？"

"目前为止我还没有找到合理的动机。"克拉多克说。

"这真令人高兴，我感觉自己安全多了。"

"我只对那天你看到了什么感兴趣。"

"那些您都已经知道了，地方警察一到现场就知道了。这真是桩让人丢脸的事，我在谋杀现场，从理论上讲，我目睹了谋杀的实施，我一定看到了什么，却完全不知道是谁干的。我都不好意思承认。我只记得看到那位可怜的女士坐在椅子上大口喘气，接着她就死了。这是一段非常好的目击者陈述。在我看来，这是一则不错的独家新闻，诸如此类的东西。但我得承认，我心底里感到有些羞愧，因为我并不知道更多的信息。而且您是唬不了我的，不用说那剂致命的毒药本来就是冲着希瑟·巴德科克去的。她人很好，尽管话多了点儿，但没人会因为这个惨遭杀害——当然了，除非他们泄露了别人的秘密。不过我觉得没人会把秘密告诉希瑟·巴德科克。她不是那种对别人的秘密很感兴趣的女人，就我看来，她是个总在谈论自己的人。"

"大家似乎都这么觉得。"克拉多克表示同意。

"所以,我们来谈谈著名的玛丽娜·格雷格吧。我敢肯定,谋杀玛丽娜的动机丰富又精彩。羡慕、嫉妒、爱的纠葛——包揽所有戏剧的好题材。我推测,是哪个脑子坏掉的人干的。对!这就是我提供给您的观点,这是您想要的吗?"

"不单单要这个。据我所知,你到那儿之后,又和牧师、镇长差不多时间上了楼。"

"确实如此。但那不是我第一次到楼上去,我之前已经去过了。"

"这点我还不知道。"

"是的。我是那种坐不住的人,您知道,要去这里看看、那里望望。我带了一个摄影师过去,先在楼下拍了几张镇长抵达时的照片,还有一些娱乐活动的照片,比如投环套物、寻觅宝藏之类的。接着我又上楼了,不是为了工作,而是为了拿几杯酒,那里的酒不错。"

"我明白了。那么,你现在能否记得上楼时楼梯平台上还有哪些人?"

"从伦敦来的玛格特·本斯带着她的相机站在那儿。"

"你跟她熟吗?"

"哦,只是经常能碰见而已。她是个非常聪明的姑娘,在她所在的领域里非常成功。她专拍时尚的东西——各种首映现场及宴会演出,专攻特殊角度拍摄。附庸风雅!她将相机稳稳地架在楼道的角落里,拍每一位上楼来的来宾,以及他们到达楼上时的寒暄场景。上楼时,萝拉·布鲁斯特就在我前面。刚开始我都没认出来她,她把头发染成新潮的铁锈红色,那种最时兴的斐济岛人式样。我上一次见到她时她的头发是长长的大波浪,将脸颊和下巴藏在红褐色的阴影中。一位身材高大、肤色黝黑的男士跟她一起，是个美国人。我不知道他是谁，但看上去是个挺重要的人物。"

"你上楼时，看到玛丽娜·格雷格了吗？"

"是的，我当然看到了。"

"她看起来有没有心烦意乱，或者吓了一跳的样子？"

"您这种说法很奇怪。我确实认为有那么一会儿她像是要昏过去了。"

"我明白了。"克拉多克沉思道，"谢谢。您没有什么别的事要告诉我了吗？"

麦克尼尔无辜地瞪大了眼睛。

"还能有什么事？"

"我不相信你。"克拉多克说。

"但是您似乎相当肯定这件事不是我干的。真教人失望。设想一下，最终人们发现我是她的第一任丈夫——没人知道他是谁，他太微不足道了，甚至名字都被人遗忘了。"

德莫特咧嘴笑了。

"她在预备学校①里就结婚了吗？"他问道，"或者是穿着连体童装时就结了！我得赶紧走了，我还要去赶火车。"

3

一沓加了标签的文件整齐地放在伦敦警察厅克拉多克的书桌上。他草草地瞥了一眼，转头问道："萝拉·布鲁斯特住在哪

---

①在英国，预备学校是指为十一或十三岁以下的儿童开办的私立学校。

儿?"

"住在萨沃伊,先生。一八〇〇套房。她正在等您。"

"阿德威克·芬恩呢?"

"他住在多切斯特,二楼,一九〇套房。"

克拉多克拿起几份电报,又从头到尾看了一遍,接着塞进了裤子口袋里。看到最后一份时他笑了笑,低声咕哝着:"别以为我没认真做功课,简姑姑。"

他出发去了萨沃伊。

在套房里,萝拉·布鲁斯特热情洋溢地欢迎了他。根据之前看过的报告,克拉多克开始仔细研究她。真是美丽啊,他心想,可以说华美,或许会有人觉得装饰得有点过了头,但你还是会喜欢打扮成这个样子的女人。当然了,她和玛丽娜·格雷格是两种截然不同的风格。礼节性的寒暄过后,萝拉将她斐济岛风格的头发向后推了推,略带挑逗地撅起浓艳的嘴巴,扑扇着棕色的大眼睛——眼睑精心地涂成蓝色——说:"您是来询问我更多可怕的问题的吗?就像之前那位地方警探一样。"

"我希望这些问题不会太可怕,布鲁斯特小姐。"

"哦,但我肯定它们会很恐怖,我很肯定整桩事情就是个可怕的错误。"

"您真这么认为?"

"是的,外面传的都是在胡扯。您真以为有人想毒死玛丽娜吗?究竟谁会去毒死玛丽娜?您要知道,她绝对是个善良可爱的人。每个人都很喜欢她。"

"包括您自己在内?"

"我一直是玛丽娜的影迷。"

"哦,得了吧,布鲁斯特小姐,难道十一二年前,你们之间没有发生过什么不愉快吗？"

"哦，那个，"萝拉挥了挥手，"当时我非常神经质，几乎要神经错乱了。我和罗布一直吵得很厉害，当时我们俩都不正常。玛丽娜恰在此时疯狂地爱上了他，弄得他不知所措，可怜的宝贝儿。"

"而您对此非常介意？"

"嗯，我想我当时确实很介意，探长先生。当然，现在看来，那是发生在我身上的最好的事情之一。您要知道，我当时非常担心孩子，害怕拆散整个家庭。不过我也已经意识到我跟罗布不可能再在一起了。我想您应该知道，离婚后我立马跟埃迪·格罗夫斯结了婚。我想我真的爱了罗布很久，为了孩子，我当然不想结束那段婚姻。孩子们需要有个家，这很重要，不是吗？"

"不过人们都说您当时十分沮丧。"

"哦，人们总是说这说那的。"她含糊其辞道。

"您当时说了不少话，不是吗，布鲁斯特小姐？您威胁说要一枪打死玛丽娜·格雷格，还是说我是这么理解的。"

"我已经跟您说了，人们总是爱说这说那的。他们会那样说，但我当然不会真的开枪打死任何人。"

"除了几年后胡乱开枪，射死了埃迪·格罗夫斯？"

"哦，那是因为我们在吵架，"萝拉说，"我失去了理智。"

"萝拉小姐，我有非常可靠的根据，您曾说过——这些都是您的原话，或者说是别人这么跟我说的。"他掏出笔记本念了出来——"'那个贱货，别以为能逃得了惩罚，如果我现在不杀她，那也一定会找时机用别的方法弄死她。我不在乎要等多久，但我终究要跟她扯平！'"

"哦，我敢肯定自己从没说过那样的话。"萝拉大笑起来。

"我也很肯定,布鲁斯特小姐,您说过。"

"是人们把事情夸大成这样的。"她的脸上绽开了一个迷人的微笑,"您要知道,当时我只是很愤怒,"她低声嘀咕道,"一个人在生气的时候什么话都说得出口,但您不会真的以为,我等了十四年,然后专门到英国来看望玛丽娜,并在见到她三分钟后将某种致命的毒药投进她的鸡尾酒杯里吧?"

德莫特·克拉多克的确不这么认为。对他而言,这似乎不太现实。但他只是说:"我只是向您指出,布鲁斯特小姐,曾被恐吓过的玛丽娜·格雷格那天看见了某个人,然后着实吓了一跳,并感到非常害怕。很自然,人们会觉得那个人就是您。"

"但是亲爱的玛丽娜见到我很高兴啊!她亲了我,还大声告诉我这是多么美妙。哦,说真的,探长先生,我觉得您真是非常、非常地愚蠢。"

"事实上,你们是快乐的一家人喽?"

"呃,这比您所想的那些都要真实。"

"那么,您没有任何能帮到我们的地方了?完全不知道会是谁杀了他?"

"我已经跟您说了,没人会想杀玛丽娜。不管怎么说,她是个傻乎乎的女人,总对自己的健康状况大惊小怪,还老爱变主意。想要这个,想要那个,还想要别的,可当她得到之后又觉得不满足了!我无法理解人们为什么会这么喜欢她。贾森一直狂热地迷恋着她。那个男人得忍受她多少地方啊!但情况就是这样,每个人都能容忍玛丽娜,并为她伤神。接着,她给他们一个伤感而甜蜜的微笑,并谢谢他们的好意。显然,那让他们觉得所有的付出都是值得的。我实在不明白她是怎么做到这一点的。您最好把有人想杀她这个念头赶出您的大脑。"

"我很乐意这么做,"德莫特·克拉多克说,"但不幸的是,我无法将它挥之脑后,因为,您瞧,它确实发生了。"

"您说'它确实发生了'是什么意思?没人杀了玛丽娜,不是吗?"

"是的,但这个企图已经相当明显了。"

"我完全无法相信!我一直觉得,不管是谁,想杀的是另外一位女士——那位已经死了的女士。我想,她死了有人能继承她的财产吧?"

"她没什么钱,布鲁斯特小姐。"

"呃,那也许还有什么别的原因。不管怎么说,如果我是您,就不会这么担心玛丽娜。玛丽娜一向很平安。"

"是吗?在我看来,她不是一位快乐的女士。"

"哦,那是因为她对所有事情都有点大惊小怪。比如不愉快的恋爱啦,不能生小孩啦。"

"她收养过几个孩子,是吗?"德莫特清楚地记得马普尔小姐急迫的声音。

"我想她确实收养过,但我认为那行不通。她经常会一时冲动做些事,之后又希望自己没那么做。"

"她收养的孩子后来怎么样了?"

"我不知道。事后他们好像突然消失了似的,她厌倦了他们,我想,就跟其他所有东西一样。"

"我知道了。"德莫特·克拉多克说。

4

下一个——多切斯特,一九〇套房。

"嗯，总探长先生……"阿德威克·芬恩低头看着手中的名片。

"克拉多克。"

"我能为您做点什么吗？"

"我希望您不介意我问您几个问题。"

"一点儿也不。是马奇贝纳姆的事情吧？不，实际上的名字叫什么，圣玛丽米德？"

"是的，对。戈辛顿庄园。"

"真是难以想象，贾森·拉德买下那个地方是为了什么？英国有那么多乔治时代的房子——甚至安妮女王时代的。戈辛顿庄园是幢纯粹的维多利亚时代建筑，我真不明白，那里面有什么可吸引他的？"

"哦，对某些人来说，维多利亚式的坚固就是魅力所在。"

"坚固？嗯，也许。我想是玛丽娜想要这种坚固的感觉吧？这想来是她所缺少的东西，可怜的姑娘，我想这就是她一直渴求它的原因吧。也许这个地方能让她满足上一阵子。"

"您很了解她吗，芬恩先生？"

"很了解？我不觉得。我跟她认识好多年了，确切地说，算是知道点她的事情吧。"

克拉多克带着审视的目光看着他。他皮肤黝黑，体格健壮，厚厚的镜片后面是一双锐利的眼睛，面颊和下巴都很饱满。阿德威克·芬恩继续说道："我从报纸上得知，那位不知道叫什么的太太是被误杀的。药是冲着玛丽娜去的，对吗？"

"是的，确实如此。药放在玛丽娜·格雷格的鸡尾酒里，巴德科克太太弄洒了她的酒，玛丽娜就把自己的酒杯给了她。"

"这么看来，那几乎是毋庸置疑的。尽管我实在无法想象会有谁想毒死玛丽娜，尤其是丽奈特·布朗又不在场。"

"丽奈特·布朗？"克拉多克看起来有点茫然。

阿德威克笑了。"如果玛丽娜违反了这次的合同，放弃她的角色，丽奈特就会得到这个角色。而这个角色对她而言非常重要。但尽管这样，我依旧不觉得她会派个密使过来下毒，这未免太夸张了点。"

"似乎有点牵强。"德莫特不动声色地说。

"啊，当女人野心勃勃的时候，往往能做出让你咋舌的事情来。"阿德威克·芬恩说，"听着，也许这次行动本身并不是要置她于死地，而是要吓唬吓唬她，足以击垮她，但还不必结果她。"

克拉多克摇摇头。"那可不是一个边缘剂量。"他说。

"人们总吃不准剂量，往往会估算得很离谱。"

"这是您的推论吗？"

"哦，不，不是的。这只是一种假设，不算什么推论。我只是一名无辜的旁观者罢了。"

"玛丽娜·格雷格见到您十分吃惊吗？"

"是的，完完全全出乎她的意料。"德莫特开心地大笑起来，"看见我上楼时，她简直无法相信自己的眼睛。我得说，她非常热情地欢迎了我。"

"您已经很长时间没见过她了？"

"我看有四五年了。"

"我想，在此之前的一段时间里，您跟她是相当好的密友吧？"

"您说这话是在暗示什么吗，克拉多克探长？"

他的声音有了一点点变化，多了些之前没有的东西。那是一种强硬的、带有一丝威胁的暗示。德莫特突然觉得这个男人将会是个非常冷酷无情的对手。

"我想,您也很明确地表达了自己的意思。"阿德威克·芬恩说。

"我确实是有备而来的,芬恩先生。我必须调查那天在场的每一个人跟玛丽娜的关系。我听到了一则传闻,说您曾一度疯狂地爱着玛丽娜·格雷格。"

阿德威克·芬恩耸了耸肩。

"人总会有醉心痴迷的时候,总探长。幸运的是,都过去了。"

"据说是她先鼓励您追求她,但后来又拒绝了你,您对此颇为愤恨。"

"据说——据说!我猜您是看了什么机密文件吧?"

"这些都是由消息灵通、颇有见地的人告诉我的。"

阿德威克·芬恩向后甩了甩头,露出他公牛般粗壮的脖子。

"我确实曾有段时间很迷恋她,是的。"他承认道,"她是个美丽又迷人的女人,现在还是。但要说我威胁她未免太过分了。我不喜欢别人碍我的事,总探长先生,那些曾经妨碍过我的人最终都因为所作所为而后悔不已。但这是我工作时的原则。"

"我相信,您确实利用自己的影响力让她退出了当时正在拍摄的电影,对吗?"

阿德威克·芬恩又耸了耸肩。

"她不适合那个角色。她和导演起了冲突,我在那部片子上投了钱,可不想血本无归。我向您保证,那纯粹是桩商业行为。"

"可玛丽娜·格雷格也许不这么想?"

"哦,她自然不会这么想。她总认为这样的事情都是个人行为。"

"我想她确实跟几个朋友说过很怕您?"

"是吗?多幼稚啊!我还以为她会享受那种轰动一时的感觉呢。"

"您觉得她完全没必要害怕您?"

"当然。不管遇到多么令人失望的事,我都会很快地将其抛在脑后。我总是信奉这样的原则:只要是跟女人有关的,天涯何处无芳草。"

"很好的生活哲理,芬恩先生。"

"是的,我也觉得。"

"您对电影界很了解吗?"

"我只在经济上对它感兴趣。"

"因此,您不免知道很多事情?"

"也许吧。"

"您的判断值得一听。您能否告诉我,有谁跟玛丽娜·格雷格结怨很深,甚至想干掉她?"

"可能有一打人。"阿德威克·芬恩说,"如果说不必亲自动手,像按下墙上的按钮这么简单的话,我敢说会有更多只手指乐意那么做。"

"那天您也在场,您见到了她,还跟她说了话。您觉得在您周围的人中,在那么短的时间内——也就是从您上楼,到希瑟·巴德科克死去的这段时间内——就您猜测,听着,我只是在让您猜测,有没有谁有可能给玛丽娜·格雷格下毒?"

"我不想说。"阿德威克·芬恩说。

"这说明您有某种想法了?"

"这说明就这个问题我没什么好说的。而且,克拉多克总探长,就其他问题我也没什么好说的了。"

第十五章

德莫特·克拉多克低头看着记事本上的最后一个名字和地址。那个电话号码他已经让人帮拨过两次了,都没有人接。现在他又试了一次,然后耸了耸肩,起身决定亲自去看看。

玛格特·本斯的工作室在托特纳姆法院路一头的死巷子里。除了门边上有块名牌外,没有其他东西可以辨认出这地方,更别说广告了。克拉多克摸索着走到二楼,看到一块白底黑字的告示:"玛格特·本斯 个性摄影师 请进"。

克拉多克走了进去。里面有间小型等候室,但没人负责接待。他站在那儿犹豫了片刻,然后大声又夸张地清了清嗓子。可还是没人理会,于是他又抬高了声音。

"有人在吗?"

他听到天鹅绒帘子后面传来一阵拖鞋的踢踏声,帘子被拉了起来,一位年轻男子探头张望了一下。他的头发十分浓密,面色白里透红。

"实在抱歉,亲爱的,"他说,"我先前没听到。我有个全新的想法,正在试验。"

他把那块天鹅绒帘子往旁边拉了拉,克拉多克跟着他进了里间。这个房间出乎意料地大,很明显是间工作室,里面有相机、照明灯、弧光灯、成堆的服装,以及装了轮子的布景。

"真的有点乱。"这位年轻人说,他瘦得和黑利·普雷斯顿一样,"不过我想,要是达不到混乱的境界,一个人是很难开展工作的。好吧,您来找我们是想做什么?"

"我想见玛格特·本斯小姐。"

"啊,玛格特。非常遗憾,您要是半小时前来的话,还能见到她。她出去给《时尚之梦》拍模特的照片了。您最好事先打个电话来,预约一下。这几天玛格特特别忙。"

"我打过电话了,但是没人接。"

"那是当然的,"这位年轻人说,"我现在才想起来,我们把线拔下来了。电话铃声会打扰到我们的工作。"他弄了弄淡紫色工作服,"我能为您做点什么吗?预约?我经常帮玛格特做工作上的安排。您想在什么地方拍照吗?私人的还是公司的?"

"从这方面来说,两者都不是。"德莫特·克拉多克说。他把自己的名片递给了这位年轻人。

"真教人兴奋至极。"年轻人说,"刑事调查部!我想,我曾见过您的照片。您是四大还是五大名探之一?还是现在已经有六大了?如今犯罪率这么高,得增加点侦探的数量,不是吗?哦,天哪,我是不是太失礼了?恐怕是这样的。但我一点儿不敬的意思都没有。那么,您找玛格特是要……我希望您不是来逮捕她的。"

"我只是想问她一两个问题罢了。"

"她从来不拍那种不得体的照片。"年轻人焦急地说,"我希望不是有人向您举报有这样的事情,因为那不是真的。玛格特非常有艺术鉴赏力,她有很多舞台和摄影棚的工作经历,但她研究的领域是非常、极其纯洁的——我敢说,几乎可以说过于拘谨了。"

"我可以简单地告诉您我来找本斯小姐谈的原因。"德莫特说,"最近在马奇贝纳姆附近一个叫圣玛丽米德的小村里发生了一桩谋杀案,她是当时的目击者之一。"

"哦,天哪,当然啦!我知道那件事。玛格特回来后就跟我讲了,是在鸡尾酒里下了毒,是吧?反正就是类似的事情。听起来真的一点头绪也没有!不过,这件事和圣约翰急救队有关系吗?这样看来也不是毫无头绪嘛。话说回来,您不是已经问过玛格特了吗,还是另外的人问过了?"

"案子越往后发展,问题就会越多。"德莫特说。

"您是说案子还在进展?是的,我能明白。谋杀还在继续。是的,这就跟照片一样,对吗?"

"的确非常像照片,"德莫特说,"您的比喻很恰当。"

"嗯,我觉得您能这么说真是太好了。那么现在说说玛格特吧,您想现在就联系到她吗?"

"如果您能帮我的话,是的,我想立刻找到她。"

"嗯,这个时间点上……"这位年轻人看了一下手表,说,"这会儿她应该在汉普斯特德希斯的基茨家门外。我的车就在外面,要我开车带您去那儿吗?"

"那真是太好了,您叫——"

"杰思罗,"年轻人说,"约翰尼·杰思罗。"

他们下楼时,德莫特问:"为什么会在基茨家?"

"呃,要知道,如今我们已经不在摄影棚里让模特们摆造型了,我们想让他们看起来更自然,有被风随意吹着的感觉。而且如果条件允许的话,我们会使用一些不同寻常的背景。您瞧,比如穿着赛马会的礼服站在旺兹沃思监狱前面,或是穿着轻佻地站在某位诗人的屋门前。"

杰思罗先生飞快并熟练地开上托特纳姆法院路,接着经过卡姆登镇,最终来到汉普斯特德希斯的住宅区。基茨家旁的人行道上正在演绎一出动人的场景。一位身材纤细的女孩披着一件半透明的蝉翼纱站在那里,手里紧握着一顶极大的黑色帽子。在她身后不远处,还有一个女孩,正跪着帮她拉裙摆。为了拉得更好看,她将裙摆缠在自己的膝盖和腿上。一位声音低沉沙哑的女孩正拿着相机指挥着。

"看在上帝的分上,简,你的屁股往下点儿。她右膝后面都露出来了,再往下蹲一点儿,这就对了。不,再往左边去一点儿,很好。现在你被灌木丛挡住了,这样就可以了,保持住。我们再来一张,这次两只手都放在帽子后面,头抬起来。很好——现在转身,埃尔希,弯腰,再往下点儿。弯,弯!你得捡起那个香烟盒子,这就对了,太美妙了!搞定!好,现在在往左边移一点儿,同样的姿势,但要把头扭向肩膀这边,就这样。"

"我真不明白你为什么总拍我的屁股。"那个叫埃尔希的女孩有点不高兴地说。

"因为你的屁股非常可爱,亲爱的。看上去迷人极了。"摄影师说,"当你扭过头来,下巴微抬,就像山头升起的明月。我想我们还是不要破坏这样的美景了。"

"嗨,玛格特。"杰思罗先生说。

她转过头来。"哦,是你,你上这儿来干吗?"

"我带了个想见你的人过来,这位刑事调查部的克拉多克总探长。"

这位姑娘的目光迅速移到了德莫特身上。克拉多克觉得那目光中有警觉,还有询问。但同样他也很清楚,这没什么特别的,这是见到警探时很普遍的反应。她人很瘦,简直瘦骨嶙峋,但体型还算不错。厚厚的黑发像帷幕似的分在脸颊一侧。在克拉多克看来，她显得脏兮兮的，面色很黄，不怎么讨人喜欢。但他也承认，有种性格在她体内。她扬起已经描得微微上扬的眉毛，说："那么，我能为您做点什么吗，克拉多克探长？"

"您好，本斯小姐。就马奇贝纳姆附近的戈辛顿庄园里发生的那桩不幸事件，我有几个问题，如果您愿意回答就太好了。我没记错的话，那天您在那儿拍照。"

姑娘点了点头。"当然，我记得很清楚。"她向他投去快速、审视的目光，"可我不记得在那儿见过您。想必是另外一位探长，叫什么探长来着？"

"科尼什探长？"德莫特问。

"对。"

"我们是后来才被通知到的。"

"您是从伦敦警察厅来的？"

"是的。"

"您插手，从当地警察那里接管了这个案子，是这样吗？"

"呃，这不能叫插手。是由郡警察局长来决定这件案子是留在自己手里还是交给我们处理比较好的。"

"他做决定的依据是什么？"

"这通常取决于案子的背景，是地方性的，还是更大范围内的。有时也许是国际性的。"

"那么他断定这起案件是国际性的喽，是吗？"

"也许吧，更恰当地说，是跨越大西洋的。"

"他们已经在报纸上做过暗示了，不是吗？暗示说不管凶手是谁，都是冲着玛丽娜·格雷格去的，结果却错杀了一个可怜的当地女人。这个说法是真的，还是为他们电影做的宣传？"

"就这一点恐怕没什么好怀疑的，本斯小姐。"

"您想要问什么？我得去趟警察厅吗？"

德莫特摇了摇头。"不用，除非您想去。如果您愿意的话，我们可以回您的工作室去。"

"行，就这样吧。我的车就停在街边。"

她沿着小路快步走着，德莫特紧随其后。杰思罗在他们身后大喊："再见，亲爱的，我不打扰你们啦。我想你跟探长先生一定要谈些重大机密。"他走到人行道上那两个模特那儿，与她们热烈地讨论起来。

玛格特钻进车里，打开另一边的车门，德莫特·克拉多克坐到了她的身边。开车回托特纳姆法院路的这段时间里，她一句话也没说。她把车拐进那条死巷子，开进了巷底一扇开着的大门里。

"我在这儿有个专门的停车位，"她说，"其实这是个家具存放处，但他们租给我了一小块地方。在伦敦要找个停车的地方真是件很头疼的事，您对这一点也非常了解吧，尽管我觉得您不会去管交通这方面的事。"

"是的，那不是我要处理的麻烦事。"

"我觉得处理谋杀案更有意思。"玛格特·本斯说。

她将德莫特领回工作室，示意他坐在一把椅子上，递了一根烟给他。接着自己坐在对面的大躺椅上。她的视线穿过黑色刘海看着他，目光阴郁，还带有几分探询。

"我们开始吧，陌生人先生。"她说。

"就我所知，命案发生时您正在拍照片。"

"是的。"

"当时您正忙着工作？"

"是的。他们想要个人拍点专用的照片。那种工作我做得多了，有时候我会去电影公司拍。但那次我只需要拍招待会的照片就行了，拍点玛丽娜·格雷格和贾森·拉德迎接特殊来宾时的照片，包括本地的名人和其他人物，诸如此类的事情。"

"是的，这我知道。您把相机架在了楼梯上，是吗？"

"部分时间里，是的。我在那儿找了个很好的角度，既能拍到上楼的人，又能拍到楼上玛丽娜和他们握手的场景。可以拍到很多不同角度的照片，还不用怎么移动。"

"我知道，当然，您已经回答过我们的一些问题了，例如是否看见了什么异常的事情。这些都是一般问题。"

"那您这次是要问我某些特定问题吗？"

"是有那么一点点具体，我想。您当时所站的地方能清楚地看到玛丽娜·格雷格吧？"

她点点头。"非常清楚。"

"那么贾森·拉德呢？"

"偶尔。他总在走动，拿饮料、帮着相互介绍，把当地人介绍给那些名流，我想就是类似这种事情吧。我没看见巴德利太太——"

"巴德科克。"

"对不起，巴德科克太太。我没看见她喝下那杯致命的酒，或者类似的动作。事实上我觉得自己都不知道她是哪一位。"

"您还记得镇长来的时候的事吗？"

"嗯，是的，我记得。他戴着官衔项链，穿着职务礼服。我拍了一张他上楼时的照片，是张特写，相当冷酷的侧影，接着我又拍了一张他跟玛丽娜握手时的照片。"

"那么您至少可以在脑海中让那一瞬间定格。巴德科克太太和她丈夫就在他前面上楼见的玛丽娜。"

她摇摇头。"抱歉，我还是想不起来。"

"那也没太大关系。我想您能清楚地看到玛丽娜，那么您的目光应该会一直跟着她，并且会经常用相机对着她。"

"确实是这样的，大多数时间我都是这样。我一直在等合适的拍照时机。"

"您认识一个叫阿德威克·芬恩的人吗？"

"哦，我认识他，很熟悉。从电视上，或是电影中。"

"那您拍他了吗？"

"拍了。我拍了一张他跟萝拉·布鲁斯特一起上楼的照片。"

"他们是紧跟在镇长之后上楼的。"

她想了一会儿，然后表示同意。"是的，就是那会儿。"

"您有没有注意到，就在那个时候，玛丽娜·格雷格突然感到很不舒服？您有没有注意到她有什么异样的表情？"

玛格特·本斯将身体前倾了一点，打开烟盒取出一支烟，接着将它点燃。尽管她没有作答，德莫特也没催促她。他坐在那里等着，猜测着这个姑娘脑子里在仔细思量着什么。最终她唐突地开了口。

"您为什么问我这个？"

"因为这是一个我急于想知道答案的问题——我需要一个可靠的答案。"

"您认为我的回答会可靠吗？"

"是的，事实上我就是这么认为的。您一定非常习惯于细致观察人物的面部，等待某个特殊的神情，以及合适的时机。"

她点了点头。

"那么您看到类似的表情了吗？"

"还有别人也看见了，是吗？"

"是的，而且不止一个。但每个人的描述都不一样。"

"别人是怎么描述的？"

"有个人告诉我说她快晕过去了。"

玛格特·本斯慢慢地摇了摇头。

"也有人说她是吓了一跳。"德莫特停顿了一会儿，接着又说，"还有人说她的表情仿佛凝固住了。"

"凝固。"玛格特·本斯若有所思地说。

"您同意最后这个说法吗？"

"我不知道，也许吧。"

"它还被赋予了更有想象力的说辞。"德莫特说，"引用的是已故诗人丁尼生的诗句。'镜子开始四分五裂；夏洛特女郎惊呼："厄运降临到了我身上。"'"

"那里没有镜子。"玛格特·本斯说，"就算之前有，应该也已经打碎了。"她突然站了起来，"等一下，"她说，"我这儿有样东西，要比口头描述好得多，我拿给您看。"

她把帘子拉好，消失在后面好一会儿。德莫特只能听见她在不耐烦地低声抱怨着什么。

"真是见鬼了，"她再次出现时说道，"人总是找不到想要的东西，不过我已经找到了。"

她走到德莫特面前，将一张光面照片放在他手里。德莫特低头看了看，是一张玛丽娜的照片，拍得非常棒。她的手被一位站在她面前的女士紧紧握住，因此那位女士背对着镜头。可玛丽娜并没有看那位女士，也没有看镜头，她的眼睛盯着稍稍靠左的某个地方。让德莫特·克拉多克觉得有意思的是，她脸上毫无表情。没有害怕，没有痛苦。照片里的这位女士正盯着某样东西，一个东西，这个东西所激起来的情绪是那么地强烈，以至于她无法用任何一种表情来表达。德莫特·克拉多克曾在一位男士的脸上见到过这样的表情，而下一秒，他就被枪杀了……

"满意了？"玛格特·本斯问。

克拉多克深深地叹了口气。"是的，谢谢您。要知道，如果目击者都在夸大事实，或者想象他们见到的事物，那我们就很难下定论了。但这件案子不是这样的。那儿确实有什么东西，而且她看到了。"他接着问，"我能保留这张相片吗？"

"哦，可以，您可以留着。我有底片。"

"您没把它寄给报社？"

玛格特·本斯摇摇头。

"我不明白您为什么没那么做。毕竟这是张相当戏剧性的照片，某些报社可能会为此出个好价钱。"

"我不喜欢做那种事。"玛格特·本斯说，"如果不小心窥视到别人的内心，还以此赚钱的话，我会感到很尴尬。"

"您跟玛丽娜·格雷格到底认不认识？"

"不认识。"

"您是从美国来的，对吗？"

"我出生在英国，但在美国接受的培训。我是，哦，大概三年前回来的。"

德莫特·克拉多克点点头。他早就知道这些问题的答案了，它们就写在他办公桌上的那堆单子里。这个姑娘似乎十分直率。

"您是在哪儿接受培训的？"

"莱因加登电影公司。有一段时间我一直跟着安德鲁·奎尔普，他教了我很多东西。"

"您住在七泉镇，对吗？"

她看上去一副被逗乐了的样子。

"您似乎知道我很多事情,您是在调查我吗?"

"您是位非常有名的摄影师,本斯小姐。您知道,有很多报道您的文章。那您为什么要回英国来呢?"

她耸了耸肩。

"哦,我喜欢改变。另外,刚才我也说了,虽然我小时候就去了美国,但毕竟我出生在英国。"

"我想是相当小的时候。"

"五岁,如果您有兴趣知道的话。"

"我对此确实很有兴趣,本斯小姐。您能再跟我详细谈谈吗?"

她的脸僵住了,凝视着他。

"您这是什么意思?"

德莫特·克拉多克看着她,决定冒一下险。其实也没什么可扒的了,莱因加登电影公司、安德鲁·奎尔普,还有小镇的名字。但他觉得马普尔小姐在身旁怂恿着他。

"事情并不像你说的那样,我认为您很了解玛丽娜·格雷格。"

她大笑起来。"证据呢?您是在胡编乱造吧。"

"是吗?我可不觉得。而且,您知道,只要再多花一点点时间和精力在上面,很快就能得到证实。来吧,本斯小姐,早点承认事实不好吗?承认玛丽娜·格雷格在您小时候收养了您,并和您一起生活了四年。"

她深深地吸了一口气。

"你这个好管闲事的浑蛋!"

这让克拉多克有点吃惊,跟她先前的态度形成了鲜明的对比。她站起身来,摇晃着一头乌黑的头发。

"好吧,好吧,这就是事实。是的,玛丽娜·格雷格带着我一起去了美国。我妈妈生了八个孩子,住在某个贫民窟里。我想她是成百上千个写信给女明星的人中的一个。她们偶然听说某个女明星想领养孩子,于是就写信过去倒出一肚子的苦水,恳求她能收养一个生母无法给予优越条件的孩子。哦,多么病态的事情啊,这一切都让人恶心。"

"她一共收养了三个孩子,"德莫特说,"三个岁数不同、来自不同地方的孩子。"

"对,我、罗德,还有安格斯。安格斯比我大,当时罗德实际上还是个婴儿。我们过着美妙的生活,哦,多么美妙的日子!享尽生活的一切!"她带着嘲弄的口气,并提高了嗓门,"衣服、汽车、住着气派的房子、照顾我们的用人、良好的学校和教育,还有美味的食物。所有的一切都堆得高高的,任我们享用!至于她自己,成了我们的'妈妈'。这位带着引号的'妈妈'在尽心尽力地扮演着自己的角色,为我们哼唱歌曲,和我们一起照相。啊,多么感人的一幕啊。"

"她确实很想要个孩子,"德莫特·克拉多克说,"这点确凿无疑,对吗?并不是一个噱头。"

"哦,也许吧。是的,我想这是真的,她想要个孩子。但她想要的不是我们。真的,不是。那只不过是场华丽的表演。'我的家人。''有一个属于我自己的家庭是多么幸福。'伊西也任由她这么做,他早该料想到的。"

"伊西是指伊西多尔·赖特?"

"是的,她第三任还是第四任丈夫,我有点忘了。他真的是个非常好的男人,我觉得他很理解她,有时也会替我们操心。他对我们很好，但并没有假装成我们的父亲。他不想做父亲，只关心自己写的东西。那时我读过一些他写的东西，既肮脏又残酷，但很有力。我想总有一天人们会觉得他是一名伟大的作家。"

"这样的生活维持到了什么时候？"

玛格特·本斯的笑容一下子扭曲了。"一直到她厌倦了这种表演。不对，不能这么说……是直到她发现自己怀孕了。"

她突然苦笑起来。"于是我们就得接受现实！我们不再被需要，而是作为小小的临时替代品。我们已经出色地完成了任务，她真的一点也不在乎我们了，一点儿也不。哦，她非常漂亮地把我们打发走了，帮我们找了一个家，一个养母，支付我们受教育的费用，甚至还给了一小笔钱，让我们能在这世上独立生活。没人会说她做得不对或者不慷慨，但她不要我们了，她想要的是自己的孩子。"

"您不能因为这个而责怪她。"德莫特温和地说。

"我不怪她想要有个自己的孩子，一点儿也不！但我们怎么办呢？她将我们从亲生父母身边带走，带离本属于我们的地方。确切地说，我母亲是为了一碗肮脏的浓汤把我卖了的，但她这么做不是为了从中获利。她把我卖了，是因为她是个极度愚蠢的女人，她自以为我会得到'优越的条件'和'良好的教育'，过上好日子。她自认为这么做是为我好。为我好？要是她真能明白，就不会这么做了。"

"我知道，您现在仍旧为此愤愤不平。"

"不，我已不再愤恨，我从中恢复过来了。我愤恨的是此时我正在回忆，感觉又回到了那些日子里。那时我们都满腹怨恨。"

"你们几个都是？"

"哦，罗德没有。罗德从来不在乎任何事情，况且那时候他还很小。但安格斯和我的感觉差不多,而且我觉得他比我更有报复心。他曾说过,等他长大了,要去杀了那个即将出生的孩子。"

"您知道那个婴儿的事吧?"

"嗯,我当然知道了,每个人都知道发生了什么。得知自己怀孕后,她简直欣喜若狂,可生出来的却是个痴呆儿。这是她的报应。不过,不管那个孩子是不是痴呆,她都不会再要我们了。"

"您非常恨她?"

"我为什么不能恨她?她对我做了最坏的事,那种任何人都会对别人做的坏事。让他们觉得自己被需要、被爱,接着又告诉他们一切都是假的。"

"您那两位——方便起见,我还是把他们称为您的兄弟吧,他们后来怎么样了?"

"哦,之后我们就分开了。罗德在美国中西部开了个农场。他天性乐观开朗,并始终如此。安格斯?我不知道,我不知道他的下落。"

"他一直怀着报复心理吗?"

"我不觉得,"玛格特说,"那种感觉您很难了解。我最后一次见到他时,他说准备去当演员。我不知道他是不是真去了。"

"话说,这些您都还记得啊。"德莫特说。

"是的,我还记得。"玛格特·本斯说。

"那天玛丽娜·格雷格见到您时惊讶吗?还是她为了讨好您,才特地找您去拍照?"

"她?"这位姑娘轻蔑地笑了,"她对那天的安排一无所知。我只是很好奇,想见见她,于是进行了一些游说才得到了那份活儿。我说过,我在电影圈里还是有点影响力的。我想看看她现在怎么样了。"她敲了敲桌子,"她甚至没认出我来!对此您怎么看?我跟她一起生活了四年,从五岁到九岁,而她如今不认识我了。"

"小孩是会变的。"德莫特·克拉多克说,"而且变化会很大,你会完全认不出他们。我有个侄女,那天我遇到她,我敢说,我完全有可能把她当成路人甲,擦肩而过。"

"您说这些是为了让我好受一些吗?可实际上我真的不在乎。哦,该死,我们还是坦诚点儿吧。我确实在乎,我在乎。她有一种魔力,您知道吗,玛丽娜!一种能牢牢抓住你心的神奇魔力,简直就是一个灾难。你会恨这个人,可又止不住地在乎她。"

"您没有告诉她您是谁?"

她摇摇头。"不,我没有告诉她。那是我最不想做的事情。"

"您有没有企图毒死她,本斯小姐?"

她的情绪一下子变了,起身大笑起来。

"您的这个问题多么荒唐!但我想,您是不得不这么问吧,这是您工作的一部分。不,我向您保证,我没有杀她。"

"这不是我要问您的问题,本斯小姐。"

她看着他,皱起了眉头,一脸疑惑的样子。

"玛丽娜·格雷格,"他说,"目前还活着。"

"又能活上多久呢?"

"您说这话是什么意思?"

"探长先生,难道您不觉得那个人很有可能会再试一次吗?而这一次——这一次,也许,他就成功了。"

"我们会采取预防措施的。"

"哦,我相信会的。那位爱慕着她的丈夫也会好好地照看着她,确保她不会受到任何伤害,不是吗?"

他仔细地品味着这话中的嘲讽之意。

"刚才您说,您并不是要问我这个,那是什么意思?"她突然重提刚才的对话。

"刚刚我问您,是否企图谋害她,你回答说自己没有杀她。这当然是事实,但是有人死了,另外一个人被杀了。"

"您的意思是说,我本想杀玛丽娜,却误杀了那位某某某太太。请让我在这儿把话说清楚了,我既没有试图毒害玛丽娜,也没有尝试毒死巴德科克太太。"

"但也许您知道是谁干的?"

"我什么都不知道,探长,我向您保证。"

"但您有一些看法?"

"哦,人总会有看法。"她冲他笑了笑,带着一丝挖苦,"在那么多人中,谁都有可能,不是吗?那个像机器人一样的黑发秘书,举止优雅的黑利·普雷斯顿,仆人,女佣,按摩师,发型师,电影公司的人,这么多人——其中很有可能有谁,并不像他或她平时所表现出来的那样。"

接着,当德莫特无意识地向她走近时,她猛地摇起头来。

"放松点儿,探长先生,"她说,"我只是在逗您罢了。有人想要玛丽娜的命,可我不知道他是谁。真的,我一点儿也不知道。"

第十六章

1

在奥布里巷十六号,年轻的贝克太太正和她丈夫聊着天。吉姆·贝克,一位身材高大、相貌英俊的金发男子,正在专心组装一个模型。

"邻居!"谢莉说道。她甩了甩那头乌黑的卷发,然后再一次恶狠狠地说:"邻居!"

她小心地将平底锅从炉灶上拿了起来,接着利索地将里面的菜盛进两个盘子中,其中一个比另一个要多很多。她把多的那份放在了自己丈夫面前。

"什锦烤肉。"她报上菜名。

吉姆抬起头,赞赏地闻了闻。

"这就像是,"他说,"今天是什么日子?我的生日吗?"

"你应该好好补充点营养。"谢莉说。

她穿着一条红白条纹、带有荷叶边的围裙,看起来相当漂亮。吉姆·贝克把飞机模型的零部件移开了一点,好腾点地方放他的菜。他咧开嘴朝妻子笑笑,问:"是谁说的?"

"我的马普尔小姐就是其中一个!"谢莉说,"况且,真要说起来的话,"她坐下来,将自己的盘子拉到面前,补充道,"我倒觉得她自己该补充点实实在在的营养。那个叫怀特·奈特的老狐狸总给她吃碳水化合物,她的脑子已经想不出别的什么东西了。一份'美味的蛋奶沙司',一份'美味的面包加黄油布丁',一份'美味的芝士通心粉'。软塌塌的布丁配上粉色的酱料。接着就是废话,废话,整天的废话。讲得自己的脑袋都要掉下来了。"

"哦,那么,"吉姆含糊其词地说,"我想,这是给病号专门定制的饮食吧。"

"病号餐!"谢莉嗤之以鼻道,"马普尔小姐可没生病——她只是年纪大了,还总是好管别人的闲事。"

"谁?马普尔小姐?"

"不,是那位奈特小姐。总是来指导我该怎么做事!她甚至还来指导我怎么烧菜!对于烹饪,我可比她懂多了。"

"你简直是做菜的顶尖高手,谢莉。"吉姆夸赞道。

"烹饪是……"谢莉说,"是一件你得全身心投入的事情。"

吉姆大笑起来。"我正全身心投入地品尝。为什么你那位马普尔小姐觉得我需要营养呢?是因为那天我去修她家浴室架子的时候,她觉得我看上去没什么力气吗?"

谢莉也大笑了起来。"我来告诉你她是怎么跟我说的吧。她说:'亲爱的,你丈夫长得很英俊,确实相当英俊。'听上去就像电视机里的人在朗读什么期刊似的。"

"我想,你很同意她的说法喽?"吉姆咧嘴道。

"我说你长得确实还行。"

"确实还行?!这种说法真有点不冷不热。"

"接着她就说:'亲爱的,你必须照顾好自己的丈夫,确保他的膳食合理性,男士们需要大量精心烹制的肉类食品。'"

"说得对,说得对!"

"她还告诉我要保证食材的新鲜，不要买现成的馅饼，以及那种扔在烤箱里热热就能吃的食物。话说我也不经常买那种东西。"谢莉理直气壮地补充道。

"你应该多烧点这样的饭菜，"吉姆说，"确实吃起来很不一样。"

"只要你能注意到自己吃的东西就行，"谢莉说，"不要只顾着飞机模型，还有你总在搭的那些东西。你可别跟我说这些玩意儿是买给你侄子迈克尔的圣诞礼物。你买来是给你自己玩的吧。"

"他年纪太小，玩不了这个。"吉姆抱歉地说。

"我看你打算把整个晚上都耗在这上面吧。来点音乐怎么样？上次我们提到的那张唱片，你买了吗？"

"是的，我买了。柴可夫斯基的《一八一二序曲》。"

"那是一支讲述战争的高亢曲子，对吗？"谢莉说。她做了个鬼脸。"我们的哈特韦尔太太受不了这样的音乐！邻居！我受够了这样的邻居。总在发牢骚和抱怨。我真不知道谁是最差劲的邻居，是哈特韦尔一家还是巴纳比一家。哈特韦尔家有时十点四十就开始敲打墙壁，这也太早了点吧！那时候连电视和广播都还没开始呢。为什么我们就不能随心所欲地听点音乐呢？还老是让我们把音量关小一点儿。"

"这种音乐是没办法调小音量的，"吉姆颇显权威地说，"不达到一定的音量，你是听不出其中的调调的。人人都明白这一点，这也得到了音乐圈里的普遍认可。对了，他们家的猫是怎么回事儿，总是到我们家的花园来，把我刚弄好的花圃挖得一团乱。"

"我跟你说了，吉姆，我受够这个地方了。"

"你不介意和哈德斯菲尔德那里的人做邻居？"吉姆说。

"那不一样，"谢莉说，"我的意思是，在那儿你是完全独立的。如果你遇到麻烦了，会有人来帮你一把，而你也会去帮助别人。但你们之间是互不干涉的。而像这样的新建住宅区，人们总在冷眼旁观自己的邻居。我想可能是因为我们都是新搬进来的缘故吧，到处都是在背后说三道四、搬弄是非的人，还有给地方议会写信说这说那的，我真的败给这些人了。在真正好的小镇中，人们才没空搞这些呢。"

"到了那儿你可能就会有另外的问题了，亲爱的。"

"你喜欢这儿吗，吉姆？"

"这儿的工作不错。而且，毕竟是个崭新的房子。我希望空间能再大一点，我就能舒舒服服地伸展开来了。要是能有个自己的工作室就好了。"

"一开始我认为这儿很好，"谢莉说，"但我现在不那么肯定了。房子确实不错，我喜欢这蓝色的墙壁，浴室也很好，但是我不喜欢这里的人和氛围。我有没有告诉过你，莉莉·普赖斯和她那位哈里已经分手了？这件事发生在那天他们去看房子的时候，说来也挺有趣，要知道，当她差点儿从窗口摔下去时，她说哈里像头呆猪一样站在原地一动不动。"

"我很庆幸她跟他分手了。如果说我见过什么坏蛋的话，那他就算一个。"吉姆说。

"因为怀孕才跟一个家伙结婚，这很不明智。"谢莉说，"要知道，他不想跟她结婚的。他不是什么好东西。马普尔小姐也说他不是个好东西。"她若有所思地补充道，"她还跟莉莉谈论过他，莉莉觉得她疯了。"

"马普尔小姐？我不知道她见过他？"

"哦，是的，那天她在这附近散步时摔倒了，是巴德科克太太把她扶了起来，还把她领进自己家里。你觉得阿瑟和贝恩太太会成为一对吗？"

吉姆拿起一块飞机模型的零件，皱了一下眉头，接着看了看说明书。

"我真希望我说话的时候你能认真听着。"谢莉说。

"你刚才说什么了？"

"阿瑟·巴德科克和玛丽·贝恩。"

"看在上帝的分上，谢莉，他妻子刚死！你们这些女人！我听说他目前的精神状态仍旧很低迷，如果你去跟他说话，他会吓一大跳。"

"我不知道为什么……我总觉得他的实际情况并不是如今表现出来的这样，你觉得呢？"

"你能把桌子这头收拾一下吗？"吉姆说，他暂时收起对邻居八卦的兴趣，"这样的话，我就可以把这些零部件再摊得开一点。"

谢莉恼火地叹了口气。

"想要在这儿受到关注，你就得变成一架喷气式飞机，或者涡轮螺旋桨飞机。"她的口气中带有一丝挖苦，"就你，还有那堆模型！"

她把还有剩菜的盘子叠在一起，接着端到水槽边。她决定不去洗它。这些日常生活中必须要做的事情，她总是尽可能地晚一点去做，她把所有东西都垒起来，胡乱地放进水槽里。她穿上一件灯芯绒夹克，走出了房门，接着停下来回头说："我去趟格拉迪斯·狄克逊那儿，就一会儿。我想借一下她那件和《服饰与美容》[①]里同款的衣服。"

[①] 即大名鼎鼎的《Vogue》。

"好的，亲爱的。"吉姆猫着腰，注意力全在模型上。

经过邻居家的门前时，谢莉恶狠狠地瞥了一眼，接着她拐进布莱尼姆巷，在十六号门前停了下来。门是开着的，谢莉敲了敲门，接着走进前厅，大声喊道："格拉迪斯在吗？"

"是你吗，谢莉？"狄克逊太太从厨房里探出头，向外张望了一下，"她在楼上做衣服呢。"

"好的，我这就上楼。"

谢莉上楼后走进一间小小的卧室，格拉迪斯，一个相貌平平的胖姑娘，此时跪在地上，脸涨得通红，嘴里咬着几个别针，正在做一个纸样。

"你好，谢莉。瞧，我在马奇贝纳姆的哈珀商店打折时买的可爱东西。我打算再做一件有交叉荷叶边的款式，就跟我上次用涤纶布做的那款一样。"

"会很好看。"谢莉说。

格拉迪斯站了起来，微微喘着粗气。

"我觉得有点消化不良了。"她说。

"你不能一吃完饭就立马做这个，"谢莉说，"像那个样子弯着腰。"

"我想我该减减肥了。"格拉迪斯说完坐到了床上。

"电影公司里有什么新闻吗？"谢莉问，她总是很渴望知道电影界的新闻。

"没什么特别的。但仍旧有很多人在议论。玛丽娜·格雷格昨天回到了剧组，她还制造了点麻烦。"

"怎么回事儿？"

"她不喜欢咖啡的味道。你知道的，他们大早上的就要喝咖啡。而她啜了一小口就说那杯咖啡有问题。显然，这是胡扯。

不可能有什么问题，咖啡是从食堂的壶里直接倒出来的。当然了，我总把她那份倒在一个专门的陶瓷杯里，一个相当别致的杯子——跟其他人的都不一样，但咖啡都是一样的。所以，不可能有什么问题，不是吗？"

"我想，她是神经过度紧张吧。"谢莉说，"然后呢？"

"哦，没什么了。拉德先生让大家都镇定下来，他那么做真是太好了。他从她手中接过杯子，把里面的咖啡倒进了水池。"

"这么做似乎相当愚蠢。"谢莉慢条斯理地说。

"为什么？你是什么意思？"

"呃，如果咖啡里真有什么问题，那现在也没人知道了。"

"你真觉得会有什么不对劲吗？"格拉迪斯惶恐地问。

"呃——"谢莉耸了耸肩，"招待会那天，她的鸡尾酒就出了问题，不是吗？所以，为什么咖啡就很安全呢？如果一开始没成功，那么你就会一直不断地尝试，尝试，再尝试。"

格拉迪斯听得瑟瑟发抖。

"我一点儿也不喜欢这种事。"谢莉说，"有人想要她的命。她收到了很多信，你懂的，那种恐吓信件——还有那天发生了雕像事件。"

"什么雕像事件？"

"一座大理石雕像。这事发生在片场，在一个奥地利宫殿之类的房间角落里。这个房间还有个稀奇古怪的名字，叫肖特布朗。里面陈列着各种绘画、瓷器，还有大理石雕像。这座雕像原本放在高高的支架上，可能没放好，不管怎么样，外面有辆重型卡车驶过时它被震了下来，掉在一张椅子上，砸了个粉碎！而那把椅子恰巧是玛丽娜之后与某位伯爵演对手戏时要坐的。幸运的是当时并没在拍摄。拉德先生说绝对不能告诉她，接着他换了一把椅子放在那里。昨天她来到片场，问为什么要换椅子，拉德先生说之前那把椅子不符合片子的时代，而且现在这把能给摄影机提供更好的角度进行拍摄。但我觉得，他压根就不喜欢新的那把椅子。"

两个姑娘面面相觑。

"从某种角度上来说，这还挺刺激的。"谢莉说，"不过，这不……"

"我觉得我得放弃电影公司餐厅的工作。"格拉迪斯说。

"为什么？又没人想毒死你，或者往你头上砸大理石雕像！"

"对。但有人想谋害的人往往死不了，死的会是别人。就像那天巴德科克太太一样。"

"确实如此。"谢莉说。

"你知道吗？"格拉迪斯说，"我一直在思考一件事。那天我也在庄园里帮忙，离她们很近。"

"希瑟死的时候？"

"不，当她弄洒鸡尾酒的时候。酒都流到了裙子上，那条裙子很不错，是宝蓝色的尼龙塔夫绸做的。为了这个重要的场合，她特地将它收拾一新。而且这事说来很有趣。"

"怎么有趣？"

"当时我没想到，但现在仔细琢磨起来，我觉得确实很有趣。"

谢莉一脸期待地看着她。她能理解这里说的"有趣"是什么意思，不是指幽默。

"看在上帝的分上，快告诉我什么东西很有趣？"她恳求道。

"我几乎能肯定，她是故意那么做的。"

"故意把鸡尾酒弄洒了？"

"是的。我真觉得这很奇怪，不是吗？"

"洒在一条崭新的裙子上？我不相信。"

"我现在很好奇，"格拉迪斯说，"阿瑟·巴德科克会怎么处理希瑟的衣服。那条裙子洗干净了就没事了，或者我可以把它改窄一点。那是条很漂亮的宽下摆女裙。如果我去问阿瑟·巴德科克买下这条裙子，他会不会觉得我很讨厌？我想我都不用做任何改动，那是条漂亮的裙子。"

"你不会……"谢莉说，"介意吗？"

"介意什么？"

"呃，买一条一个女人死去时穿的裙子。我是说，还是那样死去的……"

格拉迪斯看着她。

"这点我倒没想过。"她承认道。然后考虑了一会儿，接着又高兴了起来。

"我不觉得有什么关系，"她说，"毕竟，只要你去买二手的东西，那东西的主人都死了，不是吗？

"是的。可这条裙子不一样。"

"我觉得你的想象力太丰富了。"格拉迪斯说，"那是一抹漂亮的蓝色，布料也很贵。至于那个奇怪的行为，"她沉思着继续说道，"我想我会在明天早晨上班的路上去一下庄园，跟朱塞佩先生谈谈这件事。"

"那位意大利管家？"

"是的，他真的帅极了。眼睛闪闪发亮，但他的脾气很差。我们去庄园里帮忙时，他一天到晚都在催促我们做事。"她咯咯咯地笑了起来，"但我们几个都不在意。他有时会变得非常友善……我可能会把这件事告诉他，问问他我该怎么办。"

"我不觉得你有什么好告诉他的。"谢莉说。

"呃,因为这件事很有意思啊。"格拉迪斯说,执意用她最喜欢的形容词。

"依我看,"谢莉说,"你只是想找个借口去跟朱塞佩先生说话吧,你最好当心点儿,我的姑娘。你知道那些意大利佬是什么样的!随时有关于私生子赡养问题的条例出台。冲动又狂热,意大利人都这样。"

格拉迪斯心醉神迷地叹了口气。

谢莉看着她朋友那张胖乎乎、略带雀斑的脸,断定自己的忠告完全派不上用场。朱塞佩先生,她心想,在别处应该有更好的情人。

2

"啊哈!"海多克医生说,"正在拆毛衣啊,我明白了。"

他将视线从马普尔小姐身上移到一堆毛茸茸的白色毛线上。

"您建议过我,说如果不会编毛衣,就试试拆掉它们。"马普尔小姐说。

"您似乎对此相当认真。"

"刚起针的时候我就在样式上犯了个错误,使得整件衣服都丧失了比例,所以我不得不把它全拆了。您瞧,这是种非常复杂的样式。"

"对您来说有复杂的样式吗?完全没有。"

"我想,就我现在这个糟糕的视力,真的应该坚持织平针。"

"但您会发现那很无聊。嗯,我很荣幸,您采纳了我的意见。"

"难道我不是一直都听从您的建议吗，海多克医生？"

"您会采纳那些适合您的建议。"海多克医生说。

"请告诉我，医生，当您向我提出这个建议时，您脑海里真的在想织毛衣吗？"

他看到她闪烁的目光，朝她眨了眨眼。

"那你对谋杀案件的拆解工作进行得怎么样了？"他问。

"恐怕我的才能大不如前了。"马普尔小姐叹了口气，摇了摇头。

"胡说，"海多克医生说，"别告诉我说你一点儿结论都没想出来。"

"当然，我得出了一些结论，而且是相当确定的结论。"

"比如说？"海多克探询地问。

"如果说那天的那杯鸡尾酒被人动过手脚，那我实在想不出是怎么办到的……"

"也许事先把药放进眼药水瓶里了。"海多克医生提出了他的设想。

"您太专业了。"马普尔小姐钦佩地说，"但就算那样，在我看来，没有一个人看到下药的过程，这也太奇怪了。"

"谋杀不该只是做了，还应该被看见做了！是这样吗？"

"您把我的意思理解得很准确。"马普尔小姐说。

"这是实施谋杀必须承担的风险。"海多克说。

"哦，确实如此，就这一点我毫不怀疑。但是通过询问和清点人数后，我发现当时在场的至少有十八到二十个人。我总觉得在这二十个人中，一定有人看见下药这个动作了。"

海多克点点头。"当然，每个人都这么认为。但很明显，没人看到。"

"我怀疑。"马普尔小姐若有所思地说。

"您究竟想到了什么？"

"嗯，有三种可能性。我现在假设有一个人看到了什么，二十个人中的一个，我觉得这个假设很合理。"

"我觉得您是在逃避问题，"海多克说，"我隐约想到了之前一个有关可能性的可怕试验，说六个戴白帽子的人和六个戴黑帽子的人，你得运用数学方法计算出打乱帽子的可能性和比例。要是您正在思考这类问题的话，那您会发疯的。我向您保证！"

"我完全没在想那样的事。"马普尔小姐说，"我只是在想可能性……"

"是的，"海多克深思熟虑地说，"您很擅长这个，一直都是。"

"您要知道，很有可能，"马普尔小姐说，"在这二十个人中，至少有那么一个是善于观察的。"

"我认输，"海多克说，"让我们来聊聊这三种可能性吧。"

"恐怕我只能跟您大概讲一下。"马普尔小姐说，"我还没仔细考虑清楚。克拉多克总探长，以及在他之前的科尼什探长，都已经询问过在场的每一个人了。所以自然的，要是有人看到了什么，当时就会立马说出来。"

"这是第一种可能性吗？"

"不，当然不是，"马普尔小姐说，"因为这件事压根没发生。如果某个人看到了什么而不说出来，那您认为是为什么？"

"我正在洗耳恭听。"

"可能性一，"马普尔小姐说，她的脸颊由于兴奋而微微透红，"看到的这个人，并不知道自己看到了什么。也就是说，他是个相当笨的人。这个人，我们可以说他只用眼不用脑。这类人是那种，当你问他：'你有没有看见有人往玛丽娜·格雷格的酒杯里放东西？'他会回答说：'哦，没有。'但如果你问：'你有没有看见有人把手放在玛丽娜·格雷格的酒杯上面？'他会说：'哦，是的，我当然看见了。'"

海多克大笑起来。"我承认，"他说，"大家都没考虑到我们中会有白痴。好吧，我同意你说的第一种可能性。有个白痴看到了，而这个白痴无法领悟那个动作的含义。那么第二种可能性呢？"

"这种可能性也许有点儿牵强，但我确实认为是一种可能。也许有那么一个人，大家都对他往酒杯里放东西习以为常了。"

"等等，等等，这一点你再解释得清楚一点。"

"在我看来，"马普尔小姐说，"如今人们经常往吃的、喝的里加东西。在我年轻的时候，吃饭时服药是一种很不好的举止。就跟在饭桌上擦鼻涕一样，是绝对不能做的事情。如果你要服用药丸或胶囊，或是一勺药水之类的，你得走出大家都在的房间才行。但现在情况的不同了。我跟我侄子雷蒙德住在一起的时候，我就发现他的一些客人似乎随身携带着很多药丸和药片。他们会在吃饭的时候服用，或者饭前，或者饭后。他们把阿司匹林之类的药物放在随身的手提包里，时不时拿出来吃一片，就着茶或者饭后咖啡喝下去。您能明白我的意思吗？"

"哦，是的，"海多克医生说，"我现在明白您的意思了，这种观点相当有趣。您是说有人……"他停了一下，"还是用您自己的话来说吧。"

"我的意思是，"马普尔小姐说，"很有可能——这个猜测非常大胆，但绝对有可能。某个人一拿起酒杯，当然了，他或她认为那是自己的酒杯，接着就在大庭广众之下往里面加了点什么东西。如果是这样的话,您瞧,人们是不会去细想的。"

"尽管如此,他,或者她,没办法保证事情之后会如何进展。"海多克指出。

"确实,"马普尔小姐表示同意,"那是场赌博,一次冒险。但确实有可能发生。接着就是,"她继续说道,"第三种可能。"

"可能性一,一个白痴,"医生总结道,"可能性二,一个投机者——可能性三又是什么?"

"有人看见了什么,却故意保持沉默。"

海多克皱起了眉头。"为什么呢?"他问,"您是在暗示,有人会就此事进行勒索吗?如果是这样的话……"

"如果是这样的话,"马普尔小姐说,"那就是相当危险的。"

"是啊,确实如此。"医生目光敏锐地看着这位腿上搁着白色毛衣的老妇人,"您是不是觉得,最有可能的就是这第三种可能性?"

"不,"马普尔小姐说,"我不这么觉得。这会儿我还没掌握充分的证据。除非,"她小心翼翼地补充道,"有其他人被杀。"

"您认为还会有人被杀吗?"

"我希望不会。"马普尔小姐说,"我希望并祈祷不会。可这种事情总会发生,海多克医生。这就是恐怖而悲哀的事实,这种事总会发生。"

第十七章

埃拉放下电话听筒，笑了笑，接着走出了公共电话亭。她对自己很满意。

"总探长，全能的上帝啊，克拉多克！"她自言自语道，"干这种活儿我可比他厉害多了。万变不离其宗，'好了，一切都已真相大白！'"

她想象着电话另一头的那个人，听到听筒里传来微弱的、带有恐吓意味的低语"我看到你……"后的痛苦反应，就开心极了。

她无声地大笑起来，嘴角狡黠地扬起。心理学的学生也许会饶有兴趣地观察此时的她。直到最近几天，她才感受到这种力量，她都没意识到，这种像中了毒一样的兴奋感会如此显著地影响到她……

穿过东门房时，她看到像往常那样在花园里忙碌的班特里夫人，后者正在朝她挥手。

这该死的老女人，埃拉心想。她能感觉到走上车道后，班特里夫人的目光还一直尾随着她。

她脑海中突然出现了一句老话——常在河边走……

无稽之谈。没人会怀疑是她轻声说了那些威胁的话……

她打了个喷嚏。

"这该死的花粉热。"埃拉·杰林斯基自言自语道。

当她走回自己的办公室时,贾森·拉德正站在窗口。

他转过身来。

"你刚才上哪儿去了?"

"我得去跟园丁谈谈,那儿……" 埃拉看到他脸上的表情,没再往下说,转而询问:"怎么了?"

他的双眼似乎比以往陷得更深了,属于小丑的所有欢乐都消失了。这是个正在承受压力的男人。埃拉之前也见过他备感压力的样子,但从来没像这样。

她又问:"怎么了?"

贾森掏出一张纸给她。"这是那杯咖啡的成分分析。那杯玛丽娜抱怨后没有喝的咖啡。"

"您把它送去化验了?"埃拉显得很吃惊,"可是您把它全倒进水池里了啊,我看见的。"

他笑了,宽宽的嘴巴形成一道弧。"我很擅长手上的把戏,埃拉,"他说,"这你早知道了,对吗?是的,我倒掉了大部分的咖啡,但留了一点儿,送去化验了。"

埃拉低头看着手上的纸。

"砒霜!"她的声音透露出难以置信。

"是的,砒霜。"

"所以玛丽娜说尝到了苦苦的味道是真的?"

"不,这点她没说对,砒霜是没有味道的。但她的直觉是对的。"

"我们却觉得她歇斯底里症犯了。"

"她确实歇斯底里!可这种情况下谁不会呢?她几乎是眼睁睁地看着一位女士在她面前突然死去。她还收到了恐吓信——一封接一封——今天没有什么东西吧？"

埃拉摇了摇头。

"是谁种了这些该死的东西？哦，好吧，我想做这件事很容易，这些开着的窗子，谁都溜得进来。"

"您的意思是，我们要把整幢房子都封锁起来？可是天气这么热，外面还有个人在站岗呢。"

"确实，就她目前所受的惊吓状况来看，我不想让她受到更多的打击了。恐吓信算不了什么，可是砒霜……埃拉，砒霜就不同了……"

"没人能在这个房子里的饭菜里动手脚。"

"没人吗，埃拉？没人吗？"

"不可能动了手脚而不被发现，未经同意的人是不能——"

他打断了她。

"人会为钱做很多事，埃拉。"

"但很少会去杀人！"

"即使是这样……但有可能他们在做的时候并没意识到这是在谋杀……那些用人……"

"我敢肯定用人们都很本分。"

"朱塞佩。我怀疑自己是不是太信任朱塞佩了，要是他遇到什么金钱问题的话……当然，他和我们在一起也有段时间了，但是——"

"您非得像这样折腾自己吗，贾森？"

他猛地坐倒在椅子上，身体向前倾，修长的双臂垂在双膝之间。

"我该怎么办？"他缓慢地轻声说道，"我的上帝，我该怎么做？"

埃拉并没有开口说话,她坐在那儿注视着他。

"在这儿她很快活。"贾森说,他现在更像是在自言自语,而不是在和埃拉讲话。他低头看着两膝之间的地毯。要是他抬起头,也许会被她此刻的表情吓到。

"她很快乐。"他又重复了一遍,"她希望自己能快乐,并且确实很快乐。那天她自己也这么说,那天那个叫什么名字的太太——"

"班特里?"

"是的。就在班特里夫人过来喝茶的那天。她说日子过得'好安宁',还说自己终于找到了一个能安顿下来的地方,这种感觉很快乐也很安全。我的天哪,安全!"

"永远的幸福快乐?"埃拉的声音中带着一丝讽刺,"确实,这听起来就像一个童话故事。"

"至少她相信是这样的。"

"但是您不相信,"埃拉说,"您从来就没觉得事情会这样吧?"

贾森·拉德笑了。"是的,我不认为快乐能持续到永远,但我觉得能维持一段时间,一年,两年……也许能过上一段平静而满足的时光。这地方也许能让她脱胎换骨,也许能让她对自己充满信心。她能变快乐的,你知道。她快乐的时候,就会像个孩子一样。就像个孩子。可如今——这种事发生在了她身上。"

埃拉不耐烦地动了动身子。"每个人都会碰到各种各样的事情,"她很坦率地说,"生活就是这样,你得学会承受。有些人能做到,有些人则不能。她就是那种承受不了的人。"

她打了个喷嚏。

"你的花粉热又犯了?"

"是的。顺便说一下，朱塞佩去了伦敦。"

贾森看起来有点惊讶。

"去了伦敦？为什么？"

"家里出了点事情。他有个亲戚住在苏荷区，病得非常严重。他跟玛丽娜说过了，她说没问题，于是我就放了他一天假。他今晚会回来的，您不介意吧？"

"不，"贾森说，"我不介意。"

他站了起来，开始来回踱步。

"要是我能带她离开这儿……就现在……立刻、马上。"

"放弃憧憬的一切？但您得想想……"

他提高了嗓门。

"除了玛丽娜，我什么都想不了，懂吗？她目前的处境很危险，这是我唯一能想到的。"

埃拉冲动地想张嘴说些什么，但又闭上了。

她用手捂住嘴，又打了个喷嚏，接着也站了起来。

"我得去拿我的喷鼻器。"

她离开了办公室，走进自己的卧室，有个词一直回响在她耳边。

玛丽娜……玛丽娜……玛丽娜……永远是玛丽娜……

她怒火中烧，但最终还是将它平息了下来。她走进卫生间，拿起常用的那支喷雾器。

她将喷嘴插进一个鼻孔中，挤了一下。

警戒慢了半拍……她的大脑意识到挤出来的液体有种陌生的苦杏仁味……但已来不及阻止那正在挤压的手指……

第十八章

1

弗兰克·科尼什将听筒放回原位。

"那天布鲁斯特小姐不在伦敦。"他郑重地说道。

"那她现在在吗?"克拉多克问。

"您认为她……"

"我不知道。我不该这么想,但我真的不知道。阿德维克·芬恩呢?"

"出门了。我给他留了言,让他回来后给您打个电话。而玛格特·本斯,那个人物摄影师,在乡下的某个地方有拍摄任务。她那位有点娘娘腔的同伴不知道她在哪里——或许是声称不知道。至于那位男管家,他也逃去伦敦了。"

"我不知道,"克拉多克沉思道,"那位管家会不会逃跑后再也不回来了?我总爱怀疑那种所谓快要去世的亲戚。他为什么今天要急着去伦敦呢?"

"临走之前他能轻而易举地将氰化物放到埃拉的喷鼻器中。"

"每个人都有可能。"

"可种种迹象都表明是他干的。这几乎不可能是外人干的。"

"哦,不,有这个可能。你得把握好时机,你可以把车停在一旁的车道上,一直等到大家都在客厅的时候从窗户溜进去,接着上楼。那些灌木丛是紧贴着房子长的。"

"该死的,这太冒险了。"

"这个凶手不在乎冒点风险,你知道的。自始至终,这一点都非常明显。"

"还有个人在外面值班呢。"

"我知道。但一个人是不够的。如果仅仅是匿名信的话,我不会觉得如此紧急。玛丽娜·格雷格本人被保护得很好,我怎么都没想到其他人的处境也很危险。我——"

电话铃响了。科尼什拎起话筒。

"是多切斯特。阿德威克·芬恩先生要跟您通话。"他把话筒递给了克拉多克。

"芬恩先生?我是克拉多克。"

"啊,是的。我听说您之前给我打过电话,我一整天都在外面。"

"我很遗憾地告诉您,芬恩先生,杰林斯基小姐今天早晨去世了——死于氰化物中毒。"

"真的?听到这个我太震惊了。是意外吗?还是,不是意外?"

"不是意外。有人在她一直使用的喷鼻器里放了氢氰酸。"

"我懂了。是的,我懂了……"电话里出现了短暂的停顿,"那么我能问一下吗,您为什么要打电话来告诉我这件令人痛苦的事情呢?"

"您认识杰林斯基小姐,芬恩先生?"

"我当然认识她。我认识她有好几年了,但谈不上密友。"

"我希望您……也许,能帮助我们?"

"怎么帮？"

"我们想知道就杀她的动机您有什么想法。她在这个国家算是一个异乡人，我们对她的朋友、同事，以及境遇均所知甚少。"

"我的想法是，这些问题你最好去问贾森·拉德。"

"那是自然，我们已经问过了。但也许您知道一些他所不知道的事情。"

"恐怕没有。除了知道她是位能干的女性、工作一流之外，我几乎对埃拉·杰林斯基一无所知。她的私生活，我真是一点儿也不了解。"

"这么说，您对此毫无想法？"

克拉多克已经准备好听到一声果断的否定，但出乎他意料的是，对方并没有这么说。取而代之的是一阵停顿。他能听到阿德威克·芬恩正在电话的另一头喘着粗气。

"您还在吗，总探长先生？"

"是的，芬恩先生，我在。"

"我决定告诉您一件对你也许有帮助的事。您听完之后就会明白，我有一万个不说出来的理由，可我觉得，这么做是不明智的。事情是这样的。前几天我接到一个电话，声音很低很轻，是这么说的，我现在开始引用原话——我看见你……我看见你往酒杯里放了药片……你没想到会有个目击证人，对吧？就先这样吧，很快，你就会被告知该做什么。"

克拉多克惊愕地叫出声来。

"令人吃惊，不是吗，克拉多克先生？我能非常明确地向您保证，这样的指控是完全没有根据的。我没往任何人的酒杯里放过药片，要是有人说我那么做了，我绝对不服。这种暗示完全是荒谬的。但看起来，杰林斯基小姐正在干敲诈勒索的勾当，不是吗？"

"您听出是她的声音了？"

"这种耳语是很难识别的，但那声音就是埃拉·杰林斯基。"

"您怎么知道的？"

"讲电话的那个人在挂断之前重重地打了个喷嚏。我知道杰林斯基小姐一直饱受花粉热之苦。"

"那么您……怎么认为？"

"我认为杰林斯基小姐在尝试进行第一次敲诈时搞错了人。在我看来，她之后很有可能成功了。但敲诈是一种危险的游戏。"

克拉多克恢复了镇定。

"我必须得感谢您刚才的陈述，芬恩先生。但我得核查一下您今天的行踪，作为例行调查。"

"那是自然。我的司机会向您提供准确的信息。"

克拉多克挂断电话，重复了一下芬恩刚才所说的话。科尼什吹起了口哨。

"这让他自己完全排除了嫌疑。不然——"

"不然，这就是个华丽的谎言。这也很有可能。他有胆量做出这种事来。要是埃拉·杰林斯基留下了被怀疑的证据，那芬恩先生铤而走险的做法就是一种华丽的障眼法。"

"那么他的不在场证明呢？"

"我们偶尔会碰到一些编造得相当好的假证明，"克拉多克说，"他可以花上一大笔钱去买一个。"

2

朱塞佩回到戈辛顿庄园的时候已经是午夜过后了。他是从马奇贝纳姆打车回来的，因为最后一班到圣玛丽米德的支线火车已经开走了。

他心情很好。在大门口给了车钱，从灌木丛中抄近路走了进去，接着用钥匙打开了后门。整幢房子漆黑一片，而且静悄悄的。朱塞佩关上门，并将门闩闩好。正当他转身准备上楼去自己那间有床、有浴室的舒适套房时，他感到有阵风吹过。也许是哪里的窗户开着，他决定不去管它，微笑着上了楼，将钥匙插进锁孔里。他总是习惯将自己的套房上锁。旋转完钥匙把门推开时，他感觉到有个坚硬的圆形东西抵在自己的背上。有个声音说道："举起手来，别出声。"

朱塞佩立马将双手举了起来。他没有冒险，事实上也没什么险可冒。

扳机扣了下去——一下——两下。

朱塞佩向前倒了下去……

3

比安卡从枕头上抬起头来。

那是枪声吗……她几乎肯定自己刚才听到了枪声……她又等了一会儿，接着断定自己听错了，于是又躺了下去。

第十九章

1

"真是太糟糕了。"奈特小姐说。她将手中的大包小包放下,开始喘气。

"发生什么事了?"马普尔小姐问。

"我实在不想把这件事告诉您,亲爱的,我真的不想。可能会让您震惊不已。"

"如果你不告诉我,"马普尔小姐说,"别人也会告诉我的。"

"天哪,亲爱的,的确如此。"奈特小姐说,"是的,就是这样的。他们都说——如今每个人都说太多话了,我相信这件事也会被广为流传。我向来不重复已经说过的话,我是个很谨慎的人。"

"你刚才说,"马普尔小姐说,"发生了一件相当可怕的事情?"

"这件事真让我吃惊,"奈特小姐说,"您确定自己没感到有风从窗口刮进来,亲爱的?"

"我喜欢有点新鲜空气。"马普尔小姐说。

"啊,但我们不能得感冒啊,对吗?"奈特小姐顽皮地说,"我会告诉您发生了什么。但我这会儿要先出去给您做份可口的蛋奶酒。您会很喜欢的，不是吗？"

"我不知道你喜不喜欢，"马普尔小姐说，"如果你喜欢，那么我会很高兴你把它喝掉。"

"好了，好了，"奈特小姐摇摇手指说道，"您很喜欢开玩笑，不是吗？"

"你正打算告诉我什么事……"马普尔小姐问。

"呃，您不要担心，"奈特小姐说，"无论如何您都不能为这件事心神不宁，因为我敢肯定，它跟我们一点关系也没有。所有的这些都跟那帮美国流氓有关，呃，我想这也没什么好惊讶的。"

"又有人被杀了，"马普尔小姐说，"是吗？"

"哦，您真的非常敏锐，亲爱的。我都不知道您是怎么想到的？"

"事实上，"马普尔小姐若有所思地说，"我一直在期待这件事发生。"

"哦，真的吗？"奈特小姐惊呼道。

"总会有人看到点什么，"马普尔小姐说，"只是有的时候他们需要花上一点儿时间，才能意识到自己究竟看到了什么。死的人是谁？"

"那个意大利管家。昨天晚上被枪杀了。"

"我知道了。"马普尔小姐若有所思地说，"是啊，非常有可能，当然了，我本该想到的，他早就知道自己看到的东西有多重要了。"

"真的！"奈特小姐惊呼道，"您好像全都知道了一样。他为什么会被杀？"

"我想，"马普尔小姐沉思着说，"他在试图敲诈某个人。"

"他们说，他昨天去了伦敦。"

"那他现在还在伦敦吗?"马普尔小姐说,"这非常有意思,我想,也非常具有提示性。"

奈特小姐离开房间去了厨房,专心调制起营养丰富的饮料。马普尔小姐仍旧坐在原位沉思着,直至思绪被吸尘器强劲而吵闹的嗡嗡声打断,中间还夹杂着谢莉的哼唱声,她在唱时下最流行的歌曲《我对你说,你对我说》。

奈特小姐突然把头探出厨房。

"请别发出那么多噪音,谢莉,"她说,"你不想打扰到马普尔小姐,对吗?要知道,你得顾及他人的感受。"

说完她关上了厨房的门。这时谢莉开始说话了,不是冲着她就是对着全世界,她说:"是谁告诉你可以直呼我谢莉了?!你这个做果冻的老家伙!"吸尘器继续发出阵阵哀号,谢莉则压低了嗓子继续唱着。

马普尔小姐用一种更高、更清晰的声音喊道:"谢莉,到这儿来一下。"

谢莉关掉吸尘器,打开了客厅的门。

"我唱歌并不是想要打扰您,马普尔小姐。"

"你的歌声比那个吸尘器可怕的噪音悦耳多了。"马普尔小姐说,"但是我知道,人必须跟上时代的脚步。建议任何一个年轻人用老式的簸箕和扫帚是完全无用的。"

"什么,让我拿着簸箕和扫帚跪在地上打扫?"谢莉显得有些惊恐和惊讶。

"你几乎都没听说过那样的事,我知道。"马普尔小姐说,"进来,把门关上。我叫你是因为我想跟你说会儿话。"

谢莉照办了,她走近马普尔小姐,好奇地看着她。

"我们没有多少时间,"马普尔小姐说,"那个老——奈特小姐，随时都会端着某种鸡蛋饮料进来。"

"我想那对您有好处，能让您更有活力。"谢莉鼓励道。

"你听说了没有？"马普尔小姐问，"戈辛顿庄园的那位男管家昨夜被枪杀了？"

"什么，那个意大利人？"谢莉询问道。

"是的。据我所知，他的名字叫朱塞佩。"

"没有，"谢莉说，"我没听说过这件事。我只听说拉德先生的秘书昨天心脏病发作了，也有人说她实际上已经死了——但我怀疑这是谣传。是谁告诉您那个管家的事的？"

"奈特小姐回来后告诉我的。"

"当然了，我今天早上还没跟别人讲过话呢。"谢莉说，"我是说到这儿之前的路上。我想这个消息只是刚刚传开。他是被谋杀的吗？"她问。

"似乎是的。"马普尔小姐说，"至于是对是错，我还不是很清楚。"

"这里是个说话的好地方。"谢莉说，"我不知道格拉迪斯有没有去见他。"她若有所思地补充道。

"格拉迪斯？"

"哦，她算是我的一个朋友，住的地方离我家只隔了几户人家。她在电影公司的餐厅工作。"

"她跟你提到过朱塞佩？"

"是这样的，有件事她觉得很古怪，她想去问问他是怎么看的。但您要是问我，我觉得那只是个借口——她对他有点意思。当然，他长得很英俊，而且意大利人很有一套——尽管我告诉她要当心点他，您知道意大利人的那副德行。"

"昨天他去伦敦了，"马普尔小姐说，"据我所知是晚上才回来的。"

"我不知道她有没有在他走之前见到他。"

"她为什么想见他，谢莉？"

"只是有件事她觉得很古怪。"谢莉说。

马普尔小姐带着询问的目光看着她。她能估算出像格拉迪斯这样的邻居嘴里的"古怪"代表着什么。

"她是那次聚会时上去帮忙的女孩之一，"谢莉解释道，"就是招待会那天，您知道的，就是巴德科克太太死去的那一天。"

"是吗？"马普尔小姐的神情比以往更加警觉，就像一只等待老鼠出洞的猎狐狗。

"她看见了什么，并觉得有点奇怪？为什么不告诉警察？"

"呃，她并不觉得那意味着什么，您瞧，"谢莉说，"不管怎么样，她觉得最好先去问一下朱塞佩。"

"她那天到底看到了什么？"

"坦白说，"谢莉说，"她跟我说的那些听起来很荒唐！我怀疑，也许她只是在敷衍我，和她要去和朱塞佩先生说的完全不是一件事。"

"她说了什么？"马普尔小姐耐心地追问道。

谢莉皱起了眉头。"她说到巴德科克还有她的鸡尾酒，她说自己当时离她很近，还说那件事是巴德科克自己干的。"

"巴德科克自己干了什么？"

"把鸡尾酒都洒到自己的裙子上，把裙子毁了。"

"你是说，巴德科克很笨拙？"

"不，不是笨拙。格拉迪斯说她是故意那么做的——也就是说，是有意那么做的。呃，但我觉得这完全说不通啊，对吗？不知道您怎么看？"

马普尔小姐摇摇头,显得有些困惑。"是……"她说,"当然是……是的,我看不出这里面有什么意义。"

"格拉迪斯想要一条新裙子,"谢莉说,"是因为这个,我们才提到这个话题的。格拉迪斯不知道能不能把巴德科克的那条裙子买下来,她说只要洗干净就行了。但她不想跑去问巴德科克先生。她很擅长做衣服,我说格拉迪斯,她说那裙子的料子很不错,是宝蓝色的尼龙塔夫绸。她还说即使上面的鸡尾酒渍洗不掉,她还可以把接缝拆掉——比方说把宽度减掉一半,因为那条裙子的下摆很宽。"

马普尔小姐想了一会儿做衣服的问题,接着将它搁在了一边。

"但是你觉得你的朋友格拉迪斯也许隐瞒了一些事情?"

"呃,我有点怀疑,因为我不确定这些就是她所看见的全部——希瑟·巴德科克故意将鸡尾酒洒到自己的身上,我看不出这有什么可以去和朱塞佩说的,您觉得呢?"

"是的,我也这么认为。"马普尔小姐说。她叹了口气,继续补充道:"但是,当人们不能明白某件事时,都会觉得很有意思。要是你不能明白其中的意思,那么很有可能是你看待它的方式错了。当然了,也可能因为你没有掌握充分的信息,现在的问题也许就是这个。"她又叹了口气,"她没有直接去找警察真是遗憾。"

门开了,奈特小姐端着一个高高的玻璃杯匆匆忙忙走了进来,杯子顶部浮着一层淡黄色的泡沫,看起来很可口。

"好了,给您,亲爱的,"她说,"一份小小的美餐。我们来享用吧。"

她将一张小桌往前拉了拉,拉到主人的身旁。接着她瞥了一眼谢莉。"那个吸尘器,"她冷冷地说道,"扔在前厅一个最最不方便的位置上,我差点儿被绊倒,任何人都会出意外。"

"哦，对，"谢莉说，"我最好继续去干活了。"

她离开了房间。

"真是的，"奈特小姐说，"那位贝克太太！我总要不停地跟她说这个说那个。居然把吸尘器扔在那儿，然后跑过来找您聊天，在您需要安静休息的时候。"

"是我叫她进来的，"马普尔小姐说，"我想跟她聊聊。"

"好吧，我希望您跟她说说这床是怎么铺的，"奈特小姐说，"昨天晚上我掀开床罩时都惊呆了，不得不重新铺一遍。"

"你真好。"马普尔小姐说。

"哦，我从不会因为帮助别人而抱怨。"奈特小姐，"这就是我在这里的原因，不是吗？让某个我们认识的人尽可能地舒适和快乐。哦，天哪，亲爱的，"她补充道，"您又开始拆毛衣了。"

马普尔小姐往后靠了靠，闭上了眼睛。"我打算稍微休息一会儿，"她说，"把杯子放在这儿吧，谢谢。还有，至少在未来的四十五分钟之内不要进来打扰我。"

"我保证不会的，亲爱的。"奈特小姐说，"同时，我还会关照那位贝克太太也安静点儿。"

她步履坚定地走了出去。

2

一位长相英俊的美国人困惑地看着周遭。

居民住宅区里的分岔把他搞得晕头转向。

他彬彬有礼地询问一位头发花白、面色红润的老太太，她是他视线范围内唯一的活人。

"抱歉，女士，请问去布莱尼姆巷怎么走？"

老太太将他打量了一番。他开始怀疑她是不是有点耳背,正准备抬高嗓门再问一遍时,老人开口了。

"从这儿往前走,右拐,接着左拐,再向右拐,然后一直走。您要去几号?"

"十六号。"他朝一张小纸片看了眼,"格拉迪斯·狄克逊家。"

"那就对了。"老太太说,"但我想她现在正在黑林福斯电影公司里面的餐厅上班,您要是找她,可以上那儿去。"

"她今天早上没来上班,"年轻人解释道,"我想找她去戈辛顿庄园,今天那里很缺人手。"

"当然啦,"那位老太太说,"他们的管家昨天晚上被枪杀了,对吗?"

听到这样的回答,年轻人微微有些震惊。

"我想在这个地方,消息总是传得很快。"他说。

"确实如此,"老太太说,"据我所知,拉德先生的秘书昨天也因某种突发疾病去世了。"她摇摇头,"可怕,真是可怕。我们最终将会走向何处?"

第二十章

1

那天稍晚一点的时候,又有一名拜访者来找布莱尼姆巷十六号。他是警佐威廉(汤姆)·蒂德勒。

他在漂亮的黄色大门前急促地敲了一阵后,一个十五岁左右的女孩出来应了门。她留着一头长而凌乱的金发,穿一条黑色紧身裤和一件橘黄色毛衣。

"格拉迪斯·狄克逊小姐住这儿吗?"

"您找格拉迪斯?您太不走运了,她不在。"

"她上哪儿了?傍晚出去散步了?"

"不,她出远门了。有点像去度假了。"

"她去什么地方了?"

"这谁也说不准。"女孩说道。

汤姆·蒂德勒摆出他最为谄媚的微笑。"我可以进来吗?你妈妈在家吗?"

"妈妈出去上班了,要七点半才能回来。但她能告诉您的一点也不会比我多,格拉迪斯出去度假了。"

"哦,我明白了。她什么时候走的?"

"今天早上。很突然的样子,她只说得到了一次免费旅行的机会。"

"也许你不介意给我一下她的地址?"

这位金发小姑娘摇了摇头。"没有地址,"她说,"格拉迪斯说等她安定下来,就会立刻写信告诉我们地址。可她也很有可能不告诉我们。"她补充道,"去年夏天她去了拖基,却连一张明信片都没给我们寄。她比较懒散,而且总抱怨为什么妈妈总是来烦她。"

"这次的旅行是有人请她的?"

"一定是这样的,"女孩说,"最近她手头有点紧,上周还去了特卖会。"

"而你完全不知道是谁请她去旅行的,或者说,呃……是谁出钱让她去的?"

金发女孩突然很生气。

"您可别想歪了,我们的格拉迪斯不是那种人。八月份,她可能会和男朋友一起去度假,但这也没什么不对的,她那份钱是自己出的,所以您别想歪了,先生。"

蒂德勒和颜悦色地说他不会有什么想法,但如果格拉迪斯·狄克逊寄明信片回来的话,他想知道她的地址。

接着他就带着调查结果回到了警局。早些时候他去了趟电影公司,得知格拉迪斯·狄克逊打电话请假,说一星期不能去上班。他还了解到了其他的一些情况。

"最近那儿的闹剧真是没完没了。"他说,"玛丽娜·格雷格大多数时间都在歇斯底里的状态。说什么她的咖啡里有毒,尝起来很苦。她正处于严重精神失常的状态中。后来她丈夫接过咖啡,倒进了水槽,并告诉她不要大惊小怪。"

"是吗?"克拉多克说。看上去他很清楚会有更多的事情发生，这很正常。

"但又有传闻说拉德先生并没有将咖啡全部倒掉，他留了一点去做了成分分析，的确是有毒的。"

"对我而言，"克拉多克说，"这不太可能。我得去问问他。"

2

贾森·拉德很紧张，一副焦躁不安的样子。

"当然了，克拉多克探长，"他说，"我只是做了一件我绝对有权利做的事情。"

"如果您怀疑那杯咖啡有任何问题，拉德先生，将它转交给我们会更好一些。"

"实际情况是，我一点儿都不怀疑那里面会有问题。"

"尽管您妻子说它尝起来有点怪？"

"哦，那个！"拉德的脸上露出一丝苦笑，"自从招待会那天后，我妻子觉得吃的和喝的任何东西味道都很怪。就因为那件事，还有络绎不绝的恐吓信。"

"又有恐吓信了？"

"又有两封。一封是从窗户放进来的，另一封则扔进了信箱。您想看的话，就在这儿。"

克拉多克看了一下，都是打印出来的，跟第一封一样。一封上面写着：

不会让你等太久的，自己准备好吧。

另一封则粗略地画着一个骷髅头和两根交叉的骨头，下面写着：

　　这就是你，玛丽娜。

克拉多克抬了抬眉毛。"非常幼稚。"他说。
"您的意思是，它们并不那么危险？"
"绝对不。"克拉多克说，"谋杀犯的思维通常都很幼稚。拉德先生，是谁寄的恐吓信，您真的一点想法都没有吗？"
"完全不知道，"贾森说，"我甚至觉得这是个跟死亡有关的玩笑。在我看来，很有可能……"他犹豫了起来。
"是什么，拉德先生？"
"很有可能是个本地人。他……他觉得在那样的招待会上投毒是件很兴奋的事情。那个人，也许很讨厌演员这个行当。在某些穷乡僻壤，人们认为表演是恶魔的武器。"
"您的意思是说，格雷格小姐并没有受到真正的威胁？那么，那杯咖啡又怎么说？"
"我不知道您是从哪儿听说那件事的。"拉德有些生气地说。
克拉多克摇摇头。
"每个人都在谈论那件事，这种事情，迟早都会传到外人的耳朵里。但您应该过来找我们，可您甚至拿到了分析结果，却都没让我们知道，对吗？"
"是的，"贾森说，"是的，我没有。但我需要考虑其他的事情，一个是可怜的埃拉死了，现在又是朱塞佩的事。克拉多克探长，我什么时候才能带着妻子离开这里？她都快发狂了。"
"我能理解。但之后还有几次调查会。"
"您确实觉得我妻子的生命仍旧处在危险之中？"

"我不希望这样。我们会采取一切防范措施。"

"一切防范措施！我早就听够了，我想……我必须带她离开这儿，克拉多克。我必须这么做。"

3

玛丽娜正闭着眼睛躺在卧室的躺椅上。压力和疲劳使得她面色苍白。

她丈夫站着看了她一会儿，她睁开了眼睛。

"刚才是那位叫克拉多克的探长吗？"

"是的。"

"他来干什么？为了埃拉？"

"埃拉，还有朱塞佩。"

玛丽娜皱起了眉头。

"朱塞佩？他们找到那个开枪的人了吗？"

"还没有。"

"这一切真是个噩梦……他有没有说我们可以走了？"

"他说，还不行。"

"为什么不行？我们必须走。你有没有让他明白，我不能再这样一天天等着别人来杀我了。这太荒诞了。"

"他们会采取一切预防措施的。"

"他们之前就这么说，但阻止埃拉被杀了吗？还有朱塞佩？你还不明白吗，他们最终会杀了我的……那天在电影公司，我的咖啡里就有东西。我肯定里面有……如果你没把它全倒掉的话！如果我们将它留下，就可以拿去做分析什么的，就能肯定……"

"知道了确切的答案，你会更快乐吗？"

她瞪着他，眼睛睁得大大的。

"我不明白你的意思。要是他们知道有人想毒死我，就会让我们离开这儿，就会放我们走。"

"不一定。"

"可是我没办法再继续这样下去了！我没有办法……我没办法……你一定要帮我，贾森，你必须做点儿什么。我很害怕，我害怕极了……这里有个敌人，而我不知道他是谁……任何人都有可能……任何人。他在电影公司里，或者在这幢房子里。一个恨我的人……但是为什么？……为什么有人想要我死……可是他是谁呢？是谁？我之前认为——几乎可以肯定……是埃拉，但现在……"

"你觉得那个人是埃拉？"贾森的声音里充满了诧异，"为什么呢？"

"因为她恨我！哦，是的，她恨我。男人们从来看不到这种事情吗？她疯狂地爱着你，我想你对此一点儿都不知情吧。但不可能是埃拉了，因为她已经死了。哦，金克斯，金克斯！帮帮我，带我离开这儿，让我去一个安全的地方……安全的……"

她跳起来，快步地来回走动，并不断地摆弄双手。

作为导演的贾森一直迷恋这种热烈却焦躁的小动作。我得把这些动作记下来，他心想，也许可以给赫达·加步勒这个角色用？接着他突然一怔，他想起来了，现在他注视着的，是自己的妻子。

"没事的，玛丽娜……没事的，我会照顾你的。"

"我们必须离开这幢可恶的房子！马上。我恨这幢房子……我恨它。"

"听着，我们不能马上就走。"

"为什么？为什么不可以？"

"因为，"拉德说，"死亡时间会引来一系列复杂情况……而且，还有其他事情要考虑，逃避有什么用呢？"

"当然有用。我们能摆脱那个恨我的人。"

"如果真有人那么狠你，那他要跟着你也是很容易的。"

"你是说……你的意思是……我永远都摆脱不了了？我再也不可能安全了？"

"亲爱的……没事的。我会照顾你，我会保证你的安全。"

她紧紧地抱住了他。

"你会吗，金克斯？你能保证我不出事吗？"

她趴在他身上，他将她轻轻放回到躺椅上。

"哦，我是个胆小鬼，"她咕哝道，"胆小鬼……如果我知道是谁，以及为什么要这么做就好了……把药给我……黄色的那个，不是棕色的。我必须吃点儿药，让自己平静下来。"

"别吃太多药，看在上帝的分上，玛丽娜。"

"好的，好的……有时候这药一点作用也没有……"她抬头看着他的脸。

她笑了，一个温柔、美丽的微笑。

"你会照顾我吗，金克斯？发誓你会照顾好我——"

"一直，"贾森·拉德说，"直到最后。"

她睁大了眼睛。

"你说这话时，表情是那么的……那么的奇怪。"

"是吗？我的表情是什么样的？"

"我形容不来。就像……就像一个为某件极其悲伤的事情而发笑的小丑，我从没见过这样的表情……"

第二十一章

1

第二天克拉多克总探长来找马普尔小姐的时候显得疲惫又沮丧。

"坐下来放松一会儿,"她说,"我知道你最近过得很艰难。"

"我不喜欢被击败的感觉。"克拉多克探长说,"二十四小时内发生了两起谋杀案。啊,好吧,就这份工作而言,我干得比想象中更差劲。给我来杯好茶,简姑姑,再来几片抹了黄油的薄面包,给我讲讲您对早期圣玛丽米德的记忆,好让我平静下来。"

马普尔小姐同情地咂了咂舌头。

"现在说这些都没用,我亲爱的孩子,而且我不认为你真的想要面包和黄油。作为绅士,当他们失望的时候,需要的是比茶更浓烈的东西。"

跟往常一样,马普尔小姐在说"绅士"这个词的时候,口气就像在说某种外星生物。

"我建议你来杯烈性威士忌加苏打。"她说。

"你是认真的吗,简姑姑?这我可拒绝不了。"

"而且我打算亲自去帮你拿。"马普尔小姐说着就站起身来。

"哦,不,别这样,让我自己来,或者叫那位小姐去拿。我都忘了她叫什么了。"

"我可不想让奈特小姐大惊小怪。"马普尔小姐说,"她要过二十分钟才会给我端茶来,所以我们能享受一段短暂的安宁。你不走正门而是先到窗口来真是太聪明了,现在我们能独自拥有一段安静的美妙时光了。"

她走到角柜边,打开柜门取出一瓶酒、一个苏打水瓶和一个酒杯。

"您总是那么出人意料,"德莫特·克拉多克说,"我完全不知道角柜里还放了这些东西。您确定自己不是个秘密酒鬼吗,简姑姑?"

"好了,好了,"马普尔小姐轻声责备道,"我向来不提倡绝对禁酒。在受到惊吓或者遭遇意外的时候,喝点烈酒是很明智的。在那种时候,酒是无价之宝。或者,当然了,有一名绅士大驾光临的时候。给!"马普尔小姐说着,将她的"解决良方"递给了他,并带着一丝胜利的喜悦。"而你,就不要再开玩笑了,安静地坐在那儿放松放松吧。"

"在您还年轻的时候,一定有许多贤惠的太太。"德莫特·克拉多克说。

"我敢肯定,我亲爱的孩子,你会发现如今的年轻姑娘,已经不会再成为很好的贤内助了。在那个时代,人们不鼓励年轻姑娘要有学识,她们中极少数人有大学学历,或者获得某种学术上的成就。"

"有比学术成就更重要的东西。"德莫特说,"比如说知道男人什么时候需要威士忌加苏打,并能适时地递给他一杯。"

马普尔小姐亲切地冲他微笑。

"来,"她说,"跟我说说这一切,或者把你能说的都告诉我。"

"我想您知道的可能不比我少，而且您可能还藏有什么锦囊妙计。会不会是您那位勤杂工，那位亲爱的奈特小姐？会是她犯下了这些罪行吗？"

"为什么奈特小姐会做那种事情？"马普尔小姐惊讶地问。

"因为她是最不可能做那些事的人。"德莫特说，"这句话要是从您口中说出，就显得十分有道理了。"

"不是这样的。"马普尔小姐兴致勃勃地说，"我说了不止一遍，不只对你，我亲爱的德莫特——如果我可以这么叫你的话——凶手总是最明显的那个人。人们通常都会最先怀疑妻子或丈夫，而真凶往往就是妻子或丈夫。"

"您的意思是，贾森·拉德？"他摇摇头，"那个人爱慕着玛丽娜·格雷格。"

"我只是笼统地说明。"马普尔小姐郑重地说，"首先，显然，我们都同意巴德科克太太是被谋杀的，每个人都暗自思考会是谁做的，然后第一反应自然是她丈夫。于是人们开始调查这种可能性。接着我们得出结论，玛丽娜·格雷格才是真正的毒害对象。于是我们又去寻找那个跟玛丽娜·格雷格关系最亲密的人，正如我所说的那样，从她的丈夫开始调查。因为毫无疑问，在很多情况下，丈夫们确实都想要除掉妻子。尽管有时，他们只是想想罢了，不会真的去做。但我同意你的看法，我亲爱的孩子，贾森·拉德确实真心诚意地爱着玛丽娜·格雷格。这可能是他非常聪明的表演——尽管我很难相信这一点，而且看不出他有杀她的动机。如果他想跟别人结婚，我得说，那是最简单不过的事情了——离婚，这似乎可以说是影星们的第二天性。也不会牵扯到实际的利益问题，无论怎么看，他都不是一个穷人。他有自己的事业,而且据我所知还干得很成功。因此,我们要往外围看一下,这当然很困难。确实,非常困难。"

"是的,"克拉多克说,"对您来说这一定特别困难,因为您之前对电影界一无所知。您不知道当地的丑闻,以及别的一切。"

"我知道的比你想象得要多一些。"马普尔小姐说,"最近我研究了大量的杂志,《机密》《电影生活》《电影访谈》,以及《电影话题》。"

德莫特·克拉多克忍不住大笑起来。

"我得说,"他说,"看到您坐在那儿并告诉我最近在研究'文学课程',我可真被逗乐了。"

"我发现,有趣的是,"马普尔小姐说,"在我看来,里面的文章都写得不是很好。和我年轻时代看的文章没什么两样,真叫人失望。《现代社会》《花边新闻》以及其他所有的杂志,都是些流言蜚语和丑闻,专注于写谁爱上了谁,以及一些诸如此类的东西。真的,你要知道,实际上这些事和圣玛丽米德发生的如出一辙。包括那个新建的住宅区。我的意思是,人性,在每个地方都是一样的。我想,最终都会回归到一个问题上,究竟是谁想要杀玛丽娜·格雷格,而且意愿如此强烈,以至于第一次失败后还要再寄恐吓信,并且不断尝试实施。这人也许有点儿……"她轻轻拍了拍自己的额头。

"确实,"克拉多克说,"这似乎是某种暗示。当然,暗示不会显现出来。"

"哦,我知道,"马普尔小姐深表赞同,"老派克太太的二儿子,阿尔弗雷德,看起来似乎非常理性、正常。极其平凡无奇,你懂我的意思。但实际上,他的心理似乎极度反常,至少我是这么认为的。这个人非常危险。派克太太跟我说他看起来是个快乐、满足的孩子，如今却在费尔韦斯精神病院里。那里的人们很理解他，医生们则认为他是个有意思的病例，这些都让他感到非常愉快。是的，所有的一切都愉快地结束了，但有那么一两次，派克太太真的是死里逃生。"

克拉多克在大脑中反复思考着，玛丽娜·格雷格周遭的人中，有谁会和派克太太的二儿子类似？

"那个意大利管家，"马普尔小姐继续说道，"被杀的那位。据我所知他在死去那天去了趟伦敦。有人知道他去干什么吗？更确切地说，你可以告诉我吗？"马普尔小姐认真地补充道。

"他早上十一点半到的伦敦，"克拉多克说，"没人知道他在伦敦干了什么。直到下午一点三刻，他出现在了银行，并往自己的户头上存了五百英镑现金。目前没有任何证据可以证明他去伦敦是为了看望生病或是遇到麻烦的亲戚。他在伦敦的亲戚那天都没见到他。"

马普尔小姐赞同地点点头。

"五百英镑，"她说，"嗯，是个很有趣的数目，不是吗？我估计那是某笔大数目款项中的首付款，你觉得呢？"

"看起来是这样的。"克拉多克说。

"这也许是那个被他恐吓的人所能筹到的所有现钱了。他可能假装已经满足了，或者是受害者承诺会很快去筹钱，因此他先接受了这笔首付款。似乎可以推敲出这样的结论。那个想杀死玛丽娜·格雷格的人可能出身卑微，并且与她有私人世仇。我想，可以推测这个人在电影公司帮忙，可能是服务生、用人或者园丁。除非……"马普尔小姐顿了顿，说，"这个人是被别人雇来杀人的，而雇主不住在这儿。因此凶手要去一趟伦敦。"

"确实。去伦敦的有阿德威克·芬恩、萝拉·布鲁斯特，以及玛格特·本斯。这三个人都参加了当天的派对，三个人都有可能在十一点半到一点三刻之间，与朱塞佩在伦敦的某个事先约好的地点会面。这几个钟头里，阿德威克·芬恩不在自己的办公室，萝拉·布鲁斯特离开套房去逛街购物了，而玛格特·本斯也不在自己的工作室里。另外……"

"嗯？"马普尔小姐说，"你有什么要告诉我的吗？"

"你之前问过我，"德莫特说，"关于孩子的问题。就是玛丽娜·格雷格在得知自己有孩子之前领养的那几个孩子。"

"是的，我问过你。"

克拉多克告诉她他所了解到的情况。

"玛格特·本斯，"马普尔小姐轻声说道，"我有一种预感，你知道，这件事跟孩子有关……"

"我实在没办法相信，这么多年后——"

"我知道，我明白。没人会相信。但是，我亲爱的德莫特，你真的非常了解孩子吗？试着回想一下你自己的童年，难道就没有一些令你悲伤的小插曲或者小意外吗？一些与事情本身并不相符的强烈情感，一些长大以后的经历都无法与之相较的悲痛与怨恨。有一本关于这个的书，你知道吗，是一位才华横溢的作家写的。叫理查德·休斯。书名我不记得了，写的是一些遭受过飓风袭击的孩子。哦，对了，是一场在牙买加的飓风。给孩子们留下深刻印象的是，他们的猫在房子里疯狂地乱窜——这是他们唯一记得的事情。他们所经历的惊恐、刺激和害怕，都浓缩到了这么小的一件事上。"

"这么说来的确很奇特。"克拉多克若有所思地说道。

"啊，你是不是想到了什么？"

"我想到母亲去世的时候，我想那时我才五岁——五岁或者六岁。当时我正在幼儿园里吃饭，吃的是果冻布丁卷，我很喜欢吃果冻布丁卷。有个用人进来，对我的保育员说：'这不可怕吗？刚才出了事故，克拉多克太太死了。'……每当我想起母亲死的时候，您知道我总能看到什么吗？"

"什么？"

"一个放着果冻布丁卷的盘子，而我正盯着它看。盯着它，我看到和那时一模一样的场景，果酱从一边流了出来。当时我没有哭也没说话，我记得自己像冻僵了一样，坐在那里，静静地盯着那块布丁。而且您知道吗？现在哪怕是在商店、饭店或是别人家里，只要一看到果酱布丁卷，我都会感到一阵恐惧、痛苦和绝望的巨浪向我袭来。有时会持续好长一段时间，我也不明白那是为什么。对您而言这是不是很疯狂？"

"不，"马普尔小姐说，"这很正常。非常有趣，这让我有了某种想法……"

2

门被打开了，奈特小姐端着茶盘出现了。

"天哪，天哪，"她惊呼道，"来了位客人，是吗？真是太好了。您好，克拉多克探长，我这就去添个杯子。"

"不劳烦您了，"德莫特紧赶忙说道，"我已经喝过一杯了。"

奈特小姐又将头探进门来。

"我不明白……您能不能过来一下，克拉多克先生？"

德莫特跟她一起走到前厅。她走进餐厅，把门关上了。

"您会很谨慎的，对吗？"

"谨慎？您指哪方面，奈特小姐？"

"坐在那里的,我们的老小姐。您知道,她对什么都很感兴趣,但是因为谋杀案那种恶心的事情而兴奋,对她没什么好处。我们不应该让她忧心忡忡,或者做噩梦。她年纪大了,十分虚弱,应该过上被人好好呵护的生活。您知道的,她一直都在过那样的生活。我敢肯定,讨论谋杀或者黑帮之类的事,对她而言是非常、非常不好的。"

德莫特看着她,觉得有些可笑。

"我不觉得。"他有礼貌地说,"你或者我口中说到的谋杀案能让马普尔小姐过度兴奋或者震惊,我可不觉得。我能向您保证,亲爱的奈特小姐,马普尔小姐会用最大限度的镇定去思考谋杀、猝死,或任何一种犯罪。"

他又回到了客厅,奈特小姐跟着他,嘴里一直愤愤不平地哼唧着。喝茶的时候,她欢快地谈论着报纸上的政治新闻,以及她所能想到的愉快话题。当她最终将茶盘端走,并将门关上后,马普尔小姐长舒了一口气。

"我们总算能有安静的时候了。"她说,"我希望自己不要某天把她杀掉才好。好了,听着,德莫特,我想知道一些事情。"

"嗯?什么事情?"

"我想非常细致地重温一下招待会那天发生的事。班特里夫人到后不久,牧师就到了,接着是巴德科克夫妇。与此同时,楼梯上的人还有市长及夫人、那个叫阿德威克·芬恩的男人、萝拉·布鲁斯特、马奇贝纳姆先驱-阿格斯报社的唐纳德·麦克尼尔,以及那位女摄影师玛格特·本斯。你说过,玛格特·本斯在楼梯一角架起自己的照相机,为整个过程拍照。你见过那些照片吗?"

"事实上,我还带了一张来给您看。"

他从口袋里掏出一张相片,马普尔小姐目不转睛地看着。照片一侧站着玛丽娜·格雷格和贾森·拉德,后者在前者身后一点;阿瑟·巴德科克站在更后面,手遮在脸上,显得有些尴尬;而他的妻子正握着玛丽娜·格雷格的手,仰头看着她,并与之交谈。玛丽娜·格雷格并没在看巴德科克太太,她的目光越过巴德科克太太的头,正盯着某样东西。似乎正看着镜头,或者说有一点偏左的地方。

"非常有意思。"马普尔小姐说,"之前我已经听别人描述过了,你知道的,她脸上的那个表情——厄运降临的表情。这一点我不太确定,与其说是对厄运的恐惧,还不如说是一种木然的感觉。你不觉得吗?我不觉得那是恐惧的表情,你说呢?尽管人在恐惧时也可能会有那样的表情,但我觉得更像是震惊。德莫特,我亲爱的孩子,我想让你告诉我,如果你有记录的话,那时希瑟·巴德科克究竟对玛丽娜·格雷格说了什么?显然,我只知道个大概,不知道你对那段话精确了解到什么程度,我想你应该已从不同的人那里听到了些叙述吧?"

德莫特点点头。

"是的,让我想想。您的朋友,班特里夫人,然后是杰森·拉德以及阿瑟·巴德科克。正如您所说,他们在措辞上有些不同,但总的主旨是相同的。"

"我知道。我就是想知道这些不同之处,我想也许会对我们有所帮助。"

"我看不出来会有什么帮助。"德莫特说,"尽管您也许这么认为。您的朋友,班特里夫人,从某种程度上说,是最清楚她们之间对话的人了。就我所记得的……等等,我随身带着匆忙记下来的东西。"

他从口袋里拿出一本小记事本,浏览了一下里面的内容,试着唤醒记忆。

"这里没有精确的记录,"德莫特说,"但我大概记了点笔记。很明显,巴德科克太太兴高采烈,语调相当调皮,还有些扬扬自得。她说了类似这样的话:'这对我而言真是有说不出的美妙。您一定不记得了,但是多年前在百慕大,我得了水痘,但仍旧从床上爬起来专程去看您。您给了我一个亲笔签名,那是我人生中最骄傲的日子之一,我永远也不会忘记。'"

"我明白了,"马普尔小姐说,"她只提了地方,没有提日子,对吗?"

"是的。"

"那拉德怎么说?"

"贾森·拉德?他说巴德科克太太跟他妻子说她得了流感,但还是特意起床专程去看玛丽娜,并且保存着那个亲笔签名。这比您朋友的叙述要简短一些,但大致内容是一致的。"

"他提到时间和地点了吗?"

"没有,我想他没有提到。他好像说那是十年或十二年前的事。"

"我知道了。那巴德科克先生呢?"

"巴德科克先生说希瑟极其兴奋,并渴望见到玛丽娜·格雷格,因为她是玛丽娜·格雷格的忠实粉丝。她告诉他,当自己还是个姑娘的时候,有一次带病起床去看玛丽娜·格雷格,并得到了她的亲笔签名。他说得不是很具体,因为显然这是他跟她结婚之前的事了。巴德科克先生给我的印象是,他不认为这件事有多重要。"

"我明白了。"马普尔小姐说,"是的,我明白了……"

"您明白什么了?"克拉多克问。

"目前我明白的没有我想要的那么多。"马普尔小姐诚实地说,"可我有一种感觉,只要能弄明白她为什么要毁掉自己的新裙子——"

"谁?巴德科克太太吗?"

"是的。在我看来这是桩非常古怪的事——一桩解释不通的事,除非——当然,哦,天哪,我想我真是蠢透了!"

奈特小姐推开门走了进来,像往常一样将灯打开。

"我想我们这里需要点亮光。"她愉快地说道。

"是的,"马普尔小姐说,"你说得真是太对了,奈特小姐。那正是我们所需要的。一点亮光。我想,你知道吗,我们终于得到它了。"

两个人的密谈似乎告一段落,克拉多克站了起来。

"还剩下最后一件事,"他说,"就是您得告诉我,现在您又想起了哪件旧事?"

"人们总爱拿这个来取笑我,"马普尔小姐说,"但我必须承认,刚才有么一会儿我想起了劳里斯顿家的客厅女佣。"

"劳里斯顿家的客厅女佣?"克拉多克看上去一头雾水。

"她必须……当然了,记下电话留言。"马普尔小姐说,"可她并不太擅长做这个。她往往只能搞懂个大概意思,但写下来的东西不知所云——如果你能明白我的意思的话。我觉得那是因为她的语法太差了。结果就是发生了一系列不幸的事情。我记得其中的一件,一位叫巴勒斯的先生,我想是叫这个名字,打电话过来说他去看过埃尔瓦斯顿先生家那坏掉的篱笆了,他认为那篱笆根本不用他去修。篱笆在房子的另一边,他想在采取进一步行动之前确认一下这件事,因为这决定了是否归他管。他觉得在请律师之前先了解一下那里的地形很重要。你瞧，一条令人费解的留言，让人看了更加糊涂。"

"如果您是在说客厅女佣的话，"奈特小姐笑着说道，"那一定是很久以前的事了。我已经很多年没听人们谈起客厅女佣了。"

"确实是好多年前的事了。"马普尔小姐说，"不过从过去到现在，人性可没怎么变。犯错的原因也近乎一致。哦，天哪，"她补充道，"我很欣慰，那个姑娘在伯恩茅斯很安全。"

"姑娘？什么姑娘？"德莫特问。

"那个做衣服的，那天想去见朱塞佩的姑娘。她叫什么来着？格拉迪斯什么的？"

"格拉迪斯·狄克逊？"

"对，就是这个名字。"

"您刚才说她在伯恩茅斯？您是怎么知道的？"

"我知道，"马普尔小姐说，"因为是我让她去那儿的。"

"什么？"德莫特瞪着她，"是您？这是为什么？"

"我去拜访了她，"马普尔小姐说，"给了她点钱，叫她去度个假，并且不要往家写信。"

"您为什么要这么做？"

"当然是因为我不希望她也被杀掉。"马普尔小姐说，并冲他平静地眨了一下眼睛。

第二十二章

"康威小姐写来的信真是太好了。"奈特小姐说。

此时已是两天后了,奈特小姐放下马普尔小姐的早餐盘,继续说:"您还记得我跟您说起过她吗?她有点儿,您知道的……"她轻拍了一下额头,"神情恍惚,有的时候。而且她的记性很差,总是认不得亲戚们,还老叫他们走开。"

"那有可能是真的精明,"马普尔小姐说,"而不是失忆。"

"好了,好了,"奈特小姐说,"做出这种猜测是不是太淘气了?她整个冬天都在兰迪德诺的贝尔格雷夫酒店里待着,那真是个适于久住的饭店。豪华的庭院,还有玻璃围起来的阳台。她非常迫切地想要我过去陪她。"奈特小姐叹了口气。

马普尔小姐从床上坐了起来。

"那么就请去吧。"她说,"如果别人想让你去,或者说需要你去那儿,而且你自己也想去的话。"

"不,不,我不想听这些。"奈特小姐高呼道,"哦,不,我完全没有那个意思。哎呀,雷蒙德·韦斯特先生会怎么说呀?他当初对我说,这份工作是终身性质的。我可不会有不履行义务的幻想,我只是顺带说一下事实情况。所以不必担心,亲爱的,"她拍拍马普尔小姐的肩膀补充道,"你是绝对不会被抛弃的!不,不,绝对不会!会被照顾着、宠爱着,并且一直快快乐乐、舒舒服服的。"

奈特小姐走出了房间。马普尔小姐坐着，在心里下定了决心。她盯着早餐盘却什么也没吃，然后拿起电话听筒，麻利地拨了一串号码。

"海多克医生吗？"

"是的。"

"我是简·马普尔。"

"你怎么啦？要我过来看病吗？"

"不是，"马普尔小姐说，"但我想尽快见到你。"

海多克医生赶到时，发现马普尔小姐还坐在床上。

"你看起来很健康嘛。"他抱怨道。

"这就是我要见你的原因，"马普尔小姐说，"告诉你我的身体非常棒。"

"你叫医生来的理由很独特。"

"我相当强健、相当健康，因此安排一个人跟我住在一起实在是太荒唐了。我只要每天有个人过来，帮我打扫打扫就行了，找个人永久地跟我住在一起，真的完全没必要。"

"我就知道你觉得没必要，但我觉得有必要。"海多克医生说。

"我看你似乎变成一个既教条主义又大惊小怪的老家伙了。"马普尔小姐不客气地说。

"别出口伤人啊！"海多克医生说，"就你这个年龄来说，你确实相当健康，除了对老年人不利的支气管炎扯了点后腿。但在你这样的年纪，一个人住一幢房子的确很冒险。假设哪天晚上你从楼梯上摔下去，或是从床上掉下来，抑或在浴缸里滑倒了，那你就只能躺在原地，没人会知道。"

"人们总能假设任何事情。"马普尔小姐说,"奈特小姐也有可能从楼梯上摔下来,而我也许会因为冲出去看她而被绊倒。"

"你吓唬我也没用。"海多克医生说,"你是位上了年纪的女士,需要被人适当地照顾。如果你不喜欢现在的这个女人,那就去找别人换掉她。"

"事情没这么容易。"马普尔小姐说。

"找几个你以前的仆人,找个你喜欢的,并且跟你住过的。我明白,那只老母鸡让你很心烦。她也让我很心烦。肯定有能找到老仆人的地方。你侄子是畅销书作家,只要你能找到合适的人选,他一定会支付合理的报酬。"

"当然了,亲爱的雷蒙德确实会做那样的事,他非常慷慨。"马普尔小姐说,"可要找到合适的人不容易。年轻人都有自己的生活,而那些我忠实的老仆,非常遗憾,都死了。"

"嗯,可你没死,"海多克医生说,"如果你能照顾好自己,就会活得更长。"

他站了起来。

"好了,"他说,"我在这儿待着来也没什么用了,你看起来非常健康。我就不浪费时间给你量血压、测脉搏或是问东问西了。你就喜欢这些当地的热闹事儿,尽管你没办法尽情地东奔西走,去主动打探。再见,我得走了,去看真正的病人。有八到十个麻疹患者六个百日咳,还有一个疑似猩红热的,当然了,还有那几个我的常规病人!"

海多克医生步履轻松地走了出去,马普尔小姐却皱起了眉头……他刚才说什么……什么?要去看病人……那些常见的地方疾病……地方疾病?马普尔小姐果断地将早餐盘推开,接着打电话给班特里夫人。

"多莉吗？我是简。我想要问你点事，你注意听好了。你之前告诉克拉多克探长，希瑟·巴德科克在跟玛丽娜·格雷格讲一个很长且毫无意义的故事，是关于她得了水痘后依旧起床去看玛丽娜，还得到了她的亲笔签名的故事。是这样的吗？"

"差不多是这样的。"

"是水痘？"

"呃，类似那样的东西吧。那时阿尔科克夫人正在跟我讲伏特加什么的，所以我没有很仔细地听。"

"你能肯定，"马普尔小姐说，"她说的不是百日咳吗？"

"百日咳？"班特里夫人一副吃惊的样子，"当然不是。她不会因为百日咳而往脸上涂粉吧。"

"我明白了。这就是你判断的依据，她特别提到了化妆这件事？"

"嗯，她强调了这一点，她不是经常化妆的人。但我想你是对的，应该不是水痘……也许是荨麻疹。"

"你这么说，"马普尔小姐冷冷地说，"是因为你自己曾因得了荨麻疹而无法参加某场婚礼。你真是无药可救了，多莉，极其无药可救。"

她砰的一声将话筒搁下，斩断了班特里夫人惊讶的抗议——"真的吗，简？"

马普尔小姐发出一声淑女表达恼火时的声音，就像一只猫用打喷嚏来表达极度的厌恶。她的思绪转到了如何让自己舒适的问题上。忠诚的弗洛伦斯？忠诚的弗洛伦斯，这位老派的客厅女佣能否被说服离开自己舒适的小屋，回到圣玛丽米德来照顾从前的女主人？忠诚的弗洛伦斯一直非常地忠诚，可忠诚的弗洛伦斯对自己的小家同样有着很深的感情。马普尔小姐着急地摇摇头。一阵欢快的砰砰敲门声响起，马普尔小姐喊了声"进来"，谢莉走进屋里。

"我来拿您的盘子，"她说，"发生了什么事吗？您看起来相当沮丧，怎么了？"

"我感到非常无助。"马普尔小姐说，"又老又无能。"

"别担心，"谢莉边说边端起盘子，"您离不能自理还早着呢。您不知道我所听说的关于您的传闻！啊，现在开发区里的每个人都认识您，还知道您做的各种超凡的事情。他们可不觉得您是那种又老又无能的人，这种想法是她灌输到您脑子里的。"

"她？"

谢莉朝身后的门用力地点了点头。

"可怜的小猫咪，小猫咪。"她说，"您的那位奈特小姐，别为了她让自己沮丧。"

"她非常善良，"马普尔小姐说，"真的非常善良。"她又补充道，用一种说服自己的口气。

"人们都说，忧虑伤身，"谢莉说，"您可不想被过分的好心控制自己的意识，对吗？"

"哦，嗯，"马普尔小姐说，"我想每个人都有自己的烦恼吧。"

"我想也是。"谢莉说，"我不该抱怨的，但有时我会觉得，如果我再在哈特韦尔太太隔壁住得久一些，就会发生一桩悲剧。那只尖酸刻薄的老猫，总爱说三道四，抱怨个没完。吉姆也受够了，昨天他和她大吵了一架。就因为我们放的《弥赛亚》① 声音有点儿大！你怎么能抗议《弥赛亚》呢？我是说，那么虔诚的东

---

① 巴洛克时期著名音乐家亨德尔创作的大型清唱剧，内容与耶稣的降生、受死及复活有关。

西。"

"她表示反对了吗?"

"她制造出一系列可怕的声音,"谢莉说,"砰砰砰地敲打墙壁,大声嚷嚷,发出这种或那种声响。"

"可你们必须把音乐开得那么响吗?"马普尔小姐问。

"吉姆喜欢那样,"谢莉说,"他说要是不把音量开到最大,就没办法听出里面的调调。"

"也许,"马普尔小姐提醒道,"对于不喜欢音乐的人来说,那会有点儿难以忍受。"

"我们那儿的房子都是共用一堵墙,"谢莉说,"而且墙薄得什么似的。一想到这个,我就会对这种新式大楼产生反感。他们看起来考究、精致,但你无法尽兴地张扬自己的个性,不然就会招致别人的不满。"

马普尔小姐冲她微笑。

"你有很多的个性需要张扬,谢莉。"她说道。

"您不这么认为吗?"谢莉快乐地大笑起来,"我不知道……"她继续说道,突然显得有点儿尴尬。她放下餐盘,又回到了床边。

"我不知道,要是我问您一件事的话,会不会显得很失礼?我是说——您完全可以回答我'想都别想',我就不问了。"

"你想要我做什么事吗?"

"不完全是。那些在厨房边的房间,现在闲置着,对吗?"

"是的。"

"据我所知,之前是园丁和他妻子住的,不过那是很久以前的事了。我不知道——吉姆和我都不知道——我们能否拥有它们。我是说,搬过来住。"

马普尔小姐惊讶地盯着她。

"可你们在开发区里的漂亮新房子要怎么办?"

"我们俩都受够它了。我们都喜欢小玩意儿,而且买了很多——分期付款的。而这里有足够的空间,尤其是,如果吉姆能得到马厩那边的屋子的话,他会将它修整一新,然后他就可以把那些模型放在那里,不用总是去收拾。而且,就算我们在那儿播放立体声唱片,您也几乎听不到。"

"你是认真的吗,谢莉?"

"是的,我是认真的。吉姆和我已经就此讨论很久了。吉姆可以随时为您修理东西——您知道,通水管或者干点儿木匠活儿,而我会像奈特小姐那样悉心照料您。我知道您觉得我有些粗心大意,但我会努力的,学习铺床和清洗东西,而且我正试着提高厨艺。昨晚我就做了一道俄式牛柳丝,很简单,真的。"

马普尔小姐注视着她。

谢莉看起来就像一只充满渴望的小猫——全身散发着生命的活力和喜悦。马普尔小姐又一次想起忠诚的弗洛伦斯。忠诚的弗洛伦斯,显然会将房子料理得更好。(马普尔小姐对谢莉的保证不报任何信心。)但她至少有六十五岁了——也许还不止。她会愿意离开自己家吗?她也许会出于对马普尔小姐的忠心而接受,可是自己真的希望她如此牺牲吗?难道她还没受够奈特小姐那过度的责任感吗?

而谢莉,不管她多么欠缺做家务的能力,可至少她是真心诚意想过来的。而且她具备目前马普尔小姐认为最重要的品质。

热心,有活力,对发生的任何事情都极感兴趣。

"当然了,无论如何,"谢莉说,"我都不想背着奈特小姐做什么事。"

"别在意奈特小姐。"马普尔小姐说,她似乎做出了决定,"她将离开这儿去兰迪德诺的某家酒店里照顾一位叫康威的小姐。她会非常高兴的。不过我们得解决许多细节问题,谢莉,而且我很想和你的丈夫谈谈。但前提是你们真觉得这样会高兴……"

"这里绝对适合我们。"谢莉说,"而且您完全可以信任我们,我们会将事情做好。要是您喜欢,我甚至可以使用扫帚和簸箕。"

马普尔小姐因这项至高奉献而暗自发笑。

谢莉再一次将餐盘端了起来。

"我必须抓紧时间干活儿了,今天早上我已经来迟了——听说了可怜的阿瑟·巴德科克的事情。"

"阿瑟·巴德科克?他怎么了?"

"您没听说吗?他现在人在警察局里。"谢莉说,"他们问他是否能过去'协助调查',您很清楚那是什么意思。"

"这是什么时候的事?"马普尔小姐问。

"今天早上。"谢莉说,"我想,"她补充道,"他之前曾跟玛丽娜·格雷格结过婚的事瞒不过去了。"

"什么?!"马普尔小姐又坐了起来,"阿瑟·巴德科克和玛丽娜·格雷格结过婚?"

"据说是这样的,"谢莉说,"没人知道这件事,是一位叫厄普肖的先生说出来的。他因为公司的业务事宜去过一两次美国,听到了不少流言蜚语。您要知道,那是很久以前的事情了。事实上,是在她开始演艺事业之前。他们只在一起了一两年,接着她获得了某个电影奖,于是很自然的,他就配不上她了。于是他们进行了简单的美式离婚,他也就淡出了人们的视线。他本来就是那种容易被遗忘的人,阿瑟·巴德科克,不会引起什么骚动。他改了名字,然后回到英国。这些都是太多年前的事情了。您不会觉得那时候的事会关乎现在吧，对吗？然而，您瞧现在。我想这够警察们忙活好一阵。"

"哦，不会，"马普尔小姐说，"哦，不会。这件事真不该发生。我要是能想出该怎么做就好了——好了，让我想想。"她对谢莉做了个手势，"把盘子拿走，谢莉，帮我把奈特小姐叫来。我要起床了。"

谢莉照办了。马普尔小姐动作略显笨拙地自己穿好衣服。她发现只要有兴奋的事情，她就会变得很焦躁。她正扣好衣服时，奈特小姐走了进来。

"您叫我吗？谢莉说——"

马普尔小姐毫不客气地打断了她。

"帮我叫英奇。"她说。

"请您再说一遍？"奈特小姐被吓了一跳。

"英奇。"马普尔小姐说，"叫英奇。打电话给他，叫他马上过来。"

"哦哦，我明白了。您是指开出租车的人，但他的名字叫罗伯茨，不是吗？"

"对我而言，"马普尔小姐说，"他就是英奇，而且永远是英奇。不管怎么说，帮我把他叫来。他得立刻到这儿来。"

"您想出去兜兜风吗？"

"去叫他来，可以吗？"马普尔小姐说，"请你快点儿。"

奈特小姐疑惑地看着她，并按照她的吩咐去做了。

"我们感觉不错，亲爱的，对吗？"她焦急地问。

"我们俩感觉都很不错。"马普尔小姐说，"而且我感觉尤其地好。懒惰不适合我，而且永远不适合。具有行动力的实践，才是长久以来我想要的。"

"是不是那个贝克太太说了什么让您沮丧的话？"

"没有什么东西能让我沮丧，"马普尔小姐说，"我感觉特别好。我只是因为自己的愚蠢而感到生气，但真的，直到今早我从海多克医生那儿得到了提示——现在我不确定自己记得对不对。我的那本医学书在哪儿？"她做了个手势让奈特小姐走开，步履坚定地走下楼梯，在客厅的一个书架上找到了自己想要的书，将它拿了出来，并开始查找目录，嘴里咕哝道："第二百一十页。"她带着疑问翻到那一页，看了一会儿，接着满意地点着头。

"太不寻常了，"她说，"太奇怪了。我估计没人想到这一点。我自己也没想到，直到两件事并到了一起，可以这么说。"

接着她摇摇头，双眼中间出现了一道细细的皱纹。但愿那会儿能有个人……

她开始重新思考大家对当时那个场景的不同描述……

就在思索的时候，她的眼睛突然睁大了。当时确实有个人——但她不知道他是否还记得。没人了解牧师，他是那么地深不可测。

但她还是走向了电话机，拨起号来。

"早上好，牧师。我是马普尔小姐。"

"哦，是我。马普尔小姐，我能为您效劳吗？"

"我不知道您能否帮我一个小忙，是有关那天招待会的事，就是可怜的巴德科克太太死去的时候。我想巴德科克夫妇来的时候，您站在离格雷格小姐很近的地方。"

"是的，是的，我想我是在他们前面到的。那是多么悲惨的一天啊。"

"是的，确实如此。我想当时巴德科克太太正在跟格雷格小姐回忆往事，之前她们在百慕大偶遇的事情。她生病了，躺在床上，却特意起了床……"

"是的，是的，我确实记得。"

"那么您还记得巴德科克太太当时提到自己生了什么病吗？"

"我想……让我想想——是的，是麻疹……不是真正的麻疹……是风疹……一种轻得多的病，有些人甚至感觉不到自己得了病。我记得我的表妹卡罗琳——"

马普尔小姐打断了牧师对卡罗琳表妹的追忆，坚定地说："太感谢您了，牧师。"并将听筒放回原位。

马普尔小姐的脸上露出惊叹的表情。到底是什么让牧师记住了如此特殊的事，这算得上是圣玛丽米德最妙的事情之一了——而更加妙的是，牧师又会忘掉什么呢？！

"出租车来了，亲爱的，"奈特小姐跑进来说，"是辆很旧的车，我觉得它不太干净。我真不希望您坐上那玩意儿，也许会染上细菌或是别的什么。"

"胡说。"马普尔小姐说。她将帽子稳稳地戴在头上，扣好夏装的扣子，出门走向正在等待她的出租车。

"早上好，罗伯茨。"她说。

"早上好，马普尔小姐。您今天真早啊，您想上哪儿啊？"

"请去戈辛顿庄园。"马普尔小姐说。

"我最好还是跟您一起去，对吗，亲爱的？"奈特小姐说，"要不了多久的，我只要换双外出的鞋子就行了。"

"不用了，谢谢。"马普尔小姐坚定地说，"我自己去。开车吧，英奇。我是说罗伯茨。"

罗伯茨先生开着车，说："啊，戈辛顿庄园。那儿变化很大，现在哪儿都变化很大。各种开发区，我完全没想到那种东西会来到圣玛丽米德。"

到达戈辛顿庄园后,马普尔小姐按响了门铃,并要求见贾森·拉德先生。

来应门的是朱塞佩的接替者,一个看上去很虚弱的老人,他面露疑惑。

"拉德先生,"他说,"不见没有预约的人,女士。尤其是今天——"

"我没有预约,"马普尔小姐说,"但我会等。"她补充道。

她敏捷地从他身边跨过,走进前厅,坐在走道的椅子上。

"恐怕今天早上都不行,女士。"

"这样的话,"马普尔小姐说,"那我就一直等到下午。"

这位新来的管家被难住了,退了下去。不一会儿,一位年轻人出现在马普尔小姐面前,他彬彬有礼,嗓音优美,略带点儿美国口音。

"我之前见过你。"马普尔小姐说,"在开发区里,你问我去布莱尼姆巷怎么走。"

黑利·普雷斯顿友善地笑了。"我想您已经尽了全力,可是您误导得我好惨。"

"我的天哪,是吗?"马普尔小姐说,"那儿的巷子太多了,不是吗?我能见拉德先生吗?"

"啊,现在吗?太不凑巧了。"黑利·普雷斯顿说,"拉德先生是个大忙人,而且他,呃,今天上午已经排满了,真的不能被打扰。"

"我相信他一定很忙,"马普尔小姐说,"我来这儿之前就准备好等等了。"

"好吧,那么我想……"黑利·普雷斯顿说,"您可以告诉我您来是要干什么。您瞧,我替拉德先生处理这种事情,每个人都得先见我。"

"恐怕,"马普尔小姐说,"我得见拉德先生本人才能说。而且,"她补充道,"我会一直等到他见我为止。"

她更加坚决地坐在了那张大橡木椅上。

黑利·普雷斯顿犹豫了,他想说什么,但最终还是转身上楼了。

之后,他同一位穿着粗花呢的高大男子一起走了下来。

"这位是吉尔克里斯特医生,这位是,呃——"

"马普尔小姐。"

"您就是那位马普尔小姐啊。"吉尔克里斯特医生说着,饶有兴趣地打量着她。

黑利·普雷斯顿迅速地闪开了。

"我听说过您,"吉尔克里斯特医生说,"从海多克医生那儿。"

"海多克医生是我多年的老朋友了。"

"确实。您现在想见拉德先生?为什么?"

"我有必要这么做。"马普尔小姐说。

吉尔克里斯特医生的眼睛审视着她。

"在见到他之前,您就打算一直待在这儿?"

"完全正确。"

"我相信您会这么做。"吉尔克里斯特医生说,"既然如此,我就告诉您一个不能见拉德先生的理由。他妻子昨晚在睡梦中死去了。"

"死了?"马普尔小姐惊呼道,"怎么死的?"

"服用了过量的安眠药。在这几个钟头内,我们不想让这个消息泄露到媒体那儿。因此,我请求您对此暂时保密。"

"当然。是个意外吗？"

"我是这么认为的。"吉尔克里斯特医生说。

"但也可能是自杀。"

"有这个可能，但概率很小。"

"或者是有人下的药？"

吉尔克里斯特医生耸了耸肩。

"真是个离谱的意外。而且这件事……"他坚定地补充道，"不可能得到证实。"

"我明白，"马普尔小姐说。她深深地吸了口气。"对不起，那么，我现在更有必要见拉德先生了。"

吉尔克里斯特医生看着他。

"请在这儿等着。"他说。

第二十三章

吉尔克里斯特医生走进来的时候,贾森·拉德抬起了头。

"楼下有位老太太,"医生说,"看起来有一百岁了,她想要见您,跟她说不行她不听,执意要等。她说会等到下午,我想她很可能等到晚上,甚至会在这儿过夜。她有些事非常想跟您说,如果我是您,我会去见她的。"

贾森·拉德从书桌上抬起头来,他脸色苍白,十分憔悴。

"她疯了吗?"

"不,完全没有。"

"我不明白为什么……哦,好吧,叫她上来吧。这又有什么关系呢?"

吉尔克里斯特点点头,走出房间去叫黑利·普雷斯顿。

"这会儿拉德先生能腾出几分钟时间给您,马普尔小姐。"黑利·普雷斯顿又出现在了她身旁,如此说道。

"谢谢,他人真好。"马普尔小姐边说边站起身来,"您跟随拉德先生的时间长吗?"她问。

"嗯,这两年半我一直在为拉德先生工作,总的说来,我的工作是公共关系。"

"我明白了。"马普尔小姐若有所思地看着他,"您让我想起一个认识的人,"马普尔小姐说,"他叫杰拉尔德·弗伦奇。"

"是吗？杰拉尔德·弗伦奇是做什么的？"

"他不做什么，"马普尔小姐说，"但十分健谈。"接着她叹了口气，"他过去相当不幸。"

"是吗……"黑利·普雷斯顿说，显得有些不太自在，"他过去怎么了？"

"我就不多说了，"马普尔小姐说，"他不喜欢别人谈论他的事。"

贾森·拉德从书桌旁站了起来，惊讶地看着这位正朝他走来的单薄老妇人。

"您想见我？"他说，"我能为您做什么吗？"

"对于您妻子的过世，我感到非常遗憾。"马普尔小姐说，"看得出来，这让您非常悲痛，但我请您相信，要是没有绝对的必要，我是不会来这儿打搅您的。我来并非为了表示同情，是有些事急需要搞明白，否则，一个无辜的人将会承受痛苦。"

"无辜的人？我不明白您在讲什么？"

"阿瑟·巴德科克。"马普尔小姐说，"他现在正在警察局里接受审问。"

"审问有关我妻子过世的事情？这很荒唐，绝对很荒唐。他从来没来过这儿，甚至不认识她。"

"我想他认识她。"马普尔小姐说，"他曾和她结过婚。"

"阿瑟·巴德科克？可……他是……他是希瑟·巴德科克的丈夫啊！您也许是，"他好心又抱歉地说，"弄错了吧？"

"他跟她们俩都结过婚。"马普尔小姐说，"您妻子跟他结婚时还十分年轻，没有进入影视界。"

贾森·拉德直摇头。

"我妻子的第一任丈夫叫艾尔弗雷德·比德尔，是个做房产生意的人。他们完全不适合，几乎很快就分开了。"

"然后艾尔弗雷德·比德尔将名字改成阿瑟·巴德科克。"马普尔小姐说，"他在这儿的房产公司上班。很奇怪，有的人似乎就是不喜欢换工作，他们喜欢一直从事相同的职业。我想就是因为这个，玛丽娜·格雷格才觉得他很没用，无法跟上她的步伐。"

"您跟我说的这些都太令人吃惊了。"

"我向您保证，我没有任何渲染，也没有丝毫臆想。我告诉您的，都是单纯的事实。在一个小村庄里，这种事总是传得很快。您知道的，尽管……"她补充道，"传到戈辛顿庄园的时间稍微久了一点。"

"呃……"贾森·拉德一时语塞，不知该说什么好。接着他接受了目前的处境，问："那您想要我做什么，马普尔小姐？"

"如果可以的话，我想去楼梯那儿，站在招待会那天您跟您妻子迎接客人的地方。"

他怀疑地快速瞥了她一眼。这难道又是一位凑热闹的人？但马普尔小姐一脸严肃与镇定。

"嗯，当然可以，"他说，"如果您真想这么做的话。请跟我来。"

他带着她走到楼道尽头，在最上方的凹室停了下来。

"跟班特里一家住在这里时相比，你们对房子的内部格局做了不少改造。"马普尔小姐说，"我很喜欢这样。好了，让我瞧瞧。桌子大概在这儿，我想，您和您妻子大概是站在这儿——"

"我妻子站在这儿，"贾森将那个位置指给她看，"客人们从楼梯上来，她与他们握手，接着将他们交给我。"

"她站在这儿。"马普尔小姐说，接着挪了一下身子，站到玛丽娜·格雷格所站的地方。她静静地站在那儿，一动不动。贾森·拉德看着她，有点儿疑惑，又饶有兴趣。她微微抬起右手，摆出一副要与人握手的样子，又朝楼梯下面看了看，像是在看人们走上来的样子。接着她直视着前方。楼梯中间的墙上挂着一幅很大的画，是某位意大利早期绘画大师的作品。画的一侧有两扇打开的窄窗，一扇能看到花园，另一扇看到的是马厩和风向标。但马普尔小姐并没有看那两扇窗，她的眼睛紧盯着那幅画。

"显然，您一定在第一时间听到了一些事情。"她说，"班特里夫人告诉我说，您妻子盯着那幅画时，脸上的表情'凝固'了，她是这么说的。"马普尔小姐看着圣母身上鲜红色和蓝色的长袍，圣母的头微微后仰，正对着她怀里的圣子微笑着。"贾科莫·贝利尼的《微笑的圣母》，"她说，"一幅宗教画，同时也是一幅快乐的母子画。是这样吗，拉德先生？"

"我也是这么认为的，确实如此。"

"我现在了解了，"马普尔小姐说，"非常了解。整件事情非常简单，不是吗？"她看着贾森·拉德。

"简单？"

"我想您应该知道这有多简单。"马普尔小姐说。这时楼下的门铃响了。

"哦，"贾森·拉德说，"我相当不明白。"他朝楼梯那边望去，下面有人在说话。

"我听出那个声音了，"马普尔小姐说，"是克拉多克探长，不是吗？"

"对，似乎是克拉多克探长。"

"看来他也很想见您，您介意他过来跟我们一起吗？"

"我一点儿也不介意,但不知道他会不会同意——"

"我想他会同意的。"马普尔小姐说,"我们没有多少时间浪费了,对吗?差不多该开始明白这一切是怎么回事儿了。"

"我记得您刚才说这很简单。"贾森·拉德说。

"真的非常简单,"马普尔小姐说,"以至于人们都没发现。"

那位老态龙钟的管家这会儿刚好走到楼上。

"克拉多克探长来了,先生。"他说。

"请他到我们这儿来。"贾森·拉德说。

管家又走了下去,不一会儿,德莫特·克拉多克来到了楼上。

"是您!"他对马普尔小姐说道,"您是怎么来的?"

"我是坐英奇来的。"每次她这么说,总会达到令周围人费解的效果。

在她身后不远处的贾森·拉德疑惑地轻拍着额头,德莫特·克拉多克则摇着头。

"我正在跟拉德先生说——"马普尔小姐说,"管家走了没?"

"哦,走了。"克拉多克回答,"他听不到的。而且警佐蒂德勒会留意。"

"那就好。"马普尔小姐说,"当然,我们可以进屋去谈,但我更喜欢现在这样。这儿就是案发地,能帮助我们更好地理解。"

"我们是在说……"贾森·拉德说,"在这儿举办招待会那天,也就是希瑟·巴德科克被毒死的那天的事情吗?"

"是的。"马普尔小姐说,"我正说到,如果用合理的方式去看,那么整件事是相当简单的。你们瞧,都源于希瑟·巴德科克的为人。这种事总有一天会发生在希瑟身上,真的无法避免。"

"我不明白您的意思。"贾森·拉德说,"我一点儿也不明白。"

"确实,这需要做点儿解释。您瞧,当我的朋友——当时在场的班特里夫人——对我描述那个场景时,她引用了一首我年轻时代最喜欢的诗,是亲爱的丁尼生男爵写的《夏洛特女郎》。"她将声音抬高了一点儿,"网飞出窗外,朝远处飘去;镜子开始四分五裂;夏洛特女郎惊呼:'厄运降临到了我身上。'这就是班特里夫人看到的场景,或者说她认为自己看到的。尽管实际上她引用错了,她觉得在那种情况下与其说'诅咒'不如说'厄运'更适合。她看到您妻子在跟希瑟·巴德科克讲话,并在您妻子的脸上看到了代表厄运的表情。"

"这一点我们不是已经讲过很多遍了吗?"贾森·拉德说。

"是的,但必须再重温一遍。"马普尔小姐说,"您妻子脸上出现那样的表情时,她并没有看着希瑟·巴德科克,而是看着那幅画。那幅画中,一位微笑着的快乐母亲正抱着一个快乐的孩子。误会就在于,虽然是玛丽娜·格雷格的脸上出现了厄运般的预示,厄运却并未降临到她身上,而是降临到了希瑟身上。从希瑟开始滔滔不绝地吹嘘过去那件事开始,她的死亡厄运就已经注定了。"

"您能再说得清楚一些吗?"德莫特·克拉多克说。

马普尔小姐将身体转向他。

"我当然会解释清楚。有件事你不了解,也不可能了解,因为没人告诉你希瑟·巴德科克究竟说了什么。"

"不,他们说了。"德莫特抗议道,"我听了一遍又一遍,好几个人跟我说过了。"

"是的,"马普尔小姐说,"但是你瞧,希瑟·巴德科克没有亲口告诉你。"

"她没有机会亲口告诉我,因为当我到这儿时她已经死了。"德莫特说。

"确实如此。"马普尔小姐说,"你所知道的那件事是,她病了,却依然从床上爬起来去参加某个庆祝活动,见到了玛丽娜·格雷格,跟她讲了话,要了签名,并最终得到了她的签名。"

"我知道,"克拉多克有点不耐烦地说,"这些我都听过了。"

"但你没听到那个最关键的词,因为没人觉得那很重要。"马普尔小姐说,"希瑟·巴德科克病倒在床,是因为得了风疹。"

"风疹?这和整件事有什么关系呢?"

"事实上,这是种很轻微的疾病。"马普尔小姐说,"你完全感觉不到自己病了。你会出一些疹子,但用粉很容易就能遮盖住。你会有点儿发烧,但不会很厉害。你的感觉不会太糟,想出去的话,完全可以出门去见人。当然了,我反复说这些是为了阐述一个事实,大家对风疹都没留下什么特别的印象。比方说,班特里夫人只是说希瑟病倒在床,她提到了水痘和荨麻疹。而拉德先生说是得了流感,但他是故意这么说的。至于我的想法,希瑟·巴德科克对玛丽娜·格雷格说自己得了风疹,但依旧从床上爬起来专程去见玛丽娜——这便是整件事的答案。你知道,风疹具有很强的传染性,很容易就会传染给周围的人。还有一件事你要记住,如果一位女士在四个月的——"马普尔小姐用一丝维多利亚时代特有的谨慎口吻说出接下来的这个词,"呃——怀孕期内被传染上了话,就可能产生极为严重的后果。可能会使肚子里的孩子出生时双目失明或者神经受损。"

她转向贾森·拉德。

"我想我说得没错吧,拉德先生,您妻子生了个精神有缺陷的孩子,而她一直没能真正从这个打击中恢复过来。她一直想要个孩子，最终有了孩子，却发生了悲剧。一个长久以来她都不曾忘记的悲剧，她也不允许自己忘记。这份悲痛侵蚀着她，成为一种困扰。"

"确实是这样的。"贾森·拉德说，"玛丽娜·格雷格在怀孕早期得了风疹，后来医生告诉她，孩子的精神缺陷可能归结于这个原因，因为不存在遗传性的精神缺陷或别的什么疾病。医生试着帮助她，但我觉得效果不大。她不知道自己是在什么时候、从谁那里、又是怎样被传染到那种病的。"

"的确，"马普尔小姐说，"她一直不知道，直到那天下午。就在这儿，一位完全陌生的女士上楼后告诉了她实情。更要命的是，她是极其欢乐地告诉了她！带着为自己当初的所作所为十分自豪的口气！她认为自己从床上爬起来，往脸上涂粉遮住疹子，接着跑去见自己迷恋的女影星，并得到了她的亲笔签名，这一切是多么勇敢而富有活力的举动，这是一件她到处炫耀了一辈子的事情。希瑟·巴德科克毫无恶意，她从来就没有坏心。但是毫无疑问，像希瑟·巴德科克（以及我的老朋友艾莉森·怀尔德）这样的人，会无意识地给别人带来巨大的伤害。他们缺乏的不是善良之心——他们为人善良——而是真正的思考。他们该明白自己的行为也许会影响到别人。她只考虑这个行为对自己的意义，从来不想一想它对别人的意义。"

马普尔小姐微微地点了点头。

"所以她死了，您瞧，原因很简单，跟她的过去有关。你们一定能想象得出那个瞬间对玛丽娜·格雷格意味着什么，我想拉德先生也十分清楚。我想，这么多年来，她一直对那位导致悲剧的不明人士怀有某种怨恨之情，突然之间，就在这里，她跟那个人面对面，站在一起。还是个生机勃勃、兴高采烈，并自信满满的人。这对她的打击太大了。如果她能有时间思考、冷静下来，或者被别人劝着放松下来——但她没给自己任何时间。站在面前的这个女人毁掉了她的幸福，毁掉了她孩子的心智和身体健康。她想要惩罚她，她想要杀死她。不幸的是，她手头上就有弄死她的办法。她总是随身带着那种人尽皆知的特效药，卡蒙。从某种程度上说，它是种很危险的药品，因为你得注意服用的剂量。做法很简单，她将药放进自己的酒杯里。就算万一有人看见她这么做了，也会因为早就习惯她往手边的饮料里加东西让自己兴奋或放松而不会特别在意。有可能确实有个人看见了，但我表示怀疑，杰林斯基小姐仅仅是猜测罢了。玛丽娜·格雷格将自己的酒杯放在桌子上，接着轻推了一下希瑟·巴德科克的胳膊，好让希瑟·巴德科克把酒洒在自己的新裙子上。于是整件事最费解的情况出现了，原因就在于人们不记得合理使用人称代词。

"我之前就跟你说过，这让我想起那位客厅女佣。"她对德莫特补充说道，"你瞧，我从谢莉那儿听到了格拉迪斯·狄克逊的叙述，她说自己在担心希瑟·巴德科克那条被鸡尾酒毁掉的裙子。她说有件很古怪的事情，就是她是故意那么做的。这里格拉迪斯提到的'她'并不是指希瑟·巴德科克，而是指玛丽娜·格雷格。格拉迪斯是这么说的：她是故意那么做的！她轻推了一下希瑟的手臂。那不是意外，她是有意这么做的。我们知道，当时玛丽娜一定站得和希瑟很近，因为我们听说她是在擦完希瑟和自己的裙子后坚持让希瑟喝自己那杯酒的。这真是一桩……"马普尔小姐沉思道，"完美的谋杀。因为，你瞧，这是未经思考、一时冲动所犯下的。她一心希望希瑟·巴德科克死，而几分钟后希瑟·巴德科克真的死了。也许当时她并没有意识到自己的所作所为有多么严重、危险，直到后来，意识到的时候她才害怕起来，她害怕极了。害怕有人看到她朝自己的酒杯里下了药,害怕有人看见她故意去推希瑟的手肘,害怕有人出来指控她杀死了希瑟。她觉得只有一个解决办法,就是声称谋杀是冲着她去的,她才是预期的受害者。她首先将这种想法在医生身上试验了一下,她让医生不要跟自己的丈夫说,是因为她觉得先生您不会被轻易蒙骗。她做了一系列荒诞的事情,给自己写了封恐吓信,并安排在特定的时间和地点发现它们。有一天她还在电影公司里往自己的咖啡里下了毒。如果有人碰巧是那么想的,那她的伎俩就很容易被识破。事实上,确实有一个人识破了这些。"

她看着贾森·拉德。

"这只是您的推测罢了。"贾森·拉德说。

"您可以这么说,随您喜欢,"马普尔小姐说,"但您心里很清楚,不是吗,拉德先生?我说的是事实。您知道,打从一开始您就都知道了。您知道,是因为您也听到希瑟提了风疹。您知道,而且您发了疯似的想保护她,但您没有意识到,自己究竟能保护她到什么程度?您没有意识到自己要掩盖的不单单是一起死亡事件。您也许认为那个女人的死完全是咎由自取,但还有其他的死亡事件——朱塞佩的死,一个勒索者,没错,但也是个活生生的人。埃拉·杰林斯基的死,我猜您很喜欢她。您在急于保护玛丽娜的同时,也在阻止她制造更大的伤害。您想做的是带她去个安全的地方,您试着全天候守着她,确保没有其他事发生。"

马普尔小姐停了下来,接着走向贾森·拉德,将手轻轻地放在他的胳膊上。

"我为您感到难过,"她说,"非常难过,我完全能理解您所经历的痛苦。您太在乎她了,不是吗?"

贾森·拉德微微将脸转过去。

"这一点，"他说，"我想，是众所周知的。"

"她是多么地动人。"马普尔小姐温柔地说道，"她有极棒的天赋，有着分明的爱恨情愁，但缺乏安定感。这对任何人而言都是非常悲哀的，生来就缺少安定感。她无法忘记过去，却也看不到真正的未来，她所能看到的是自己假象的未来。她是一名伟大的演员，同时也是个美丽又悲伤的女人。她扮演的苏格兰女王玛丽一世是多么完美！我永远都不会忘记。"

警佐蒂德勒突然出现在楼道上。

"长官，"他说，"我能跟您说几句吗？"

克拉多克转过身去。

"我马上回来。"他对贾森·拉德说，接着朝楼道走去。

"记住，"马普尔小姐在他身后说，"可怜的阿瑟·巴德科克跟这件事一点关系也没有。他来招待会是为了看一眼自己早年娶过的姑娘。我猜她甚至没认出他来，对吗？"她问贾森·拉德。

贾森·拉德摇摇头。

"我觉得没有。就这件事，她显然对我只字未提。我想……"他沉思道，"她没认出他来。"

"也许没有吧。"马普尔小姐说，"不管怎么说，"她补充道，"他都不会想要杀死她或者做出任何类似的事情来，记住这一点。"她冲着正在下楼的德莫特·克拉多克说道。

"他目前没有危险，我向您保证。"克拉多克说，"但当然，我们发现他是玛丽娜·格雷格的第一任丈夫时，自然会就这一点问他一些问题。但不必为他担心，简姑姑。"他低声咕哝道，接着迅速走下楼梯。

马普尔小姐转向贾森·拉德。他茫然地站在那儿，眼睛看着远方。

"您能允许我去看看她吗?"马普尔小姐问。

他看着她,想了一会儿,接着点点头。

"好的,您可以去看看她。您似乎——非常了解她。"

他转过身去,马普尔小姐跟在他身后。他将她带进一间大卧室,并把窗帘朝一边微微拉开。

玛丽娜·格雷格躺在白色的床上,她闭着眼睛,双手交叠。

那么,马普尔小姐心想,夏洛特女郎也许就是这么平躺在去卡默洛特[①]的船里的。而站在那儿沉思着、脸部凹凸不平的丑陋男子,也许就是那天路过的兰斯洛特[②]。

马普尔小姐轻声说道:"她真的很幸运——服药过量了。死亡是她唯一的逃避办法。是的,非常幸运,她服药过量了——或者是有人给她的?"

贾森·拉德的目光与她相遇,但他没有说话。

随后他断断续续地说:"她真的……非常动人……却承受了那么多的痛苦。"

马普尔小姐又朝那个一动不动的人看了看。

她轻声地引用了那首诗的最后几行:

"他说:'她拥有美丽的脸庞;仁慈的上帝赐予了她无穷的魅力;夏洛特女郎。'"

---

①传说中亚瑟王的宫殿所在之处。
②传说中亚瑟王最伟大的圆桌骑士之一,也是夏洛特女郎一见钟情的男子。

The Mirror Crack'd from Side to Side

Copyright © 1962 Agatha Christie Limited. All rights reserved.
Letter for Chinese Reader, New Star Edition by Mathew Prichard © 2013 Mathew Prichard.
www.agathachristie.com
The Miss Marple icon is a trademark, and AGATHA CHRISTIE, Miss Marple, *Agatha Christie* and the AC Monogram Logo are registered trade marks of Agatha Christie Limited in the UK and elsewhere. All rights reserved.
Published by agreement with ACL.
Simplified Chinese edition copyright: 2022 New Star Press Co., Ltd.

图书在版编目（CIP）数据

破镜谋杀案／（英）阿加莎·克里斯蒂著；张文婷译．——2 版．——北京：新星出版社，2022.9
ISBN 978-7-5133-5024-2

Ⅰ.①破… Ⅱ.①阿… ②张… Ⅲ.①推理小说－英国－现代 Ⅳ.① I561.45

中国版本图书馆 CIP 数据核字（2022）第 152307 号

午夜文库　谢刚 主持

破镜谋杀案

[英] 阿加莎·克里斯蒂 著；张文婷 译

责任编辑：赵笑笑	统筹编辑：王　欢
责任校对：刘　义	责任印制：李珊珊
封面插图：宣　和	装帧设计：周伟伟

出版发行：新星出版社
出 版 人：马汝军
社　　址：北京市西城区车公庄大街丙3号楼　100044
网　　址：www.newstarpress.com
电　　话：010-88310888
传　　真：010-65270449
法律顾问：北京市岳成律师事务所

读者服务：010-88310811　service@newstarpress.com
邮购地址：北京市西城区车公庄大街丙3号楼　100044

印　　刷：三河兴达印务有限公司
开　　本：910mm×1230mm　1/32
印　　张：8.625
字　　数：132千字
版　　次：2022年9月第二版　2022年9月第一次印刷
书　　号：ISBN 978-7-5133-5024-2
定　　价：42.00元

版权专有，侵权必究；如有质量问题，请与出版社联系调换。